王 晚 / 著

农村读物出版社

图书在版编目（CIP）数据

死亡约会13天 / 王晚著. —北京：农村读物出版社，2012.3

ISBN 978-7-5048-5560-2

Ⅰ.①死… Ⅱ.①王… Ⅲ.①长篇小说-中国-当代 Ⅳ.①I247.5

中国版本图书馆CIP数据核字（2011）第265847号

责任编辑 马春辉
出　　版 农村读物出版社（北京市朝阳区农展馆北路2号 100125）
发　　行 新华书店北京发行所
印　　刷 中国农业出版社印刷厂
开　　本 700mm×1000mm 1/16
印　　张 15
字　　数 255千
版　　次 2012年3月第1版 2012年3月北京第1次印刷
定　　价 29.00元

这就是我们的故事。

里面有点点的精髓，有血，有美丽的绿苍蝇。

我把它讲出来，可能会有很多人跳出来，指责它比捏造的剧本还虚假。

可是，生活就是如此。

谜案之案发

我死了吗?

脸上缠着厚厚的绷带，像火烧一般又痛又痒，却无法用手切实地触碰皮肤。不敢睁眼，一睁眼就看到一张魔鬼的脸扑向我。五官似乎已不存在，只有像火山爆发后的熔浆凝结成的鲜红血肉和绽裂开的肉洞。

我拼命喊叫，精疲力竭后睡去，然后又在魔鬼的追逐下尖叫着醒来。

就这样，反反复复，不知道过了多久，终于有人为我拆除了脸上的绷带。我害怕得发抖，用手捂住眼睛。直到一双大手抓住我的肩膀，轻轻摇晃:“快睁眼看看吧，奇迹，真是医学的奇迹。”

我睁开双眼，将挡在面前的手指一点点分开，透过越张越大的缝隙，看到对面镜子里有一张我从没有见过的脸。

那是一张苍白的女人脸，不再是困扰我的熔浆凝结成的赤色血肉；五官看上去很精致，眼睛细长，眉毛浅淡，嘴唇轻薄，一副风轻云淡的古典画中人模样；不和谐的是光秃秃的头顶，在前额处有一道巨大的伤疤。

“不疼了吧，等头发长出来，遮住就好了。我的小妍，还是世界上最漂亮的。”刚才那个晃动我的苍老的声音再度响起。他握着我的手轻轻碰触那道伤疤，这才让我意识到，那条张牙舞爪的裂痕长在我的头上，镜子里的陌生女人，就是我。

一切都是后来听别人告诉我的。

“你叫紫妍。不记得了?”穿着警服的男人指了指我床边的人，“这是你父亲，有没有印象?”

我仔细看着那张写满疲惫与慌张的脸，只觉得粗而浓、逆而乱、短而蹙的眉毛有些似曾相识。

“试试看，能想起什么？这是你那天穿的雨衣，黄色的，你最喜欢的颜色。”

“你的书包，看看有没有少什么东西?”

“真的什么都想不起来？再试试，1990 年 8 月 13 日那个雨夜，你去了哪儿?”

警察告诉我，就是那个雨夜，我出事了。

那天，一早还是晴空万里，过了午后下起倾盆大雨，三四点的天昏暗得像傍晚一样。我跟一起补习功课的同学都没带雨具，只能待在教室里焦急等待。这时教室门外来了一个戴着鸭舌帽看不清面孔的男人，如救星般给我送来一件鲜黄色的雨衣，又伏在我的耳边说了什么。在大家羡慕的目光中，我哼着歌离开了学校。

等父亲再发现我时，我已倒在离家不远的一片麦田里，头顶被敲开一个血洞，脸早已血肉模糊……

“死而复生！如果再晚送来半小时，后果不堪设想。”

“你是 AB 型，当时正好有个血型匹配的人来看病，是他为你献的血。”

“由于脑部重伤使你失去记忆。这可能是暂时的，也可能是永久的。你要做好心理准备。”

医生、护士、警员你一言我一语，就好像在说一个跟我毫不相干的人。

1990年8月13日的雨夜，到底发生了什么？出事后我记忆中唯一存留的那张魔鬼的脸，是属于紫妍，还是那个凶手？

我真的无法判断。

虚拟破案大赛

如果你对目前生活不满，急需改变命运；

如果你对世界充满怀疑，渴望破解旷世谜题；

如果你自恃才华出众，却没有施展机会；

参加“虚拟破案大赛”，在寻找“失踪者”的十三天中，达成你内心最隐秘的愿望。

破案期限：十三天。

破案地点：海上孤岛。

破案要求：不许带手机，不许中途擅自离岛。后果自负。

破案奖金：一百万。

他在网络上看到这则广告，因为缺钱，二话不说在线报名。几天后收到邀请函，他去夜店喝到天亮，认为一百万已是囊中之物；

他暂时没有工作，闲来无事，想挑战谜题，在报名表上他写：到目前为止，还没有他解不开的题；

她听丈夫说起有这么个大赛，决定报名。丈夫对此嗤之以鼻，提醒她，天上不会有掉馅饼的美事。丈夫的态度反倒激起她的逆反心理，她一定要证明给丈夫看；

他接到电话，以为是保险推销，差点挂掉，但因为话务员声音甜美，又抛出一个让他差点窒息的诱人条件。放下电话，他发现自己手心出汗，恨不得立刻飞向小岛；

他被某人命令，必须参赛。可他一点兴趣也没有，抱着应付和搅局的心态填写了报名表。出发前一天，命令他参赛的人透露了一个重要信息，让他一晚没合眼；

她在电子邮箱里收到一封垃圾邮件，就在点击永久删除的一瞬间，发现了一个秘密……

大赛前一晚　暗战·迷雾幻影

带着一个不能说的秘密，高小爽踏上了前往孤岛的渡船。

在一望无际的海面上，夕阳刚躲进浪花深处，从海面升起的浓雾就将小船团团围住，周遭的一切像变戏法一样在瞬间消失，连几米外的舵手也被阻隔在雾的后面，看不清人影。这情景来得太快太突然，令站在船头的高小爽生出一股犹在梦中的错觉，“我真的要踏上迷雾背后那座与世隔绝的孤岛？未来十三天又会发生什么？如果现在后悔，还来得及吗?”就在这孤独的大海上，迷雾吞噬了一切景致，也一点点侵染着高小爽的内心。

经过蜗牛般的海上爬行，渡船终于安全靠岸。没等报上姓名，岸边的工作人员就把高小爽连推带拽“押送”上摆渡车。

“高小姐，你是最后一位上岛选手，假面聚会就在今晚十点，也就是——”工作人员抬头看看表，“也就是五分钟后。”他将油门一踩到底，发出“嗡”的巨响。

车沿着盘山路往山顶前行，由于大雾仍没散去，高小爽看不到窗外半点景色，这让她感到不安，脑海中浮现出纠缠她许久的破案大赛邀请函。

高小爽小姐：

恭喜您被选中参加虚拟破案大赛。

如报名表所述，本次大赛的破案奖金为一百万。破案时间为十三天，地点在南方海上孤岛。机票和船票已为您买好，届时会有专人接送。

登岛后所有选手将接受第一场暗战：假面聚会。在指定道具间挑选服装和面具掩饰自己的外表，同时，选择的服饰又要显露您的职业信息，供对手侦破您的身份。这将是本次活动的第一场暗战，请做好充分准备。

特别提醒：在未来十三天内您需要遵守大赛的一切规定，不许带手机，不许中途擅自离岛。后果自负。

另外，您还拥有一个仅属于自己的破案密码：19717910。

一旦参破密码背后的玄机，您将顺利达成内心最隐秘的愿望。

祝您成功。出题人已在那里等您。

“高小姐，高小姐。你听见我说话了吗？我们到了。”工作人员叫了好几声才把高小爽从破案邀请函中唤出，她这才发现，摆渡车已经来到一栋三层老宅跟前。

跟随工作人员进门，印入高小爽眼帘的是近十米高、贯穿上下的挑空大厅，屋顶吊着莲花水晶灯，吐着忧郁的淡紫色。由于房间很大，这点暧昧的光线根本无法照明，只能依稀看到，大厅里似乎来了两三个人，分散在各个角落。工作人员示意高小爽抓紧时间上三楼道具间挑选假面聚会需要的服装和面具。

高小爽觉得自己已经用了人生中最快的速度，但仍然无法改变迟到的事实。“对不起，因为大雾，渡船晚点，让大家久等了十三分钟。”这时的她已换上高中生校裙，戴着一张人皮面具，气喘吁吁地跑到众人面前。

“喂，还有没有比你更晚的呀，这个假面聚会要拖到什么时候开始?”一个身穿黑斗篷，戴着银色面具的女人朝高小爽走来，走到跟前，才看清高小爽的假面，不禁倒吸一口凉气。那是一张被大火烧毁的、烂了五官的脸，看不到鼻子、眼睛、嘴唇的位置，只有猩红的血肉和皱皱巴巴的烂皮。

“管她是不是最后一个，咱先开始呗。来，美女，坐我边儿上。”第二个接话的是个坐轮椅的男人，满嘴北京话，自己一个人玩着扑克。

“这位先生，你怎么知道戴面具的小姐是美女?”一个身着白礼服、头戴白礼帽、面具上有两撇小胡子的中年男人发出了略带挑衅的声音。闻声望去，高小爽的心“咯噔”一下，一股不祥感涌上心头。

“嘿，您别较真儿啊，这年头，‘美女’是个性别称谓。”“轮椅男”把牌往桌上一甩，继续操着一口京片子，“要不这样，你把鬼脸摘下来，让老家伙看看你到底美不美?”

“开玩笑。出题人还没发布号令，谁也不许先摘面具!”没等高小爽回答，“黑斗篷”又抢了话，一屁股坐到“轮椅男”旁边，大声呵斥一句。

“靠，还有更爱较真儿的。罢了罢了。”“轮椅男”摆摆手。

“我想，不用这位小姐摘下面具，就大致能断定，她是美女。”这回开口的是一个站在远处的男人，他的穿着打扮既时尚又卡通，戴着《阿童木》动画片里“茶水博士”的面具。高小爽早就注意到他一直在远处黑板上用粉笔写着数学公式，零星的粉笔末顺着黑板滑落，在灯下，像微观世界里的雪。

“说来听听，怎么判断?”“轮椅男”问。

“在道具间我也看到了这张丑陋的人皮面具，当时我想，会有人选它吗?选它的人，动机是什么。就在刚才，在你们争执‘美女’这个词时，我恍然大悟。”说着，“茶水博士”在黑板上画了两幅简笔画：两个“矮胖墩”，一个穿了横条纹衬衫，一个穿了竖条幅T恤，第二幅他故意把人画得更加臃肿，“英国心理学博士发现，胖人穿横条纹的衣服会显瘦，穿竖条幅则会显得更胖。”

“你的意思是，如果人已经很胖，他不应该再穿让自己看上去更肥大的衣服。”“白礼帽”接着问，“那么，跟这位小姐的美与丑有什么关系?”

“算是个类比吧，按照正常人的心理逻辑推理，对自己长相不自信的人也应该不会选一张丑脸让自己看起来更难看吧。”

“嘿，有点意思。”“轮椅男”点点头，向“茶水博士”伸出大拇指，“你有这么好的逻辑思维能力，别一个人在那儿写数学公式啊，过来一起玩牌，一二三四五，六，大家‘杀人’怎么样？”

“六……”因为迟到与丑脸面具被当做话题中心的高小爽发现，在不起眼的阴暗角落里还靠着一个矮个子男人，一直没出声，戴着超人的面具，手里攥着一叠厚厚的文稿。

“喂，一直不说话那哥们儿，过来跟我们一起‘杀人’吧。”“轮椅男”再度发邀请。

“是呀，角落里的第六位朋友，跟大家打个招呼。”“白礼帽”跟着发话。

“跟朋友打招呼，跟敌人不必。”谁能想到，在沉默许久后，“超人”的第一句话竟是如此。

“你什么意思？”“白礼帽”刚想反击，眼前的一切“唰”地一下全部消失，大厅在瞬间陷入漆黑。

“怎么回事？”“黑斗篷”反应非常迅速。

“断电了呗。我有打火机。靠，关键时刻掉链子。”“轮椅男”反复打着火，却一次都没成功。

“可惜没有手机照亮。谁还有打火机或其他照明工具？”“茶水博士”问。

“我房间里有。刚才那位迟到的小姐，不如我们一起去取，有个照应。”“白礼帽”说道。

“你自己不会走路吗，为什么还要别人陪？”“超人”又发出挑衅的声音。

“啊呀，我说谁也别乱动，都留在原位，跳闸断电这种情况应该能马上修复。”“黑斗篷”的声音还算镇定，但手指一直敲打着座椅扶手，显露出内心的慌乱。

“对，赶紧来人处理一下，主办方的人呢？在座的，你们谁是？”“轮椅男”的提问提醒了每个人。

“如果主办者已经到场，请回应一声，躲是躲不了的，面具早晚都得摘下来。”“白礼帽”阴阳怪气地说。

“刚才迟到那个，你是不是出题人？”“黑斗篷”问。

“出题人”，听到这三个字，高小爽心头一颤，一口气连答了三个“不”。

“我也不是出题人。刚登岛就停电，太不靠谱了，我建议，大家干脆退赛。”“超人”又是语出惊人。

“嘿，你是来搅局的吧。要退你退，我还要赢那一百万呢。”“轮椅男”气哼哼地说。

就在大家在黑暗中你一言我一语时，房间里突然响起一阵巨大的刺耳的声音，像是武侠小说中什么机关暗道被启动，有什么东西从天而降。巨响之后，屋顶那朵带血的莲花立刻吐出了致命的忧郁。随着紫色光芒的重新降临，大家看到，房间的中央，多了一个人，坐在一把古典式高靠背坐椅上，耷拉着头，头上罩着“双面黄金面具”，面具上一边是哭脸一边是笑脸。

“喂，你们看，他胸口是什么?”“黑斗篷”又是第一个发现异常。

在微弱的光线下，众人看到那个人的胸口竟插着一把匕首，鲜血染红了他的衬衫。

“靠，什么情况?”“轮椅男”拍了拍自己的大腿。

“是活着的吗?”“超人”问。

“死人能自己长腿跑出来? 更何况，才停了几分钟电，谁能用这么短时间杀人?”“白礼帽”反驳。

“或者我们没来时他已经死了，在刚才停电时，他被什么特殊机关弹了出来。”“茶水博士”假设。

“别光顾着说，谁上去看看。”“黑斗篷”战战兢兢地问。

“我离他最近，那就让我，我上去看看吧。”高小爽也没想到，此时像领袖一样冲在最前面的，会是自己。她感觉，冥冥之中有一双无形的大手把她揪出来，执行这个非她莫属的任务。

那一刻，大厅里安静极了，每个人都仿佛能听见自己的心跳。高小爽一点点挪向目标。就在靠近的一刹那，她的心脏差点从嗓子里跳出来，其他人也都被接下来的情景吓了一跳。

那个“死人”从坐椅上“腾”地跳了起来。

“你们太让我失望了，让一个小姑娘冲在最前面。”一秒前还耷拉着脑袋、鲜血染红衬衫的“死人”，竟开口说话，一边说还一边拔出胸口的匕首，拿刀尖一一指向停在原地不动的人。

“原来是这样！是诈死，那血，是番茄汁。”高小爽的声音恢复平静，语气中带着一丝兴奋。

“你到底是谁，干什么这样出场吓大家?”“轮椅男”恢复镇定。

“还用问吗？一定是主办方出题人。”“白礼帽”说。

“为什么这么肯定?”“黑斗篷”问。

“第一，我是第一个上岛进入道具间选面具的人，这点工作人员可以作证。这张‘双子座黄金面具’我没有见过。也就是说，在我来之前，已经有人挑走了这张‘脸’。这个人，只有可能是大赛的主办者、出题人。”

“也许是你挑选不仔细，没看到这张面具。”“超人”说。

“邀请函上说了，假面聚会是登岛的第一场暗战，我们既要掩饰自己的脸，又要留下线索透露身份信息。我相信，在场的每个人在选择假脸和服装时都会非常用心。”“白礼帽”在“非常”这个词上加重了语气，“黑斗篷”、“茶水博士”跟着点头。

“那么第二点呢?”“超人”又问。

“第二，当我们失去视觉，其他感官会非常敏感。就在刚才灭灯时，我们都听到了一个奇怪的声音，像是地板或者天花板开启一个机关，接着这个人就出现。试问，除了出题人，谁能让大厅的吊灯听他指挥，谁又能控制环境，让自己来去自由呢?”

“有道理!”“轮椅男”又拍了一下自己的大腿。

“还有第三点。在漫画书里，双子座黄金面具的主人是谁?”

“是教皇。”“茶水博士”点点头，接着“白礼帽”的话往下推理，“就是说，在我们这帮人当中，只有出题人，能以‘教皇’自居。”

“所以，你就是出题人啦!”“黑斗篷”再次发出刺耳的叫声。高小爽则在心底默念：“出题人，你终于来了。”

“听了这么充分、自信的推理，我也不必隐藏身份了。”戴着双子座黄金面具的他点点头，“出题人的面具已被戳破，那么接下来，就请诸位透露你们的职业信息，然后撕掉对手的假面吧。”

“我先来我先来。”“黑斗篷”抢着说，“这位穿白礼服戴白礼帽的先生，你的打扮太著名了，尤其是那两撇小胡子，谁都知道是大侦探波罗。那么你的职业一定跟破案有关。”

“我看未必。”“超人”反驳，“说不定是个天桥底下摆摊儿骗钱的。我说的对吗，卖字的大作家?”

“这位先生，你认识我吗？我哪里得罪过你？为什么今天总要跟我作对?”“白礼帽”微微攥紧拳头。

“我哪儿敢跟您作对，只是我的职业，就像压着孙猴子的五指山，正好镇着大作家你。”“超人”的言语依旧火药味十足。

“你俩别斗嘴，能镇住作家的职业，如果没猜错的话，就是报社、出版社的编辑呗。正好你手里拿着文稿又戴着‘超人’的面具，‘超人’就在报社工作。”“轮椅男”越说越得意，觉得自己的推理完美无缺，“行了行了，猜我的吧，我的职业跟轮椅有关，出处也是一部著名的惊悚悬疑电影，里面的男主角和我职业相同。慢慢猜吧，猜不出来我再给大家提示。”

“不用提示了，我知道你是摄影师，对吗?”高小爽得到机会说话。在第一眼看到“轮椅男”时，她就有一种似曾相识感，直到她确认这个形象真的来自电影。

“我靠，这么快就猜出来，厉害呀。”“轮椅男”指出大拇指。

“这位小姐对电影很熟，又穿着校服，是学电影专业的学生?”“茶水博士”问。

“嗯，我看一定还是高材生，美女小姐。”“白礼帽”也跟着答话，再度阴阳怪气的。

高小爽微微咬住嘴唇，把头转向“茶水博士”：“那你呢？是哪个学科的博士？物理还是数学?”

“你看他刚才一直在黑板上写数学公式，应该是数学没错了。”最先发言的“黑斗篷”又把话题抢夺回来，“现在只剩下我，怎么没人猜我的职业？跟这身黑袍有关。非常简单，你们不会不知道吧。我的职业太好猜了，就是每次那什么时我们都要穿那什么……”

“好了好了，再说你自己全漏了。你的职业不就是律师嘛，再戴一个银色假发，更像香港电视剧里那些铁嘴钢牙了。”随着“白礼帽”话音的消落，最后一位参赛选手的假面也被“撕破”了。

“嗯，精彩精彩!”“双子座”鼓起掌，“这么短时间，大家就迅速且基本准确地识破了每个人的身份，这让我对各位的推理断案能力满怀信心，在接下来的破案大赛中，诸位一定不会让我失望。好了，请大家摘下面具吧。”

“双子座出题人”先卸掉伪装，是一张清瘦英俊的脸，看上去不到四十岁的样子，眼角带着迷人的沧桑，嘴角挂着淡淡的笑。

看到这张脸，高小爽的心“砰砰”乱跳，跟着摘下自己的人皮面具，那份眉清目秀与丑陋的假面简直有着天堂与地狱的分别。

“果然是美女啊，张艺谋选《山楂树之恋》的女主角，怎么没找到你。”“白礼帽”发出由衷的感叹，随即摘下面具。看到他的面孔后众人发出了不同声音。

“您是，您是石……”“黑斗篷”女律师的声音脱颖而出。

“正是在下。侦探小说家石大川。”石大川摘下白礼帽向众人示意，他的脸很圆，眼睛细长，鼻孔仰露，一副大富大贵的样子。

“哎哟喂，侦探小说家都来了，这游戏好玩!”“轮椅男”的眼睛眯成一条线。

高小爽也认出这张脸，再度咬住嘴唇。

“既然有人主动报出姓名，也是时候让大家认识。先自我介绍。林山，本次活动的主办人，在接下来的十三天，将由我来为诸位公布谜题线索。关于我的情况，大家在破案大赛的广告单中应该略有了解。我在国外生活了十多年，这次回国，是因为跟国外颅脑外伤基金会做了一个合作，想通过举办这个虚拟破案大赛以及将来一系列的活动来扩大基金会的影响力，推广合作，推动中国脑外科的发展。听起来有点冠冕堂皇，是吧。”林山说着自己笑起来，把温柔的目光移到高小爽身上。

“好了，关于我的介绍就此打住，下面介绍各位。这位，刚才迟到十三分钟的小姐，高小爽。二十四岁，旅法，影视文学专业学生，未婚且单身，住在206号房。”

“婚姻情况也要公布？我自己来说吧，203号房，梁戈。‘金戈铁马’的‘戈’。二十九岁，已婚。职业是律师。”

“嘿，你这像个男人名，而且占我们便宜呀，梁——哥。哈哈，我，杨鸣，1977年的，金牛座，自由摄影师，未婚，单身，没有固定伴侣，房间号是204。对了对了，这轮椅可是道具，我的双腿完好无损哦，欢迎骚扰。”

等杨鸣说完，话语权又回到林山口中。

“接下这位是美国布朗大学的博士生，数学天才，赵沫。二十七岁，205

号房，未婚，回国不久，女朋友现在在美国攻读硕士。专业是……”

“心理学。”摘下“茶水博士”面具的赵沫很意外，没想到林山会提到自己的女友，他微耸肩膀，一双大眼睛在浓密的眉毛下炯炯发光。

“还有这位，周新伟。《每周生活》杂志社编辑，三十一岁，已婚，住在一楼东侧的102号房，跟第一位到达小岛的石大作家住在一层，石先生的资料就不用介绍了，他房间在西侧的101。人员情况就是如此，两女四男，共同侦破一起失踪谜案。大家做好准备了吗？”

说到这里，林山停下来，环视四周，包括高小爽在内，所有参赛者都鸦雀无声。林山笑了笑，起身走到所有人中间。他个子很高，超过一米八五，身材修长，像是网球运动员的体魄。

“接下来就要向各位说明比赛规程。本次大赛分为十三天，每一天都由我来公布案件线索，诸位可以随意提问，但我不一定都回答，大家要按照每天规定好的进度破案，不能跑得太快，也不能掉队。经过层层推理后，在第十三天十三点，你们把答案及推理过程写进信封交给我，届时我将宣布最终的凶手和获奖者。大家有什么疑问？”

“有，当然有。不会是因为刚才这位美女小姐迟到了十三分钟，出题人就想出十三这个截止点吧？”石大川抛出第一个提问。

“随你怎么想，在这里，规矩由我定，大家遵守即可。”林山漫不经心地回应石大川，眼睛却看向高小爽一方。

“如果提前破案怎么办？”梁戈问。

“提前破案？我并不认为诸位能够做到，不信到时试试。”林山嘴角抿出一丝轻视他人的笑，“大赛奖金一百万，只要赛程过半，不论最后的大奖归谁，每位参赛者都有五万元的酬劳。”

“十三天赚一百万，最不济也有五万块，这笔买卖稳赚不赔啊。”杨鸣笑着说。

“嗯，希望如此，不要全盘皆输就好。对了，老张，请进来一下。”林山向守在大厅外的一个男人招手示意。高小爽仔细打量了一番，此人正是去接她的工作人员，五十来岁的样子，两鬓斑白，眉毛呈“八点二十”状，眼睛不大但目光锐利。

“这是本次大赛的工作人员，老宅的总管家。在接下来的十三天内，由他全权负责各位的饮食起居。”林山向大家介绍。

老张接着说：“大家好，叫我老张就行。我跟其他工作人员住在周新伟先生的隔壁，我们的房间不设门牌号。大家刚登岛一定很累了，别的不多说，只强调两点：一，这栋老宅是林山先生的朋友借给本次活动使用的，房子的主人恳请各位千万不要破坏房屋的摆设，请一定保持原样；二，这栋老宅每个房间只有一把钥匙，房子的主人不希望配备备用钥匙，这让我们很头疼，如果把唯一的钥匙交给诸位，万一丢失怎么办？所以，经过反复商讨后，林山先生决定，所有钥匙统一交由我保管。”

“统一交给你？那我们怎么开门，难道出去后不锁门？这也太没有安全感了。”梁戈快人快语。

“这种老宅的房门是这样的，大家在房间里不需要钥匙就可以将门反锁，出门时再把门撞上。从外面想进门时找我拿钥匙开锁就可以了。”老张平静地回答。

“这种门，如果从外面用钥匙锁两道，从里面开不开，对不对?”赵沫问。

“理论上是这样。但是请放心，作为工作人员，我们不会从外面去锁诸位的门，只负责为大家开锁。”

“如果你对你的对手们足够放心，出门后不上锁也可以，我的卧室就从不锁门。”林山摆摆手。

“行吧行吧，不就是每次撞上门后再找老张要钥匙开锁嘛，我不怕麻烦，但是怕小偷。”梁戈撇撇嘴。

“小偷算什么!”许久没开口的周新伟冷不丁冒出一句，“真正可怕的是小人，尤其是那些道貌岸然的，所以这门一定得锁。”

“哎哟，瞧你说的，用得着这么小心谨慎嘛，我看锁门这事就这么着吧。林山，接下来还有什么安排?”杨鸣一边打哈欠一边看了看表，时钟已经超过十一点。

“时间确实不早了，就请各位回屋休息吧。”说着，林山竟然做了一个鞠躬的动作，“明早十点，虚拟破案大赛在这里正式开始！各位别忘填卧室桌上那张调查表。”

深深鞠躬后，英俊的主办人回到他的坐椅旁拿起了双子座黄金面具，抚摸着哭泣的那面，他的脸上却洋溢着诡秘的笑。

回到房间，高小爽辗转反侧。经过刚才的假面聚会，她算是和对手们进行了第一次较量。她猜出杨鸣是摄影师，杨鸣猜出编辑周新伟的职业，周新伟猜出作家石大川，石大川猜出大律师梁戈，梁戈猜出数学天才赵沫，赵沫又猜出她。大家绕了一圈，算打了一个平手。然而，石大川为什么会来？天下竟有这样巧合的事？还有其他人，大家的参赛目的又是什么？会不会都像她一样藏着不可告人的秘密？一想到这里，高小爽的心就像烧着一样，再也无法合眼，一骨碌从床上爬起，走到窗前，掀起淡绿色的窗帘一角往外望去。夜很深了，大雾退去，窗外的景物在月光与路灯下终于露出了它本来的模样。高小爽翻出行李箱中的手电筒，虚掩房门，溜出了老宅。

一座孤零零的小岛，被浩瀚的大海怀抱，悬崖边是更加孤独的老宅，坐北朝南，像一个行将就木的老人，明天就要退出历史舞台。这房子一定有一阵子没人打理，路灯照耀下的暗红色有些发旧的墙壁被永远与优雅为敌的爬墙虎霸占，丑陋的枝条眼看就要侵入窗户，邪恶的舞动着身体。

高小爽漫无目的地拿着手电筒，将光打向老宅的每一扇窗户，心中暗语："这房子的形状真有趣，一楼东西两边各有两个突出来的部分，像是金鱼的肿眼泡。西边应该是石大川的 101 号房，东边是周新伟，他楼上那个有阳台的房间应该是赵沫的；隔壁是我，窗帘没拉好；那么，朝北这一排窗户又是谁的房间？不可能是杨鸣和梁戈，他们的应该在西边……"

高小爽绕到老宅大门的背面，看到二楼有一排奇怪的窗户，跟其他房间都不一样。其他窗户可以看到窗帘，玻璃窗被光照射，都有一定程度的反光，而二楼背面那一排，乌突突的一片，像照射在粗糙的木板上。高小爽想看得更清楚一点，身体尽可能地接近老宅，将电筒的追光从二楼第一扇窗户慢慢平移到第二扇，再慢慢移到第三扇。第三扇最特别，好像有什么东西贴在上面，像是火山爆发后的熔浆。不，不是熔浆，疙疙瘩瘩的表面上有几个黑洞，还有烧焦般的毛发……它在动！它是……它是一张脸，魔鬼一样的脸！

当这个可怕的念头在脑中闪过时，高小爽手中的电筒"啪"地掉到地上，电池被摔出来，光束立即消失。高小爽在黑暗中慌张地摸到电筒、电池，想再装好，手却不听使唤，正负极还一度装反。等弄好电筒再颤抖地将光束打向二楼时，那张脸不见了，二楼窗户上什么都没有。

"喂！谁在那里！"在这个时候突如其来冒出一个阴森的声音，让精神已经在崩溃边缘的高小爽终于爆发出来，一声尖叫，刚装好的电筒再次摔到地上。

“啊，是高小姐，对不起对不起，吓到你了。我是老张。”

惊魂未定的高小爽这才看到身后的老张，拿着一个电筒，将光束打在她的脸上。

“是您啊。”高小爽喘着气，躲避刺眼的光芒，将目光再度转向二楼，那张脸确实不见了。一切就像被施了障眼法，什么异常都没有。

“你胆子也太大了，一个女孩子半夜十二点在外面溜达，如果让林山先生知道，一定会责备我没有好好照顾你。请赶紧回去吧。”老张面露难色。

“好的好的，让您担心了。我，我……”高小爽接过老张帮她捡起的手电筒，想说什么，又咽了回去。

“怎么了高小姐，还有什么问题?”

“我……”高小爽垂下头，犹豫片刻，决定还是说出心底的疑问，“我想问您一件事。这栋房子的二楼，就是那排窗户，那里是谁的房间?”

“哪儿呀?”老张有些支吾，经高小爽明确指示后，才缓缓说道，“那里呀，谁的也不是，是老宅的藏书室，晚上都会锁门。你要是想看书，明天早上再去吧。”

在老张的再三催促下，高小爽回到老宅。在走进自己房间前，她找到了老张所说的藏书室位置。老宅二楼一共有五个房间，被挑空大厅分隔，高小爽与赵沫的房间朝东，杨鸣与梁戈朝西，最北边就是藏书室。高小爽推推房门，果然紧锁。她又把耳朵贴在门边，确认听不到里面有什么动静，才依依不舍地离去。但在离开前，她发现了一个蹊跷。

这间藏书室的门牌号是“213”。“13”是后贴上去的。

第一天　密室·高小爽失踪

高小爽以为昨晚会是不眠夜，没想到脸一触到枕头就进入了梦想，再睁眼已是清晨。拉开淡绿色的窗帘，明媚的阳光透过内层镂空纱帘映进房间，一幅温暖清新的画面。高小爽伸了一个懒腰，走到衣橱前取出昨晚就准备好的白色中式连衣裙，套在身上，在穿衣镜前反复打量。这是她自己设计的一条裙子，领口那朵小小的雏菊刺绣也是她动手绣上去的。记得在从巴黎回北京的飞机上，她也穿着这条裙子，得到了邻座的赞美。

梳妆打扮后，高小爽在九点五十二分下楼。经过一楼餐厅，看到硕大的房间里只有一个男人的背影。他穿着一件淡黄色长袖衬衫，衬衫系在裤子里，扎一条带着荧光边的灰色帆布皮带，这样的穿着既时尚又低调。他的餐桌上摆满丰盛的早餐。一碗冒着热气的番茄排骨粥，一盘鲜虾肠粉，一碟单面煎蛋。他似乎最喜欢那盘肠粉，用筷子夹起并没有直接放入口中，举在眼前端详它的洁白细嫩，然后才慢慢咀嚼，享受它的柔中含韧，韧中有柔。吃早餐这样细腻的男人并不多见，高小爽一直站在他身后，偷偷观察着。

“从饭桌到大厅中央，按照我平时的步伐，应该是二十二步，如果一秒钟走一步的话，咱俩应该还能准点到达。”男人放下筷子，吓了高小爽一跳，原来他早已察觉身后有人。高小爽的脸颊瞬间泛起红晕。

“打扰您了，林山先生。”

“说打扰干吗，早餐吃了吗?”林山转身，看见一身白裙的高小爽，眼前一亮，“对了，听老张说，你昨晚跑出去游山玩水了?”

“这……”高小爽不知该如何回答，二楼藏书室忽隐忽现的那张脸又浮现在眼前。

“好了，快走吧。不然又要迟到十三分钟了。”在说到“十三”时，林山嘴角浮出一丝异样的笑。

大家都已等在大厅，每个人都恢复正常的装束。梁戈穿一身浅灰色的职业套装，戴一个金丝边眼镜，很干练的样子；石大川依旧西装革履，跟杨鸣、赵沫的休闲打扮形成鲜明对比；赵沫上身穿一件孔雀蓝 T 恤，下面一条淡蓝色牛仔裤；杨鸣穿一身日系的贴身运动服；周新伟戴着一副复古圆眼镜，穿了一件米色老汉衫。

“人终于到齐了，林山，咱们开始破案吧。”梁戈迫不及待。

“到——齐——了，你们，真的确定，人都到齐了?”虽然不再佩戴昨晚的双面面具，林山脸上的表情仍是一副哭笑不得的样子，他走到大厅中央一个字一个字地吐出这句话。

“什么意思? 你昨晚不是说两女四男吗?”赵沫微微皱眉。

“好记性。参赛选手，两女四男，没错。”林山用一种极慢的语速在考验大家的耐性。

“除了参赛选手，还有什么人要来?”石大川问。

“那你们觉得，不该有人来吗?”林山继续故弄玄虚。

“哎哟喂，你就别卖关子了，有话直说。”杨鸣点燃一支香烟。

“参赛选手一个不少，出题人及老宅的工作人员也都到齐。没来的那个，我个人觉得不重要，只是怕日后你们不依不饶。”

“到底是谁?”梁戈嘟起嘴。

“我知道了!”高小爽灵光一现，“昨日上渡船时，船长并没有马上开船，还在等另一位乘客，后来接到了一通电话才起航。凭我听到的断断续续的通话猜测，那个人应该是，本次虚拟破案大赛的——公证员?”

“公证员?对呀!”梁戈恍然大悟，一副事后诸葛亮的样子，“一个设立巨额奖金的破案大赛，怎能少了公证机构?最后怎么分配奖金，难道只凭出题人的个人意愿?这太不公平了，更缺乏法律保障。还有，你把我们聚集在这个前不着村后不着店的海上孤岛，在接下来的十三天里有没有人保护我们的安全?万一出事怎么办?”

“哈哈。”面对一连串机关枪扫射式的质问，英俊的出题人却一点不着急，反而大笑起来，“你们看，刚才还说怕你们日后不依不饶，现在就沉不住气了。我只能遗憾地告诉大家，公证员错过了昨晚最后一班渡船。来往这个孤岛的唯一交通方式就是海上摆渡，而下一班渡船将在第十三天的傍晚到达。”

“你的意思是，这十三天里，岛外的人进不来，岛内的人也出不去?”赵沫神情凝重。

“诸位是自愿报名，都已经在合同上签字，参赛条款写得很清楚，后果自负。而且……”林山收敛笑容，故意压低声音，“十三天挣一百万，难道不需要付出一些代价吗?”

“代价”，这个词“嗖”地穿越高小爽的大脑，让她打了一个寒战。她从没想过，自己带着那个秘密来到孤岛，会因此付出代价吗?

大厅在瞬间陷入一片死寂，直到林山再度发言：“诸位也不必太过紧张和纠结，虽然该来的公证员没来，但是我们这里还有另一位可以充当这个角色。”说着，林山把目光投向坐在最远端的周新伟。

“昨晚已经介绍，周新伟是《每周生活》的编辑，但是我忘记告诉大家一个重要信息。”林山又笑了。他这个人，绝对是故弄玄虚的高手，每每说到关键时刻，他都像吞了一个枣核一样，把最重点的部分又生生咽了回去。

“到底什么信息?周新伟，你自己说吧。”梁戈觉得两眼有些失焦，她用手推了推眼镜。

“我……”早晨没有说过一句话的周新伟，此时的吞吞吐吐更增加了事件的神秘感。

“还是我说吧，周先生所在的杂志是本次活动的媒体协办方，在未来十三天里发生的一切都将被周先生记录下来撰写成系列报道发表在杂志上。所以……”林山将目光锁定在周新伟身上，“昨晚该戴双子座黄金面具的应该是你啊，你是我们这里的‘双面人’，既是参赛选手，又是大赛的记录者。”

“原来如此。”石大川点点头，“我昨晚还在怀疑，为什么这位先生一下就猜出我的职业身份，我本以为我们认识。现在林先生一语道破梦中人，原来我们这些参赛者并不是站在同一起跑线上。”

“你什么意思，你是说我抢跑了？”周新伟猛地从坐椅上站起来。

“难道我说错了？想必在登岛前，编辑大人就已经把我们每个参赛人的资料背得滚瓜烂熟了。”石大川脸上浮出一丝轻视的笑。

“这叫哪门子公证员？真是笑话。我真该听……”梁戈忽然停住，不再说下去。

“大家愿意听我说几句吗？”周新伟涨红了脸，“我的单位确实是本次大赛的协办媒体，我来这里也确实担负了双重任务，但是我以我的人格保证，我没有得到任何优惠，我也不稀罕。”

“算了算了，有没有公证员都是走形式，只要最后奖金照发就行。赶紧破案吧。”杨鸣不耐烦地说。

林山像是要重新找回失去的话语控制权，大大咳了一声：“高小姐呢，你有异议吗？”这一句话，又把大家的注意力转移到了高小爽身上。

“我？我没有异议。开始吧。”

最终宣布大赛开始的，是高小爽。

“女演员沈雁失踪了。”

“时间、地点还有情境？”梁戈迅速进入破案角色。

“盛夏，在一个南方海边小镇，警方接到报案，正在该镇拍摄电影的女演员沈雁失踪了。戏才拍了一半，该片的方导演焦急得如热锅上的蚂蚁。”

“电影讲什么？”石大川也点燃了香烟。

“山村的两个女人，一个朴实勤劳，一个风情万种，同时爱上一个从城里来的教书先生，这个男人有着复杂的过去，曾经杀过人。沈雁在片中演那个风情的女子，本部戏的方导演准备来年带着作品进军戛纳。”

“没有沈雁，这部戏就不能继续?”周新伟挥走了从石大川那里飘来的烟雾。

“沈雁是女二号。但是……”林山又开始故弄玄虚，用手摸摸鼻子，样子就像古龙小说里的神探楚留香，“但是她的戏份很重。没她不行。”

“剧组还有哪些重要人物?”杨鸣问。

“男女一号、摄影师、美术、场工……”

“等一下!”高小爽发现了什么，“林山先生，你刚才为什么故意停顿一下?”

“我？有吗?”

“有。上一个问题。”高小爽满脸认真，“你说：‘女二号，但是……但是她的戏份很重’。为什么要停顿，然后用‘但是’这个转折词?”

“哈哈，这么小的语言破绽也能被发现。”林山用不可思议的目光看着高小爽，“沈雁是这部戏的女二号，但是随着拍摄的开始，导演不断给她加戏，她的戏份越来越重，开始和女一号平分秋色。”

“是临时加戏？有没有什么特别原因?”梁戈再度推了推金丝边眼镜。

“难道导演特别照顾沈雁?”石大川微微皱眉。

“确实有人特别关照她，不过，不是导演，是摄影师于老师。他是沈雁来到剧组后结交的男朋友，比沈雁大二十岁。”

“哈哈，摄影师，跟女一号抢戏的小演员，前不着村后不着店的剧组，就跟咱这孤岛一样，封闭空间，很容易天雷勾地火嘛！嘿嘿，我要是也能来段这样的艳遇就好喽。”杨鸣坏笑起来。

“呵。”赵沫看着杨鸣，无奈地摇摇头，继续发问，“那女一号呢，她在整个案件里扮演什么角色?”

“对呀，女一号是何方神圣，她，会是失踪案的始作俑者吗？也许，我们应该晚上再继续!”

“晚上？一上午就这点线索!”石大川有点不高兴，觉得被耍了一样。

“急什么，我们有十三天破案时间。昨天已经说了，大家要按照每天规定好的进度进行，心急吃不了热豆腐。”林山稍作停顿，“大家初来乍到，应该先好好参观这座老宅，欣赏一下小岛风情，说不定就会遇到什么意想不到的事情。下午自由活动。晚上我将举行一场壁球赛，与破案有直接关系，所有人必须参加，运动服饰已准备好，请去老张那里领取。晚上八点，一楼壁球馆，不见不散。”

不等任何人发表意见，林山扭头就走，留下面面相觑的众人。高小爽觉得，林山那不负责任的背影在瞬间有了一股诡异的吸引力。

吃完午饭，高小爽婉拒了杨鸣向她发出同游小岛并为她拍照的邀请，直奔二楼213。昨晚紧锁的大门此刻半敞着，高小爽用力推开。这扇门很重，质地跟她卧室的房门有着明显不同。但高小爽顾不上思考太多，推门而入，老张正在里面。“高小姐啊，来看书吗?”

高小爽礼貌性地报以微笑，开始参观藏书室。这里足有她的三个卧室那么大，但显得很压抑，因为三面墙都被橡木书架顶天立地地包裹着。大白天，屋里却开着所有灯，拉着所有窗帘，捂得严丝合缝。高小爽走过去，想拉开窗帘勘查昨晚的“案发现场”，老张看见后大声制止，但已经来不及了。高小爽把窗帘掀起，不可思议的画面出现在眼前：这里没有窗户。不，是每一扇窗户都被木板钉死。

老张慌张地跑过来把窗帘拉好，高小爽僵在原地。

怎么会这样，昨晚，明明看见窗户上有一张脸，可是……

“高小姐，你一定想问为什么吧?”老张的话把高小爽从混乱的思路中拉回，“有些话我也不知道该不该讲。”老张叹了口气，故意压低声音，“这里，这里闹鬼。”

高小爽心头一震，睁大了眼睛。

“林山先生吩咐，这间藏书室，每天只对你们开放到傍晚，一到六点我就会准时过来把门锁上。有传言说，这里晚上八点以后会闹鬼。不过，你千万别去跟其他参赛者说，不要制造不必要的紧张气氛。”老张用一种复杂的眼神望着高小爽，既像在引诱什么，又像在恳求。这眼神的用意直到几天后高小爽才能领悟。

“您放心。但是，我想知道，这里曾经发生过什么，为什么会闹鬼?”越是神秘诡异的东西越激起高小爽的探求欲。

“这里啊……”老张捂住嘴，凑到高小爽耳边，“曾经有人跳楼自杀。”

“老张，老张，你在这里啊！林山先生叫你去一趟。”另一位工作人员在这一节骨眼上闯进藏书室，就像事先排练好一样，在最关键时刻带走了欲言又止的老张。

硕大的房间，顿时只剩下高小爽一人。不知从哪里刮来一阵阴风，她觉得每一根汗毛都竖了起来。一段闹鬼的传闻，一张若隐若现的脸，一排被密封的窗户，一个收藏着很多书和秘密的藏书室，背后到底有着怎样的故事。她小心翼翼地扫视四周，在门口的书架上，在一本很特别的倒着放的书籍旁边，她看见一串亮晶晶的东西。

高小爽觉得呼吸在瞬间变得很急促。深深吐气，一次，两次……

她知道，自己无法平静。

墙上的时钟飞速旋转，一晃就到了晚上。一楼壁球馆灯火通明，林山早早就到了，一个人对着墙壁挥舞球拍。他胳膊和腿上的肌肉线条很好，一看就是经常运动的结果。

大家在八点前后陆续到来，只有杨鸣穿了运动服。

“对不起，我的运动天赋为零，手脚不协调，真的无法参加球赛。”赵沫一上来就向林山道歉。

“我也不行。生命在于静止，这是我的格言。”梁戈连连摆手。

“石大作家和周编辑呢，也不喜欢打球?”林山停止挥拍，走到坐椅上拿起毛巾擦汗，“竞技体育是最有效调动大家体力、智力、心理等各方面潜力的方式，我本想让诸位互选搭档进行较量，最后获胜的获得今晚的独家线索。看来，是我一厢情愿了。”

“别啊，咱俩打。我要是赢了，嘿嘿，独家线索给我。”杨鸣有些摩拳擦掌，开始活动手腕脚腕。

“其他人怎么办?”

“其他人只能算自动弃权了，或者场下买马，押对了就得线索，这很公平。”杨鸣从林山准备好的球包里挑了一只拍子，跃跃欲试。

“请等一下。”还没等其他人表态，林山环顾四周，猛然意识到什么，“高小姐呢?”在壁球馆，并没有见到高小爽的身影。

“又迟到十多分钟呗！现在的年轻女孩，统统没有时间观念。”梁戈嗤之以鼻。

林山看了一眼挂钟，微微皱起眉，吩咐老张去高小爽的房间叫她来。“涉及公布谜案线索，我希望每个人都到场。”

“呵，美女的待遇就是不一样，为了她一个人，把我们都晾在这里。”石大川酸溜溜地说。

“有的人就是事儿多，多等一会儿会死啊。”周新伟的语气冷冰冰的，气得石大川翻白眼。

“行，那我先练练。”杨鸣说完对着墙壁大力挥拍。他的技术可真不是一般的烂，梁戈差点笑出来，第一拍就挥空了，还险些摔倒。就这水平也敢挑战林山。

“靠，意外意外。太久没打过这玩意儿了。”杨鸣有点不好意思，再度挥拍，这回他尽量把自己的动作做小，也不用全力，来回球立刻多起来。不一会儿，汗水就把他的球衣浸透了。而老张这才慌慌张张地跑回来，“林先生，高小姐，高小姐不见了。”

“不见了？什么意思？你慢慢说。”林山的声音瞬间高了八度，杨鸣也立即停止击球。

“我刚去了高小姐的房间，她的门锁着，我使劲敲门没人回应，于是我就用钥匙打开了房门，里面空无一人。然后我又……”老张犹豫了一下，还是硬着头皮说下去，“接下来，我去敲了每个人的房门，大家的房间里都没有高小姐，老宅附近也没有。”

“等等，等等，你说什么？你说我们的房里没有高小爽，你怎么知道，你私自开我们的房门了？”梁戈超级敏感。

“对不起，我……”老张有些不知所措。

“你们房间有什么见不得人的吗？作为总管家的老张打开看看又如何？现在问题的关键是，高小爽去了哪儿？”林山用话噎住梁戈，脸上显出一阵阴郁。

“高小姐会不会在外面闲逛？我看见她昨晚很晚跟老张从外面回来。”周新伟说。

“是，确实是。昨晚我查夜时，看到高小姐一个人跑到老宅外面，不知在做什么。周先生那时也没睡啊。”老张说。

“看来大家都对美女挺关心。”石大川的语气有点冷嘲热潮。

“呵，她胆子够大的。”杨鸣擦擦汗，“别管她了，说不定又去哪儿玩去了。

咱比赛吧，我还等着拿独家线索呢。”

“对不起，人不齐，破案不能继续。比赛取消!”林山黑着一张脸突发号令，不顾任何人的反应，转身就走。

“嘿，说走就走，要我们呢啊!”杨鸣把拍子往地上一扔。

“真是一点礼貌没有，今天早上也是如此，来去全凭他个人意愿。”梁戈也颇为不满，看看表，“又白折腾一晚上”。

“高小姐不知去向，林山哪儿还有心思再打球，诸位难道一点也不担心吗?”赵沫用右手摸着下巴，将昨晚到现在发生的一切像过电影般在脑海里重演了一遍：昨晚高小爽迟到吸引了所有人注意，她又第一个冲在前面“验尸”；今早跟林山一起走进大厅，公证员的事被她一语道破，比赛由她宣布开始，现在……又玩消失。发生了这么多事情，一定有哪里不对，但是是什么呢？盘算着这些，赵沫来到自己门口，隔壁 206 的房门大开，里面空空如也。正在这时，赵沫被一道手电的光芒晃到眼睛，是老张举着电筒从阴暗的走廊深处走来。

“走廊光线暗，我怕我老眼昏花看不清，所以随身带着照明工具。”老张一边解释，一边为赵沫开锁，“起到个醒目的作用，让你们大老远就看得到我。”

醒目！赵沫眼前一亮。发生了这么多事情，一定有哪里不对？他现在知道问题出在哪儿了：高小爽，太醒目了。

一场悬赏一百万的虚拟破案大赛，才进行到第一天，谜题刚刚露出冰山一角，猜谜的人却不见踪影，这仅仅是巧合吗？与世隔绝的小岛，山路上树木与杂草丛生，大海边礁石林立，一个女孩，在这样的漆黑之夜，能去哪里？

每隔一小时，林山都会去 206 的门口，确认高小爽是否回来。大约在晚上十二点的时候，林山没有等来高小爽，却在房门口遇到神情紧张的石大川。

这样的相遇让石大川也颇感意外。

“林，林先生，高小姐还没回来?”石大川打了个磕巴。

“门一直开着，没见人回来。”林山黑着脸，表情相当严肃。

“哦，看样子，您很关心她啊。”

“我是主办者，参赛选手不知去向我当然要过问。反而是石先生，您也很热心嘛。”林山眯起眼睛。

“我是听说高小姐昨晚十二点跑出去过，出于好意，过来看看。”

“您对高小姐的行踪很了解?”

“我？我怎么会了解？我到哪里去了解?”石大川语速明显加快，“作为大赛主办者，难道不是您对大家的行踪了如指掌吗?”

“我是主办者没错，但我不是监狱长。我不控制每个人的行踪。”

“呵呵。”石大川干笑一声，“您说不控制，可是我们哪一天不是按照您的全盘计划行事？您说昨晚十点假面聚会，我们就得去挑面具；您说今晚八点公布线索，我们就得整装待发，结果您不高兴了扭头就走，我们也只能作鸟兽散。孤岛上的我们，难道不是生活在一所你掌管的监狱中吗?”

“听您的意思，想越狱?”两个男人的谈话越来越剑拔弩张。

“没有没有，我只希望顺利度过这十三天……”石大川微微停顿，“赶紧破案，赢取奖金。”

“哼哼，石先生，明人不说暗话。你们每个人带着什么目的来这里，天知地知，你知，我……不早了，回去休息吧。”走廊的灯很暗，但是林山说话的样子没有逃过石大川的眼睛，是一副好像上帝预知一切的表情，石大川的心“咯噔”一下。

回屋后，石大川翻出他的破案大赛邀请函：

您还拥有一个仅属于自己的破案密码：206。

第二天　情书·密室缉凶

乌云密布。有人说，人死了会升上天空，运气不好遇到云，就变成雨，无奈落回地面。在不开灯的房间，每个人的心情就像此时窗外飘忽不定的阴云，等着雨的到来。

高小爽仍然不见踪影。

“第一天就出这种状况，林山你得负责。我早说过，应该有专门人员负责我们的安全。”梁戈一上来就是劈头盖脸地责问。

“专门人员，你指什么人，警察吗？有警察在，就能把消失的人变出来？”林山也不甘示弱。

“可是至少能给我们一个心理安慰。”梁戈不依不饶。

“林山，你确认来往孤岛的渡船只在第十三天到达？高小姐会不会提前离岛？”石大川神情凝重，“如果是这样，我也退赛。”

“石大作家，你凭什么判断高小姐有可能提前离岛？”周新伟的声音又带着挑衅的味道，“难道岛上有她不愿面对的人？”

“我再次重申：这座孤岛，十三天内，谁也来不了，谁也走不掉，高小爽肯定还在岛上。大家现在应该想解决办法，而不是指责。”林山语气坚定。

“林山说得对，既然是封闭空间，咱就不该在这里唧唧哇哇，赶紧搜寻行动呗。”杨鸣提议。

“好。”林山正要发布命令，老张神色匆匆地跑来。

“又，又出事了。”仿佛老张的每次到来，都会带来一个坏消息。

“怎么？找到高小爽……了？”梁戈脑子里忽闪出一个不吉利的念头，她赶紧摇摇头，让它烟消云散。

“不，不是。是，是藏书室的钥匙，不见了。”

一波未平，一波又起。老张说早上他去开藏书室的门，在一大串钥匙中怎么也找不到213那把。

“先找钥匙，也许跟高小姐的失踪有关。”赵沫脱口而出。

林山发动老宅所有工作人员，把每个房间都翻了个底朝天。当他们最后走进大门敞开的206号房时，谁也没想到的事情发生了。

213藏书室的钥匙，不在别处，正在失踪的高小爽枕边。

“你确定是这把？”梁戈问。

“是，钥匙上贴着房间号呢，213，错不了。”老张连连点头。

“你昨晚来房间找高小姐时，怎么没发现这把钥匙？”赵沫右手托着下巴。

“昨晚只顾着找人，实在没注意到。”老张边说边用手抹着额头，这会儿工夫他已经出了一脑门子汗，“不遇到特殊情况，我们工作人员不会随意翻动客人的床铺。”

“先别管那么多了，去开门要紧！”周新伟说。

一帮人簇拥在213藏书室门口，由老张负责开锁。他的手竟然颤抖起来，几次才对准钥匙孔。转一道，没有打开。转了两道，方才推开厚重的房门。

屋里黑压压的一片，老张冲在最前面，在书架后一个很隐蔽的角落打开灯的开关。随着光明降临，站在老张身后围成一个半圆的人们都倒吸了一口凉气。

“天呀，怎么会这样。”这是梁戈惊讶的声音。

“差点把我们吓死!”这是杨鸣抱怨的声音。

“果然没有猜错。”这是赵沫意味深长的声音。

“昨晚一整晚你都在这里?”这是林山焦急的声音。

“你们……终于来了。”这是嘶哑、颤抖的声音。

说话的人，正是消失一整晚，此刻正蜷缩在书架边，苍白柔弱的高小爽。

捧着一杯即刻为她冲泡的英国红茶，高小爽咬着嘴唇，从牙缝里挤出五个字：“好奇害死猫。”

事件的来龙去脉是这样的：

“昨天下午，我在藏书室的书架上发现了老张落下的钥匙，还发现这间藏书室很古怪，所有窗户都被木板钉死，窗帘紧闭，大白天开着灯。在好奇心怂恿下，我从钥匙串上卸下这把钥匙，计划趁大家在一楼壁球馆集合时，夜探藏书室。我掐好时间，大概是晚上七点四十分左右进入密室，小心翼翼地开门，没发出一点声响。蹑手蹑脚地进屋后，将门反锁。不敢开灯，就打着手电，先检查了藏书室的窗户。我幼稚地以为这里会像童话中灰姑娘的‘十二点咒语’一样，到了晚上就会发生神秘的事。结果，什么都没发生。我担心再在这里待下去，你们在壁球馆会起疑，于是在八点二十分左右，决定结束这次毫无收获的夜探。可就在这时，我发现藏书室的门锁住了，我拿着钥匙也开不开。一定是什么人刚才在外面把门锁了两道，我竟然没有听到一点声响。当时我就慌了，想开灯求助，却怎么也找不到开关，只能拼命拍打房门，用力叫喊，可是没人听到我的呼救。我的嗓子喊哑了，绝望了，就蜷缩在这里，任由周围的黑暗和死寂吞咬我的心。我甚至不敢睁眼，害怕一睁眼就看见一张没有五官的魔鬼的脸扑向我。”

就这样，高小爽在藏书密室度过了她人生中最漫长的一夜。

梁戈率先发难，以一种咄咄逼人的口气问：“你说，你拿走了213的钥匙，那为什么钥匙最后又跑到你的枕边?”

“我的枕边?什么意思?钥匙就在我的身上。”说着高小爽从运动短裤兜里取出一把钥匙。

“这怎么可能?”老张冲上去，把钥匙拿到手里，翻来覆去在眼前转了无数遍，恨不得把钥匙吃进眼球里，“不可思议，是一模一样的。”说着老张取出他腰间的一整串钥匙，找到在高小爽枕边发现的那把。两把钥匙上都贴着房间号，连“213”的字迹都是一样的。

“靠，有人复制了钥匙！”杨鸣叫出来。

“不可能，咱们这里没有配钥匙的工具，到哪里去复制？”老张说。

“会不会是，钥匙本来就有两把？”赵沫问。

“这……”老张望了望林山，不敢接话。

“你为什么不回答我的问题？”赵沫并没有因为老张的欲言又止而放过他，继续步步紧逼，“当我第一次听说钥匙要交给一个人管理时，就觉得不合常理，果然，第二天就出了问题。请主办人和管家给我一个明确的答复，钥匙是不是真的只有一把？”

“钥匙……”老张面如土色，嘴唇一直在抖动，却始终不敢接话。

“赵沫，这个问题还是我来回答你。”林山犹豫了片刻，“在这座孤岛上，钥匙只有一把。”

“那就见鬼了！”梁戈说。

“这个世界没有鬼，一定是有人撒谎。”周新伟站出来，“我想做个实验，请大家帮个忙，暂时离开藏书室，去一楼壁球馆，走前请你们将门从外面锁两道，并留一把钥匙给我。如果我没有呼叫大家，就请在五分钟后开门进来，从锁门后开始计时，请林山先生帮我把握时间。谢谢。”

五分钟后，一干人等再次打开藏书室的门，只见周新伟垂头丧气地坐在椅子上，沮丧地说：“对不起高小姐，刚才我还一度怀疑你，结果我自己试了一下。大家离开后，我拼命叫喊、砸门，你们有听见任何声响吗？”

“大编辑，您这不是明知故问。如果我们听到了，能不第一时间跑过来开门救你？”石大川一进屋就找了个座位坐下来，跷起二郎腿。

“一楼壁球馆正好位于藏书室的正下方，但我们听不到任何声音。即使到了213门口，如果不趴在门上，也很难发现里面有动静。”林山的眉头锁得更紧了。

“而且，我拿着这把钥匙，在屋内果然无法打开从屋外上的两道锁。这证明，的确有人拿另一把钥匙在外面锁住了高小姐。林先生，刚才你说‘在这座孤岛上，钥匙只有一把’，言外之意，在这座孤岛外，还有另一把钥匙？它在谁的手里？有没有可能再度被带上这座孤岛……林先生，请不要再隐瞒了。”周新伟问得很实在，让林山难以找出拒绝他的理由。

“另外的钥匙……好吧，告诉大家也无妨。这所老宅一共有两套钥匙，老张手里有一套，另一套，在老宅的女主人手里。但是，她不住在孤岛上，她在另一个很僻静的地方，养病。”

“她生病了？什么病……”高小爽还没来得及问下去，话语权就被梁戈剥夺，“就是说，既有可能是有人在岛上复制了老张的这把钥匙，也有可能是有人从孤岛外带来了女主人的那把。林山，难道你不该出来主持局面，抓到这个凶手吗？”

“凶手?!”听到梁戈这两个字，在场的好几个人都有血液涌向大脑的眩晕感。

“你的意思是，锁住高小爽的元凶就在我们中间？”林山的一席话再度让每个人脖颈发凉，“昨晚高小爽的房门没有上锁，任何人都可以溜进去把第二把钥匙放在她的枕边。而我，碰巧在高小爽门口碰到了石大川。石先生，对此你有什么要解释的吗？”

“我？你怀疑我？笑话。我只是去门口看看人回来没有。”

“那你为什么今天早上提出退赛？难道不像是……畏罪潜逃！”四个字从周新伟的口中脱缰而出。

“畏罪潜逃？真是太有趣了。我实在没工夫跟你们做无聊的告白。”石大川发出不屑一顾的冷笑，转身对高小爽说，“高小姐，你一定知道，我不会做出伤害你的事。”

经过昨夜密室围困的高小爽，脸色已经很差，听到石大川的话，肩膀颤抖起来。

“对不起，我有一个疑问，高小姐把钥匙拿走，那么老张你又如何锁门？那时你怎么没发现钥匙不见了？”赵沫用右手摸了摸下巴。

“一般情况我都不用钥匙锁门，直接把门撞上就可以了。昨天下午我跟高小姐在藏书室，林山先生忽然叫我去办事，我急忙赶过去，自己都不记得把整串钥匙落在书架上。等我再回来时，高小姐还在里面看书，钥匙放在原位，我根本没注意少了一把。”

“那么，昨晚你发现高小爽不见了，你说你检查了我们的房间，也搜查了老宅附近，为什么唯独没有检查藏书室？”杨鸣问。

“那时已经八点多了，我……我……”老张有些支支吾吾，似乎有什么可怕的事不敢去面对。

“是这样。”林山接上话茬，“我吩咐老张每晚六点将藏书室的房门锁住。老张一定是按照惯性思维，认为藏书室不可能有人。这是个教训，如果以后再出现这种情况，所有房间都要搜查。”

“等等，等等，为什么藏书室每晚要锁门?”梁戈又发现新的疑点，“高小爽，你说你幼稚地以为这里会像童话中灰姑娘的‘十二点咒语’一样，到了晚上将发生神秘的事。难道你知道什么我们不知道的？这里晚上会发生什么?”

“梁律师说得没错。高小姐，恕我直言，偷走钥匙，这可不是什么光彩的行为，你为什么要这么做？是不是有什么隐情?”周新伟皱着眉，目光直视高小爽。

“这……”高小爽望了望老张，老张正用近乎于哀求的眼神看着她，高小爽咬了咬嘴唇，“对不起，我就是好奇，想看看为什么藏书室晚上要锁门，锁门后又会发生什么。从小到大，越故意拦着不让我知道的我越想知道，所以我才……”

“拿走老张钥匙是高小姐不对，但是锁门的那个人才是罪魁祸首，我们还是把注意力放在缉凶上吧。”林山提高声音，“如高小姐所述，昨晚大约在七点四十分到八点二十分左右她在这间藏书密室里，只有在这个时间段锁门的元凶有作案时间。既然梁戈小姐让我主持公道，那么，就请每个人交代一下这段时间大家都在哪里，都做了什么?”林山用手揉了揉太阳穴，“我是第一个到达壁球馆的，大概在七点半左右，我一个人先做了做热身训练。我记得，接下来第二个到达的是……”

“是我。”周新伟接过林山的话，“我大概七点四十分到场。林山先生确实已在里面打球。”

“呵呵，也就是说你们二位互相洗脱嫌疑了？主办方与协办方果然有默契，关键时刻互相作证。”石大川一脸不屑。

“你、你怎么还抓着这个不放!”周新伟边说边攥紧拳头，“我是代表我们杂志来报道这次破案大赛，但是我跟出题人没半点关系。”

“有没有关系，光凭你一个人说是没用的。所以，你们俩的不在场证明并不能立住脚。”

“石先生，这算是对我刚才质疑你在 206 门口的报复吗?”林山一脸不悦，

"既然我们的立不住，你呢？那段时间，你又在干吗？"

"我？我一直在自己房间里，八点准时到达壁球馆。而且……"石大川望向高小爽，"我早说了，我不会做伤害高小姐的事。"

"我比石先生来得早，是紧跟着周新伟到的。在此之前，哦，对，我跟老张在一起!"梁戈像抓到救命稻草，"我想起来了，那晚看完新闻联播，我到外面散步，饭后散步是我跟我先生养成的习惯。在老宅大门口我遇到了老张，我记得我还问他，一会儿一定要打球吗？如果不会打怎么办？"

"是的，我可以为梁小姐作证，我告诉她，如果真不会打球，跟林先生解释一下就行。我还提醒她别迟到。进屋后她直奔一楼壁球馆，而我，上了二楼。"

"对，我刚一出房间就碰到了老张。在此之前……嘿嘿，人品好的人就是有老天帮忙，在此之前我在屋里拍照，数码照片都有时间记录，你们点一下鼠标右键就可以知道，七点四十分到八点期间，我都在屋里，哪儿也没去。"杨鸣颇为得意地说。

"呵呵。"石大川又发出一阵阴阳怪气的冷笑声，"有点常识的人都知道，数码相机的时间格式是可以随意调整的，在我的上本小说《电子谋杀案》里，凶手就是利用这个伪造了不在场证明。"

"你是说我故意调整相机显示时间？"杨鸣拍案而起，"我图什么啊？"

"摄影师先生，不要动不动就着急，小心被人说成是'此地无银三百两'。"石大川有意无意地瞥了一眼周新伟，"我不是针对某一个人，只是想说明，制造所谓的不在场证明，易如反掌。"

"被石先生这么一说，我都不知道还有没有必要汇报我的行踪。八点之前我也在屋里，在网上跟女友聊天，大家可以去翻看聊天记录。当然……"赵洙顿了顿，"石先生也可以说，我跟远在国外的女友同时将笔记本电脑的时间做了手脚。"

一时之间，大家呆在那里，好像空气忽然间具有了黏性，让大家的嘴无法自由张开。

最终，还是林山冲破僵局，"好了，我们暂且把晚上八点作为一个分水岭，八点之前各位的行踪不定，但是八点到八点二十分，所有人都在壁球馆。"

"也不是所有人吧？"赵洙的反问让众人一惊。

“谁?”大家异口同声。

“老张！如果没记错的话，在发现高小姐没有按时到达后，林先生吩咐老张去她的房间找她。那时……还不到八点二十分。”赵沫把目光逼向老张。

“你在怀疑我?”

“我只是客观陈述事实，如果高小姐没有记错时间，而我们每个人都没有说谎的话，那么在场的人中，只有老张有作案时间。”

“可是，我的钥匙已经被高小姐拿走，我用什么锁门?况且，我为什么要锁高小姐?林先生，高小姐，请相信我，我……”老张越说越着急，不停地咳起来。

“好了，请别再为难老张了，不管是谁锁住我，罪魁祸首只有一个，那个人就是——我自己。”半天没有发言的高小爽发出嘶哑、哽咽的声音，“是我偷走钥匙才闹出这一切，是我作茧自缚，就当昨晚是老天对我这种行为的惩罚。对不起，让大家陷入相互猜疑的境地。”

话一出口，超乎很多人的意料。最不该放过“凶手”的人，怎么就这样退缩了?赵沫微微皱起眉头，黯然垂首。

“高小姐你千万别这样说，你是这起事件的受害者，作为主办人，该道歉的是我。”林山脸上流露出极为复杂的神情，他深深叹了口气，“此时我还无法抓到那个锁门的元凶，但是我可以以人格担保，岛上的工作人员不会做违法乱纪的事。我宣布，从此刻开始，藏书室不再执行锁门制度。老张，你要接受教训，每晚都要检查钥匙的数量，不能再出现钥匙丢失的情况。”

“等一下等一下，高小爽可以放弃自己追究的权利，但是我不放。如果这座孤岛上真的有人拿着第二套钥匙，我们的安全谁来负责?晚上还敢闭眼睡觉吗?”梁戈直视林山，眼中仿佛有火苗在闪动。

“梁小姐，给我些时间，我答应诸位一定会继续追查这件事，给大家一个交代。但在凶手没抓到前，我希望一切恢复正常，继续我们的虚拟破案。”

“对呀对呀，昨晚本来要公布独家线索，结果你说，人不齐，破案不能继续。现在人也没事，能不能开始办正事啊!”

杨鸣的话惊醒了众人。大家来到这座孤岛，首要目的不就是破解奖金一百万的失踪谜案吗?谁又能想到，登岛后发生这样的事故，让大家偏离了轨道。

“对不起，都是因为我的好奇心给大家添了这么多麻烦。我回屋休整一下就下楼，别再因为我耽误破案进程。”

好奇害死猫。赵沫耳边再度响起高小爽的话，可是在他的心底，冒出的是另一个声音：仅仅是好奇惹的祸？

所有人离开藏书室在一楼大厅集合，高小爽十分钟后再度归队，她换了一件淡红色的裙子，显得面色有了一丝红润，但仍然一副疲惫不堪、弱不禁风的样子。

“今日的线索是……剧组女一号到底是何方神圣？”林山说着掏出一个信封，“我早已把答案写在信封里，但是，并不是所有人都能够得到。接下来，我们要玩一个游戏。游戏规则，假设你是福尔摩斯，要在剩下的五人中寻找一位作为你的破案搭档。只有心有灵犀互相被选中的才算通过考验，得到关于女一号的独家线索。”

林山的用意很明显，他是在提醒大家，在发生了昨晚的神秘事件以及刚才的作案分析后，你还能相信谁，将跟谁互帮互助，谁有可能成为你未来十几天内的破案绊脚石？谁又是昨晚那起事件的元凶……想到这里，高小爽咬住嘴唇，心潮像波涛汹涌的海面，随着林山的号令荡漾。

“必须要相互选中，就是说，所谓的独家线索将由配对成功的两个人分享？”石大川像是在自言自语。

“这是一道排列组合。”赵沫用手摸了摸下巴，“互相选中的概率是，二十五分之一。”

“靠，如果谁都没选中怎么办？”杨鸣问。

“那就谁也别想看答案了。开始吧，写上搭档的名字，附上一句话理由。”林山又补充，“请慎重做出选择。”

林山发出命令后，梁戈第一个交卷，似乎没经过什么思考就把答案递上去。石大川最慢，好像煞有介事破解哥德巴赫猜想一样。

“先念梁戈小姐的。她选的是——石大川。理由是：让刑侦经验丰富的侦探作家成为盟友总比让他成为对手强。理由很充分。可惜……”林山打开石大川的纸条，“可惜，大作家选择的是——高小爽。石大作家的理由是：我是年龄最大的，高小姐是年龄最小的。这样的组合更容易互补。这真是个奇怪的理由啊，小说家的思维都是这样跳跃吗？”林山脸上浮现出一道诡异的表情，他抽出另一张纸条，“看来大作家的如意算盘要落空了。高小姐选的是——梁戈，理由：女孩子结成同盟。”

“得，那我也折了！”杨鸣自投罗网，他的答案自然是高小爽，他的理由是男女搭配，干活不累。

只剩下赵沫和周新伟。两个男人相视一笑。

“还好还好，今天没有全部‘灭灯’，恭喜赵沫和周新伟速配成功。”林山笑起来，像在主持交友节目一样。大家这才发现，从昨晚到现在，林山都没有当众笑过，“赵沫的理由是，周新伟的藏书室实验！这是什么意思？”

“是这样。”赵沫朗声说道，“刚才在推理高小姐失踪案时，周新伟做了一个实验，有三点打动了我：第一，他用自己做实验对象，证明这个人有自我献身精神；第二，他的实验很充分到位，说明他具有很强的推理能力和实践能力；第三，他说话的口气很真诚。这三点让我很佩服，我愿意选这样的人作为搭档。”

被赵沫这样一说，周新伟反而不好意思了，一个劲摇头。

“那么，周新伟又为什么选赵沫？他的理由是——排除法。也请周新伟自己解释吧。”

“我先排除石大川，大作家刚才还在怀疑我的不在场证明，这样的搭档我不敢选；然后又去掉梁戈和高小爽，我这个人不太擅长跟女人打交道。没选杨鸣是因为我判断他会选女孩，如果我选他，成功的概率很小。所以，最后我选了赵沫。”

“精彩的推理。”林山不由鼓起掌，把信封递到赵沫和周新伟的手里，“这是你们的独家线索，从这一刻起，二位领跑了。预祝你们率先找到凶手。”林山转头看看其他人，“不甘心吗？今日就到这里，我不再做任何安排。高小姐也累了，赶紧回去休息吧。各位，注意安全。”

林山丢下最后一句话。

这算什么，善意的提醒，还是警告？

“又是这样，他妈的。”等林山走后，杨鸣爆了粗口，“从昨晚到现在，一条新线索都没拿到！”他显然是所有人中最不能接受这一结果的。

“我看是，所谓的谜题没什么大不了，依靠咱们的能力三天就能破，所以林山得拖延时间，故意放慢节奏。”石大川漫不经心。

“要我说，还不如咱们一起来破高小爽失踪案。”

梁戈的话像窗外的惊雷，将原本平静的氛围炸开了一个洞。

“这雨终于来了!”赵沫凝视窗外，他的背影散发出一抹忧虑的气息。

高小爽以为这辈子都不会再踏进 213 一步了。昨晚，当她蜷缩在角落里与黑暗和恐惧搏斗时，她恨不得咬碎自己的牙齿，责问自己千万遍：为什么要夜探藏书室。她想起一本看过的书，书名叫《生死爱恨一念间》：一念之间她填写报名表，一念之间她来到孤岛，一念之间她被闹鬼的故事诱惑，一念之间她推开藏书室之门。

而如今，又是一念之间，她竟决定，午睡后，再探密室。“我一定被魔鬼附了身。”高小爽对自己说。

下午四点半，高小爽抱着两本书，踮着脚尖从自己房间溜出来，紧张地望向四周，隔壁赵沫与对面梁戈、杨鸣的门都紧闭着。高小爽并不能确定他们每个人都在自己的房间里，但是可以确定的是，四下无人，没人发现她再探藏书室。

213 的门依旧半掩，高小爽用力推开。这一回，等在里面的不是老张，而是那个她最想见又不敢见的——林山。

“请把门关上。”

厚重的房门像被施了咒语一样缓缓关闭，高小爽眼前立即出现了一幅奇妙的幻象：

她被禁锢在一个四周密闭的玻璃水缸里，水越来越多，即将漫过她的脖颈、鼻孔、双眼、头颅。她拼命拍打着玻璃，一股浓重的血腥味涌上喉咙，紧接着热乎乎的液体从眼睛、耳朵、鼻孔中溢出，迅速蔓延，将周围的一池碧绿染成猩红色。就在这时，玻璃背面出现一个男人的身影，对着她举起手枪，“砰”的一声。她闭上眼，以为自己死了，却感觉水位线越来越低，慢慢降过她的头颅、鼻孔、双唇，她可以呼吸了，心随着胸脯的起伏颤动。

“我就知道，我们一定会再见面。”男人对她说。

高小爽睁开双眼，从幻境中清醒过来，面对眼前的他，柔美一笑。

此时此刻，藏书密室只有他们两个人，他们彼此知道，为了这一幕，他们足足等待了两个月。

时光倒流。

在从巴黎回北京的飞机上，高小爽与邻座男人交换了旅途中携带的小说。在九个多小时的飞行途中他们两人除了礼貌性的微笑，没有任何交谈，直到降落前，男人才提出这个有趣的建议。高小爽没有拒绝，因为她对这个男人第一印象很好，成熟、英俊且低调。更为关键的是，男人非常自信地说，她一定会喜欢他推荐的书。高小爽拿过来一看，书皮上写着：邂逅一场突如其来的爱情。

回到家，高小爽一口气读完这本书。就像他说的，她非常喜欢，完全沉浸在那段突如其来的爱情中。更令她惊讶的，在书的最后一页，男人留下几行话：

我不想吓到你，于是用了这个笨拙的办法。

当你刚坐到我身边，我就想跟你说话，话到嘴边又溜回去。可是不说，又觉得终生遗憾。

我这是怎么了。

请你原谅我的鲁莽与不知所措。

等我处理完一些事，我会用我的办法找到你。如果那时你忘了我，我会用这本书和“十三”这个数字作为我们的重逢暗号。

我相信，如果这真的是上天的安排，我们一定会再见面。

林　山

在那之后，高小爽身边似乎出现一个隐形的护花使者。每周一的早晨，她会按时收到一把白色雏菊，一定是他们第一次见面时，她领口的那朵花吸引了他的注意；她经常会收到莫名其妙的快递礼物，有生活用品，有毛绒玩具，有一次她收到一个大包裹，打开一看是一整套“愤怒的小鸟”的存钱罐，这是她最喜欢打的一款游戏的衍生品，她把自己和“小鸟”拍进照片发在微博上，她想，也许他能看到；不定期她还会收到从不同地方寄来的明信片，上面记录着他的心情点滴和他的名字；渐渐地，她已经把他当成自己生活的一部分。可是，十天，二十天，三十天过去了，他从没找过她，她也不知道该去哪里找他。就这样，在一种被动的等待与奇妙的相思中，她收到了虚拟破案大赛的报名表。

“我决定跟自己赌一把。”高小爽关闭记忆的匣子，把手中的两本书递到林山面前。

是两本一模一样的书，一本旧些一本新些，上面都写着：邂逅一场突如其来的爱情。

“这一本是你在飞机上给我的，我装进行李箱带上孤岛；而这一本，是你昨天下午在这里留给我的。我猜，这个藏书室，本来的房号是 207，对不对？‘13’是你后贴上去的。”

林山点点头，说：“你能破解，我真是太高兴了，但是，昨晚的事……”林山眼中流露出恍惚又关切的神情，“你一整晚待在这个封闭的黑屋子里，都做了什么？”

“在用了各种办法都无法出去后，我让自己静下来，蜷缩在那个角落，唯一做的一件事，就是借用手电的光芒，重读了这本书。”高小爽的目光飘向藏书室的那个角落，昨晚所经历的恐怖仿佛再度爬上她的身体，让她微微颤抖起来，“昨晚到底是怎么回事，正是我想问你的。请告诉我真相。”

“真相？”林山脸上浮出一片阴霾，有人对他说过，当恐惧和寒冷让床上的你变成一具雕像时，不要指望没有血肉的生硬的真相会给予你帮助……

“那串钥匙，为什么那么巧合地放在这本书的旁边？”

面对高小爽的追问，林山迟疑了一下，“上午时你为什么放弃缉凶，不当着所有人面质问我？”

“我……”林山一问，反倒噎住高小爽。我为什么不问，我如何能当众问出口，难道你会不知道？高小爽心底像被千万只小虫撕咬，她抬起逐渐被泪水模糊的双眸。

“经历了昨晚，我本以为我再也不会踏进这扇门。但是我……我就是想单独问你，听你亲口告诉我，是不是你，叫我来孤岛，又是不是你故意引我走入这个密室？”就在被锁住时，高小爽都坚强得没有掉一滴眼泪，此刻却再也坚守不住，无法抑制的抽泣狠狠扼住她的喉咙。

林山走上去，用右手拂去高小爽脸上的泪。那是一双温暖、宽厚的手，手上的温度停留在高小爽的脸颊上，久久没有散去。

“是我派人邀请你来参加这个大赛，是我拿这本书和‘十三’作为我们的重逢暗号，但是我怎么忍心让你被困、受到伤害？”林山望着她，双眼饱含深情，“相信我，给我点时间，我一定会抓住那个企图伤害你的人，给你一个满意的答案。但是，也请你答应我一件事好吗？你要变得更坚强，知道如何保护自己。”

他的声音听起来很平淡，但是暗藏着浓浓的情意。高小爽觉得心好像停止了跳动。

“那么，这又是什么？”在让人迷醉的情绪中沉寂了片刻，高小爽才缓过神，翻开两本书中稍显崭新的那本，在书的最后一页，林山留下了一连串奇怪的数字，其中一组正是：19717910。

“一旦参破密码背后的玄机，你将顺利达成内心最隐秘的愿望。”

这正是高小爽破案大赛邀请函上的破案密码。

林山笑了，那仿佛不该在此刻出现的诡秘的笑容让高小爽的心砰砰乱跳。

“你记住，来这个孤岛，不仅仅是为了见我，你还担负着必须要完成的使命。运用你的智慧去破解失踪谜案吧，你一定不会让我失望。”林山看看墙上的挂钟，“我得走了，不能让其他人怀疑。对了，还要拜托一件事。”

林山在高小爽耳边低声说了什么，高小爽脸上露出既迷茫又踌躇的神情。

就在林山与高小爽在二楼藏书密室窃窃私语时，窗外依旧风雨大作，一楼餐厅热闹非凡，杨鸣、梁戈、石大川来了个前后脚。

“哎，这菜是谁叫的呀？”在等待上菜的过程中，杨鸣跑去后厨，跟做菜大师傅聊起天来。

“哦，洋葱烧沙丁鱼，林山先生点的，让送去他的房间。”

“什么烧什么鱼？沙丁鱼，以前只吃过罐头，这么做味道如何？”

“非常鲜美。杨先生对美食感兴趣吗？”

“咳，金牛座，好吃懒做！”

“那下次有机会您尝尝这道菜。”做菜大师傅的话匣子一打开，就一发不可收。

“沙丁鱼是海鱼，算得上是最有礼貌最讲纪律的鱼。在海底游到狭隘地带时它们会自觉排成整齐的队伍，按顺序通过。”

“这么守秩序，那咱中国人应该好好学学。”

“不过，温文尔雅也成了它们的弱点。离开大海后，沙丁鱼会因为不爱运动缺氧而死。”

“哦，所以，我们只能吃到不太新鲜的罐头？”

“也不完全是这样。罐头鱼只是一种做法。自从挪威人发现了鲶鱼效应，让鲶鱼这个‘异己分子’点燃沙丁鱼的求生欲望，咱们也都能吃到鲜美的沙丁鱼了。”

“呦，这鲶鱼够活雷锋的，跑去点燃别人的生命，结果便宜了我们这些吃货。”

“哈哈，杨先生，您真幽默，今天您点什么菜？我看看单子，哦，鱼香肉丝，梁戈小姐是油泼面，石先生是土匪猪肝。”中华民族悠久的“食文化”，悄悄泄露了每个人的身世。

杨鸣，北京胡同里长大的。用他的话说，检验北京小饭馆菜品如何，就来一道鱼香肉丝。如果这个菜做的不行，其他的也就不用再尝了。

梁戈，西北人，在那里，面条的种类可多了去。她点的油泼扯面，俗称“油泼辣子彪彪面”，这个“彪”字读音应该是 biang（第二声）。陕西十八怪中就有它：“面条像裤带”。如果你在陕西农村走动时，看到有人蹲在树下，手捧一个脸盆大小的大海碗，里面宽厚的面叶子配上红通通的辣子油，吃的满头大汗吸吸溜溜的，那准是拿油泼扯面过瘾呢。

最后说“土匪猪肝”，这是一道有名的湘菜。要大块大块的猪肝，配上湘西土产的红辣椒。放眼望去，祖国山河一边红，应了那句话：贵州人不怕辣，四川人辣不怕，湖南人怕不辣。

杨鸣从后厨出来，看见石大川正在享用他的“怕不辣”，嚼得不亦乐乎。梁戈在等她的扯面。

“石老师，最近在写什么大作，不会是……《孤岛失踪案》吧？”梁戈话音未落，“嘎嘣嘎嘣”的咀嚼声戛然而止，“梁大律师，你什么意思？”石大川瞪圆了眼睛，让梁戈不寒而栗。

“您别误会，我就是觉得蹊跷，咱们来这里破失踪谜案，结果第二天就闹出真的‘失踪’，这两件事会不会有所关联？”

“梁律师为什么对这个这么感兴趣？”石大川紧锁眉头。

“我就是想确认这个大赛靠不靠谱，这座孤岛安不安全……”

“安不安全我们都得待在这里。我奉劝一句，大家还是把注意力放在虚拟破案上。”

“嘿，说到破案大赛，真没想到您会参加。看来，想拿这一百万，不是那么容易的事。”杨鸣也加入谈话。

“我不知道你来此地的目的，难道就没有比一百万更重要的东西?”石大川在跟杨鸣说话，眼神却飘向餐厅门口，目光中闪出一道从不曾见过的光芒。顺着这道光芒望去，高小爽正朝这里走来，右手拿着什么东西。

“高小姐，真巧，我正想去找你。下午休息好了吗?”石大川一改刚才冷淡的嘴脸，冲高小爽热情地招招手。

“找我?”高小爽停住脚步，把手里的东西捧在胸前，大家才看清，是两本书。

“是这样……”石大川堆着笑脸，从身边的公文包里拿出一个A4纸大小的牛皮信封。

“这是什么？上午林山拿个小信封，晚上石大作家拿个大信封。”

“嗯……”石大川没理会杨鸣，接着对高小爽说，“高小姐是学影视文学的，我这里正好有个剧本，想向你赐教。”

“向我?”高小爽站在餐厅门口，没有挪动脚步，脸上露出一种奇怪的神情。

“剧本还在修改中，想先听听科班人士的意见。”石大川起身，径直走过去，把信封递到高小爽面前，“怎么？看不上我的本子?”

“我说高小姐，作为科班专业人士，你就别推了。”梁戈阴阳怪气地说。

看来真的没办法拒绝了。高小爽不情愿地接过信封。

“哪里写得不好，还请高小姐像脂砚斋一样帮我标注!”

“脂砚斋？哈哈!”杨鸣伸了个懒腰，心里说，您还真不见外，人家脂砚斋跟曹雪芹什么关系啊!“好啦好啦，高小爽，别光站在那儿，过来一起吃饭吧。”

“不了……我回房间吃。打扰大家，明天见。”高小爽转身跟餐厅服务人员说了什么，匆匆离去。

“哈哈，瞧这热脸贴冷屁股!”梁戈笑起来。

“喂喂喂，怎么说话呢!”

“我说错了吗？你们男人呀，一见美女就献殷勤，可惜人家连看都不看你们一眼。”梁戈的面来了，碗里冒出的热气熏花了她的金丝边眼镜，“对了，石老师，您刚才说，比一百万更重要的是什么？”

眼镜上的雾气褪去，梁戈才看见，石大川早已拂袖而去。

回到房间锁好门，高小爽拆开石大川交给她的信封，抽出厚厚一叠打印文稿。第一页上印着大大的几个黑体字：**孪生姐妹失踪案。**

第三天　告密者·午夜见鬼

阳光明媚，大朵大朵的白云像棉花糖粘在蔚蓝的天空上。整座小岛经过昨日雨水的冲刷，焕然一新。那隐藏在阳光下的罪恶，也能跟着被冲刷干净吗？高小爽想起林山伏在她耳边的密语："不能让其他人看出，我们曾经认识。"高小爽咬住嘴唇，心底一个声音按捺不住地跳出来，"我们也算认识吗……"

"参赛人都到齐，今天的任务，重回沈雁失踪案，将嫌疑犯开膛破肚。"林山的开场白注定了，破案大赛第三天，将是不寻常的一日。

"警方接到报案，开始传唤剧组的工作人员。我们暂且把他们称为本次失踪案的关键人物。"林山拿出事先准备好的打印资料，递给每人一份，"也许，凶手就在他们中间。"诡秘的笑再度爬上林山的嘴角。

关键人物一号：方导演。

是他报的警。他是剧组负责人，兼任导演与制片的双重工作。方导演称：案发当日，上午没有沈雁的戏，过了午后，风云突变，下起大雨，方导演临时决定，赶拍一场沈雁参与的雨戏，这时大家才发现沈雁并不在房间也不在拍摄现场，哪里都找不到她的人影，剧组被迫停工。过了两天，沈雁仍然不知去向，方导演报警。按照方导演的说法，沈雁非常珍惜这次表演机会，不可能中途退出剧组。

关键人物二号：摄影师于老师。

他是沈雁的新恋人，两人到了剧组一拍即合，马上住到一起。但是在案发前一晚，于老师说不清沈雁究竟在哪儿，也许在他的枕边，也许不在。在警察追问下，于老师讲出实情，那晚沈雁拉着他喝酒，于老师醉得不省人事，第二天一早于老师爬起来拍戏，那时他发现沈雁并不在房间里。据于老师讲，沈雁在剧组跟每个人的关系都很好，方导演很器重沈雁，不停给她加戏，现在沈雁与女一号几乎平起平坐，在表演上，沈雁身上散发的光彩也盖过了女一号。基于这一点，于老师也认为沈雁不会自己退出剧组。

关键人物三号：女一号。

……

林山故意拖长音，“关于女一号的信息，我们只能遗憾地跳过。”

“凭什么？”杨鸣也知道自己明知故问，但就是不服气，他瞥了瞥昨日得到独家线索的赵沫与周新伟，一脸不高兴。

“愿赌服输。”林山的嘴角抽动了几下，“关于前两位关键先生，大家有没有要问的？”

“我有。”石大川第一个发问，“于老师跟沈雁的感情如何？方导演在这段感情关系中又处于怎样的位置？”

“感情关系中的位置？”梁戈重复了石大川的疑问，“您是问，方导演也可能爱上沈雁？”

“我没这样说，只是——我们不妨做一个假设：两个男人同时爱上一个女人，为这个女人争得头破血流，这个女人却厌倦了这种三角关系，在这种情况下，她很有可能制造自己的失踪，躲到两个男人都找不到她的地方。高小姐，你觉得有没有这种可能?”石大川忽然将问题抛给高小爽，给她一个措手不及。

“我，我不知道。”高小爽垂下头，被动地躲避石大川的眼神，视线落在自己的脚上。她这才发现大脚趾上的红指甲油已经褪色了。

“有点意思，听起来跟真事一样。”林山帮高小爽接过话题，“那么，还有谁也有这样的推理?”

“我并不认为案件会这么简单。”赵沫站出来，“一起失踪案，对不起，是一道悬赏一百万的失踪谜题，如果最终答案是主人公自己出走，这道题也太easy了。”

“哈哈，赵先生的意思是，如果我出这样一道题，是在侮辱你们的智商?”

“不不，我只是期望谜题有足够的挑战性。”

林山点点头，“我可以负责任地告诉大家，在这段感情关系中，方导演是绝对的旁观者。他对沈雁，仅仅是工作领域的欣赏。而沈雁与于老师，他们的感情属于暴风骤雨似的，昨天爱得火热，今天却大打出手，明天又紧紧黏糊在一起。”

“那么，从目前来看，方导演最没嫌疑。”梁戈接着说，“剧组因为女演员失踪而被迫停工，除了当事人外，第一个受害者就是导演。”

“先别急着下结论，还有没有其他人出场?”沉默许久的周新伟提醒大家。

“问得好！千万不要只陷在已知人物身上……”林山笑而不语。

“喂，要是还有其他嫌疑人，您就别掖着藏着了。”杨鸣跷起二郎腿，点燃香烟，“拜托，快点说吧。”

“既然大家如此着急，我就向诸位隆重介绍——关键第四号：小沈。”林山不再故弄玄虚。

“他姓沈……”石大川嘟囔了一句，“不是巧合吧?”他也点上烟，大口大口吸起来。

这么小的声音并没逃过林山的耳朵，“当然不是巧合。他是沈雁的侄子，趁着假期来剧组帮忙。”

“哟，沈雁的亲戚登场了！他多大?”杨鸣将含在嘴里的烟雾一起吐出来。

“十七岁。”

“沈雁才多大，有这么大的侄子。”

“沈雁二十四岁。”

“那不就像姐弟一样？”

“他们关系如何？小沈又在剧组做什么？”

“做剧务。他跟警察透露了重要的线索，并指认了凶手。”

凶手！所有人的瞳孔在那一刻放大，既紧张又兴奋地接过林山递来的新一页内容：小沈的告白。

“告白”——在“关键第四号”身上，林山用了这个字眼。

小沈的告白：

沈雁是我小姑，但是她与我爸没血缘关系，我听我妈说，是小姑的妈妈改嫁我爷爷，于是，小姑就成了我爸的妹妹。我小时候见过她，但是没什么印象，她跟爷爷住在乡下，后来考上了北京的一所艺术院校。对我来说，她这次来我们这里拍戏，就像仙女下凡。我求她带我来剧组，她找了那个摄影师于老师帮忙，但我一点不喜欢那个人。我知道一个所有人都不知道的秘密：那个人打小姑，小姑不想跟他在一起。就在小姑失踪前一天，她告诉我，她准备跟于老师摊牌。我觉得于老师是坏人，他一定与小姑的失踪有关。

这么诱人的信息，林山轻易就告诉大家，让人有种不真实的感觉。

“这么说，于老师有了明显的作案动机和作案条件。”梁戈推推眼镜，“根据小孩子的告白，沈雁极有可能在失踪前一晚跟于老师摊牌，惹怒了他。于老师自己也提到，那晚二人一起喝酒。会不会是酒后行凶，失踪案上升到了谋杀？”

“梁戈的推理不是没有道理，但是……”高小爽有些犹豫。

“但是什么？”林山鼓励她说下去。

“但是，谁又能保证小沈、甚至每个人说的都是真的？”

“哈哈，警察也跟高小姐有同样的疑虑。所以，接着询问了其他人。”林山再度抽出第三张纸，递到每人手里。

警察：于老师跟沈雁的关系如何？

灯光师：当然好了，不好，老于能把沈雁拍得那么漂亮。

男一号：他俩，典型的欢喜冤家那种。

化妆师：沈雁是那种特招人的女人，打她主意的男人一定很多。

警察：有人说于老师打沈雁？

摄影助理：没有的事。于老师爱还爱不过来呢。

导演助理：打是亲骂是爱，人家男女的事我们管不了。

场工甲：有一次被我撞到过，于老师跟沈雁吵架，沈雁哭了。动没动手我就不知道了。

警察：小沈平时在剧组做什么？

副导演：给我当助手。挺聪明老实的一个孩子。

场工乙：我看他也没啥事，每天拿个黑本子记这记那的。写什么还不让人看。

警察：小沈跟大家的关系如何？

录音师：这孩子不是特别爱跟人说话，一般就跟他小姑黏在一起。

场工丙：跟我们和方导演都不错，跟于老师不太好。我们都说是小沈嫉恨于老师。

警察：嫉恨？

场工丙：唉，警察同志，这就是我们几个私下说啊。小沈跟沈雁关系不一般。如果不说，谁相信他俩是姑侄……”

大厅里一片寂静。每个人手里攥着这些信息，却不知该从哪里提问。这个时候，大家选择了同样的方式：沉默。

“各位是不是觉得今日的线索有点多，招架不住？这样吧，今天就到这里，我没有其他安排，请大家自己根据已有的信息做出判断。”林山拂袖而去。

“高小姐……”就在众人四散、高小爽准备回房时，赵沫叫住她，一脸踌躇不定的神情。

“怎么？直接叫我名字吧。”

“是这样，有一个请求——当然，你完全可以拒绝。”赵沫有些不自信，双眼没有焦点地转动，“我的女友在美国，是个好奇心特别重的女孩，我跟她描述了整个破案大赛的情况，她却说我个人的描述太主观，想听听其他参赛者的意见。所以……不知你一会儿有没有时间，占用你最多半小时，跟我的女友做个视频通话，可以吗？”

“啊？”高小爽有些意外。

“本来我想找周新伟，但是他曾经说不愿意跟女生打交道，所以……如果你不愿意，没关系的。”

“哦，不是的。我只是很好奇……”高小爽调皮地眨了眨眼，“这样算不算找场外指导？”

“这……林山似乎也没说，不能跟外界讨论谜题吧。”赵沫不好意思地挠挠头。

“嗯，我下午没事，正好也想找人聊聊这个案件。”

按照约定时间，高小爽在下午两点准时来到205。赵沫就在她的隔壁，房间也朝东，卧室面积比高小爽的要小一些，但是多了一个有落地窗的小阳台。赵沫没拉纱帘，整个房间被毒辣辣的太阳烤了一上午，到处都是暖洋洋的味道。高小爽还注意到，窗户外层的窗帘是蓝色的，像孔雀的羽毛。

赵沫把高小爽迎到笔记本电脑前，赵沫的女友已经等在网上。是一个古灵精怪的女孩，大大的眼睛，像卡通漫画中的大美女。这是高小爽的第一印象。

“Hello，我叫小婕，叫你小爽可以吗？我是赵沫的女朋友，好可惜，如果这个假期有跟赵沫一起去中国，就可以跟你们一起破案啦。”小婕的中文说得一口台湾腔，嗲嗲的。赵沫解释，她是出生在美国的第二代移民，父亲是上海人，母亲是台北人。

“听赵沫说，你们那位英俊潇洒的出题人上午公布了超多线索，真是太阳从西边出来呢。”

“嗯？”高小爽迟疑了一下，轻轻咬住嘴唇。

“前两天林山先生都有像挤牙膏一样，今日突然加快速度，连我这个场外人都不适应啦。”小婕吐了吐舌头，“咯咯”笑起来。

高小爽点点头，“今日确实拿到了三位关键人物的信息。加上昨日赵沫与周新伟得到的女一号资料，我们手头上就有四位嫌疑犯了。接下来要做的是去伪存真，过滤掉虚假、多余的信息，找到案件的突破口。”

“那么从目前的状况看，女演员失踪，她的恋人有嫌疑，她的亲人身上也有疑点，神秘的女一号更有作案动机，是这样吗?”

小婕的逻辑思维能力超强，立刻就理出案件的脉络。

“听说，孤岛上还有发生过超离奇的‘密室失踪事件’，无缘无故多了一把钥匙，把你反锁在房中。”小婕又把话题转到高小爽身上，“你觉不觉得，你的被锁与沈雁案件有神秘的关联?”视频中的小婕使劲翻起她的大眼睛，好像要把高小爽看穿的表情。

“这个……我从没有想过。出题人说，他会给大家一个交代。”

“等着林山给交代?拜托，你也太被动、太老实了吧。你们应该联合起来破案!”

小婕的话让高小爽一惊，她为什么要跟我讲这些?赵沫邀请我来，仅仅是因为他的女友想听其他参赛者客观描述案情吗?还是说……他们发现了什么?

忽然间高小爽很后悔，她不该轻率地接受赵沫的邀请。

高小爽没有猜错，这是一场安排好的鸿门宴。

等高小爽走后，赵沫的女友对赵沫说：“你猜得没错啦，这个女孩子有隐藏什么。当我提到她被锁时，她微微咬住嘴唇，这个微表情在心理学的含义是，她的内心非常羞怯，她在思考该如何抵御我的提问。而当我和她分别提到林山这个名字时，她眨眼的频次明显加快。你知道嘛，在尼克松总统辞职发言时，有人统计过，他有每分钟眨眼五十次，内心越焦虑，眨眼的频率越高。”

赵沫就知道，只要让小婕见到某个人，那个人内心深处的一举一动都逃不过她的眼睛。自从孤岛发生高小爽失踪事件后，赵沫一直在怀疑，一切仅仅是女孩子的好奇惹的祸?于是他与远在美国的女友想出了这样一个“视频见面”的办法，让小婕好好地读解一下高小爽。

“她是个很聪明的女孩子，后来她发现我在探测她。哈哈，像你喜欢摸下巴一样，她把手放在嘴边，用手挡住她的嘴。很可惜，这又暴露了她的内心，她的戒备心在上扬，她有怀疑到我，所以找借口离去。不过几分钟的时间，已经够我运用读心术啦，我判断，对于这起密室上锁事件，高小爽心中已经有了明确的嫌疑人。”

“真的吗?”赵沫又把右手放在下巴上，“会是谁?大家才认识一天，无冤无仇，为什么要锁她……还有，我的那个O-B-I-E-W又是什么意思?”

“我的数学天才，你在破案现场，真相就等着你去揭开啦。现在呢，你要回答我一个问题，你觉得……这位高小爽，她长得漂亮吗？”

“啊？”赵沫被女友突如其来的问题问住了，他的眼睛先怔住，然后在瞬间眨了好几下。

“好啦，你不用回答了，我已经知道答案了。我去睡觉啦亲爱的，加油，不许被美女分心，一定要第一个破案哦。亲亲！”小婕对着视频撅起小猪嘴。

赵沫合上笔记本电脑，有种怅然若失的感觉。他记得跟小婕第一次见面，他整个就是一司机，开朋友的奥迪车送小婕回家，一路上被她把三代家底都刨了个遍。两人相处时，赵沫偶尔会有喘不上气的时候，所以这次才一个人回中国，给自己一段假期。但是，他知道自己非常喜欢这个聪慧美丽的女孩，他离不开她，与小婕的相处，就像在解一道无解的谜题，两个人的较量与合作是人生中最大的乐趣。

那么，小婕所说高小爽心目中的嫌疑人究竟是谁？这跟沈雁失踪案又有什么关系？赵沫用一手轻轻按住太阳穴，另一只手从抽屉里取出他的破案大赛邀请函：

> 您还拥有一个仅属于自己的破案密码：
>
> O-B-I-E-W。

就在赵沫反复思索时，传来急促的敲门声。赵沫开门，是老张带来临时集会的消息。

“把大家召集来，是因为发生了一点意外。周新伟，是你说还是我说？”等所有人到齐后，林山从兜里掏出一部手机。

手机！大赛不是明令禁止携带手机吗，高小爽心头一紧。

“是这样，在场的某一位参赛者发现周新伟打手机，就火速通知了我。周新伟对此供认不讳。大家觉得该如何处理？”

“私带手机是违反规定，属于作弊。”大律师的冲劲儿立刻就上来了。

“邀请函上不是说了，后果自负。还有什么好商量的？”石大川满脸腻烦的表情。

“没那么严重吧。一手机能作什么弊？”杨鸣耸耸肩。

“这也是我奇怪的地方，林山先生为什么不让我们带电话，但允许带电脑。想与外界联系，用网络电话不就完了?”赵沫说着看了看高小爽，她正好也望向自己。奇怪，为什么我就看不出每个人脸上微表情的含义，赵沫无奈地摇摇头。

“我们确实可以用电脑，但是，电脑始终不像电话那样方便，不能随时随地无线畅通，如果你想视频聊天，必须跟对方约好时间，如果你给对方写邮件，无法预知人家什么时候收信又什么时候回信，甚至你都无法确定回信的是不是那个人。”

“也就是说，你不让我们带电话，是为了让沟通变得麻烦，从而减少我们与外界联系的可能?”梁戈问得很直接。

“哦？我有这么坏吗？这是个信息时代，谁也别妄想能一手遮天掩盖或阻挡什么。”林山笑起来，“现在大家还是来说说，怎么处理周新伟这件事吧。”

“我觉得应该问问周新伟他用手机做了什么？至少要给当事人一个解释的机会。”赵沫说。

高小爽跟着点头。

周新伟叹了口气，“我是个编辑，如果不是主编派我来见证这个大赛回去写报道，我不会来，我还有很多自己的工作。我可不像某个人，怀着见不得人的目的。”周新伟的眼睛向某处漂移，从嘴角发出“哼”的一声。

紧随那眼神，高小爽发现，目光的终点停留在了他们中的一人身上。

怎么是他？高小爽紧紧咬住嘴唇。

“不要转移话题。请正面回答，这跟你打手机又有什么关系?”梁戈说话的架势就像在法庭上，对着犯人审问。

“是别人打给我，我在美国的一个作者。来这个小岛前他说怕 Email 来来回回说不清楚，会用电话联系我，汇报他的写作进度以及跟我们杂志的进一步合作。这对我很重要，至少比这个大赛对我重要，所以我就带了一部手机。我发誓，我只接通了唯一一个电话，而且我们已把事情谈拢，我保证，以后再不会使用手机。”周新伟字字有力，不像撒谎的样子。

“原来是这样。”林山点点头，“那，不如我们来个民主表决吧，由大多数人来决定如何处理这件事，是否有必要将违规者开除出局?”

“我个人认为没必要，只要周编辑把手机交了就行。大家认为呢?”赵沫试图用最简单的办法平息这场审判。

“说心里话，如果有人被开除，对我来说就少了一个竞争对手。但是这座孤岛，外面人来不了，咱也走不掉，这十几天总不能让人家周新伟没事干呀。所以，宰相肚里能撑船了，把手机上交，咱接着竞赛。”杨鸣说得挺仗义，心里却有另外的盘算。可惜，会读心术的小婕不在现场，无法戳破杨鸣的用心。

高小爽跟着点头，“我同意，真的没必要小题大做。”

“五个人里已经有三个投支持票，我反对也没用。赶紧散会吧，我还有剧本要写。”石大川面无表情地说。

“哼，这也叫民主表决！民主应该建立在法制的基础上，这里连最起码的规矩都没有，还好意思谈民主。”律师出身的梁戈白了周新伟一眼，“林山先生，我向你郑重提出抗议，这个破案大赛必须有完善的奖惩制度，下次要是再有人这样，你必须将他开除。否则，就没有公平而言。”

“好好，梁戈小姐我答应你。”林山说着把周新伟的手机关机扔进自己的口袋，“好了，散会吧。等十三天一过，周新伟就可以取走手机。”

“等等！手机你拿走我没意见，但我想知道，是谁举报了我？”

“哦？”林山的眼睛眯成一条线，“在破解沈雁的案件前，你想先破破自己的案子？”

“再当一次破案热身怎么样？林山你不要说出答案，那个告密人也不要自投罗网，让我来猜猜到底是谁告发了我。”

“这……”林山微微皱眉，“这似乎不妥。作为本次大赛的主办人，我应该保护举报者的安全。否则，梁戈小姐又要说，这里的制度不健全了。”

“咳，多大点事呀。就算揪出告密人，周新伟还能打击报复？都说了，就当是一次破案热身，林山你别拦着。”杨鸣拍起手。

“既然林山刚才提出民主表决，不如现在也投票，同意进行推理热身赛的，举手。”周新伟说着第一个举起右手。接下来是杨鸣、赵沫、石大川、梁戈，最后是高小爽。在场的，只有林山没有举。

“也就是说，我再反对也没有意义。”

“观棋不语真君子。林山先生，拜托你了。”周新伟诚恳地说。

在确认了整个下午所有参赛者没有一人外出，所有人都在老宅内部活动后，周新伟开始了推理判案。

“林山说有人看见我打手机，而我是在自己的房间关着门打的。谁又能拥有透视眼看到墙里的一切?”

“也许不是看到，是隔墙有耳?”杨鸣提醒周新伟。

“这种老房子，隔音设施特别好，上次我们在寻找高小爽时，已经做过实验，除非是……”周新伟刚要接着说什么，却被杨鸣打断。

“对对，刚才我一直在屋里放 Lady GaGa 的 high 曲，GaGa - oo - la - la ……”杨鸣哼起《Bad Romance》的旋律，“声音不大但也不小，梁大哥，你听到没?”

“我? 我当时没在房间，我不知道。”梁戈白了他一眼。

“没在房间? 又没跑出去，那你在哪儿?”杨鸣撇撇嘴。

“这跟周新伟打电话有关系吗?”梁戈反问。

“当然有啊。如果你碰巧经过一楼 102，听到电话铃声……”

“对不起，这个世界没那么多巧合。我没在自己的房间，也没在一楼，更没有路过周新伟的门口。下午我跟老张在一起，在三楼的道具间。”

又是老张! 赵沫摸了摸下巴，心中默念，如果没记错的话，上一次高小爽失踪，梁戈的不在场证明也是老张提供的。

“梁戈在三楼，那不可能听到我打电话。目前只有一种可能性，就是有人趴在我门口偷听……石大川，刚才你在哪儿?”

“我?”被周新伟点名，石大川颇感意外，“我一直在屋里，修改剧本。”

“谁能证明? 除了工作人员，只有你的房间在一楼，你最有可能趴在我的门口偷听!”周新伟有点激动。

“我偷听你? 你又……”话到嘴边石大川想咽回去，已然来不及，“你又不是破案关键人物，我那么关注你干什么? 而且……你怎么知道趴在门上，能听到屋里的声响? 难道你又做了实验，偷听过我房间的动静?”石大川反咬周新伟一口。

“我才不会干那么下作的事!”

“别吵别吵，还有没有这种可能，林山在每个人的房间里安了摄像头，监视我们的一举一动，是摄像头告的密!”杨鸣突发奇想。

“哼。”林山发出一阵冷笑，“这里不是‘生存者’游戏，我也不是‘艳照门’散布者……杨鸣你多虑了。”林山的语气中有些不悦。

“那是怎么回事？见鬼了？”

一时间，大厅里笼罩上一层令人窒息的沉默。

高小爽抱住胳膊，把视线朝远方延伸，猛然想到了什么，“我明白了！是我们忽略了重要的情节。周新伟，你说你在屋里打手机，是在房间的什么位置？”

“我，我就在屋里，信号不太好，可能是长途的原因，我满屋子转，哪儿信号强我就在哪儿……”

“嗯。”高小爽点点头，“我想我已经知道答案了。”

“哇噻，小姑娘别吹牛。”杨鸣吹起口哨。

“林山先生，能把手机借我用用吗？大家一起去周新伟的房间，就真相大白了。”

在高小爽的带领下，所有人挤进周新伟的102号房。高小爽拿出手机开机，在屋里搜索着信号的强度，最后停在窗边，高小爽看到，周新伟没拉窗帘，米白色的布帘和透明的纱帘簇拥在窗户的南侧。

“这里信号最强！”

“没错，我记起来了，我换了几个地方，最后就是换到这里打电话。”

“那请大家看看，这里有什么不同？”

“周新伟的房间布局应该与我的差不多，只是朝向正好相反。”石大川说。

“没错，但是一楼101和102与我们二楼的房间有着明显的不同。梁戈、杨鸣，你们俩谁的房间有阳台？是不是杨鸣的？”

“嘿嘿，不好意思。我比梁大律师来得晚，理应是她先挑房间，没想到她却没选有阳台的屋。”杨鸣咧着嘴。

“哼，我不喜欢卧室有阳台，在风水学里，这是禁忌。”梁戈好像正在考虑什么，眼睛看着窗外，心不在焉地说。

“风水学？原来学法律的人也跟我们一样，俗人一个啊。”

“可是这跟检举打手机有什么关系？”周新伟问。

“嗯，秘密就在于此。”高小爽说，“老宅的房屋构造是关键。”

“房屋构造……原来是这样！”赵沫一拍脑门，“我和杨鸣自以为捡了个小便宜，我们的房间比高小爽、梁戈多了一个小阳台。我却没想过，玄机正在这阳台下面的‘房中房’。”

顺着赵沫手指的方向望去，大家终于意识到，周新伟房间的特别之处在于，这是一个看得见风景的房间，突出的“房中房”分别在北东南三面墙上都镶嵌了窗户。这样的格局使得房间里的人能够欣赏到来自三个方向的风景。最大的那扇窗户朝东，南侧的窗户可以看到老宅的门口，通过北侧的窗户，则可以向上看到二楼和三楼两个房间。

“我懂了，一定是有人看到我在窗边打电话。”周新伟如梦初醒，“能够看到我窗户的，第一是从外面回来的人，但是刚才已经确认所有人下午都待在老宅里；那么第二，就是北面这两扇窗户的主人了。”

“二楼那个肯定不是我和梁戈的，我俩的窗户朝西；也不是赵沫的，赵沫在你正上方，打死也看不见；那，那不就是……”

“是我的。”高小爽很平静地点点头。

“是你的！你自己揭发自己？”杨鸣不相信自己的耳朵。

“那扇窗是我的，但是就像杨鸣所说，我怎么会自绝门路？你们为什么不再问问三层那扇窗户又是哪个房间？”

“三层？”大家的目光一致朝向林山。

“哈哈，精彩，实在是精彩。三层只有我一个人住。”许久没有出声的林山终于按捺不住鼓起掌，“高小姐，想不到你对老宅每个房间的方位都如此清楚，真是让我刮目相看啊。三楼那个房间是……不过很可惜，那个房间也不是我的。”林山笑起来，让所有人觉得像是被愚弄了一样。

“你别再卖关子了，快说吧，那个房间到底是谁的？”杨鸣有点着急了。

“那个房间——在诸位登岛的第一天就去过。那里就是……”林山一个字一个字地揭开谜底，“道—具—间。”

“道具间！”周新伟不可思议地朝梁戈望去。

“林山，你刚才还说你会保护检举人，我看你更想保护你的大赛协办人吧。”梁戈狠狠瞪了林山一眼，转向周新伟，“算了，破坏规则的人又不是我，没什么可隐瞒的。就是我告发你，你能把我怎样？”一直没吭声的梁戈终于沉不住气，“下午我把老张约去道具间，向他询问鬼脸面具的事。就在窗边，我跟老张一起看到一楼的周新伟在使用电话。”梁戈振振有词，“向出题人告发违规者，我做错了吗？”

“你没错，这是正义行为，没人责怪你，我相信周新伟也不会。”赵沫出来解围，“刚才大家不过是做了一次推理热身赛而已，高小爽第一个找到答案。”

“哼哼。”石大川的眉毛微微向上扬了扬，“高小姐很厉害嘛，人家都说女孩子长得漂亮了，就不会做事了。你让大家另眼相看。”

高小爽脸上却没有一丝破案后的得意，反而把嘴唇咬得更紧。

就在刚才的推理过程中，高小爽看到了周新伟放在窗台边的破案大赛邀请函：

> 您还拥有一个仅属于自己的破案密码：
> I-M-S-R-H。

周新伟的密码不是数字！而且，他的邀请函跟我的似乎还有哪里不一样……

第三天，本以为第三天就在对周新伟的审讯和对梁戈的宣判中结束。谁想到晚上发生了更离奇恐怖的事。

“鬼啊！有鬼！”夜里将近十二点，所有人被梁戈的尖叫再次带到大厅。

“还让不让人睡觉啊。”杨鸣穿着睡衣就出来了。

只见平时趾高气扬的梁戈头发乱糟糟的，脸色煞白，眼镜也没戴。

“有鬼，我看见鬼了！”

梁戈的声音倒像一个凄厉的女鬼，游荡在阴暗的大厅中。

“今晚不到十点我就睡了，做了一个诡异的梦，有一团白烟紧紧缠绕着我，勒住我的身体让我无法呼吸，我一下就醒了。周围一片漆黑，我打开床头灯，眼前竟然白茫茫的一片，伸手一摸，我的脸不见了，被绷带紧紧地缠住。我发疯似的冲到穿衣镜前，扯拽绷带，把它们从我的脸上拆除。随着视线地恢复，我看到了我这辈子都不敢再看的画面：镜子里有一张丑陋的被大火烧毁的脸，没有五官，只有烂掉的肉洞和赤色的血肉。我发出一阵厉鬼般的惨叫，从床上坐起来，伸手去摸我的脸，这时我才意识到，我还在做梦，刚才那一切并不是真的。”

“靠，你可以去拍《盗梦空间》了！”穿着睡衣的杨鸣打了个哈欠。

“那，那跟鬼有什么关系？”高小爽想起她在藏书室看到的那张鬼脸，以及老张让她保守的闹鬼秘密。

“对，有鬼。”梁戈惶恐的脸上沁着汗珠，“彻底苏醒后我爬起来去卫生间洗了把脸，再回到床上，怎么也睡不着，翻了好几个身后，突然听到门那里有动静，我战战兢兢地望去，我房间的门把手自己动了起来。”

“门把手动了？你没锁门?”赵沫的神经“噌”地绷起来。

“锁了，一定是有人在外面打开了我的门锁，在拧动我的门把手。”梁戈颤抖着双肩，失去血色的双唇也跟着不停地抖动。

“接下来呢?”周新伟焦急地问。

“接下来……接下来我的房门开了，我看到，我看到一团黑乎乎的像鬼一样的东西飘进了我的房间!”

梁戈再度发出凄厉的惨叫，所有人跟着倒抽一口凉气。

“怎么可能!”连久经沙场写过无数侦探小说的石大川也感到脖颈发凉。

“我吓得闭上眼睛。等我再睁眼，什么都没了。黑影不见了，门也关上了……”梁戈快要哭出来。

“梁戈，你是不是还在梦里呢？喂，告诉我，这是几?”杨鸣在梁戈面前伸出了三根手指。

“我不知道，我不知道。”梁戈拼命地摇头。

“好了，别再问她了。”高小爽上前按住梁戈颤抖的肩膀，将她抱住，“今晚来我房间睡吧。要是真有鬼，我们共同应对。”

“这个世界上没有鬼。要有，也是你们心里的。”林山终于出声了，眼神穿越众人，幽幽飘向某个地方。

“不早了，大家先休息，明天我们再来捉这个‘鬼’!”

谜案之线索

发生在紫妍身上的那起离奇血案，我一点头绪都没有。

刚一出院，父亲就带我搬了家，搬到一个僻静的没有任何人认识我们的小渔村。父亲说，凶手一日逍遥法外，我们的生活就一日不得安宁。过去的家是肯定不能回了。

对于一个失去所有记忆的人来说，新的居所面朝大海，春暖花开，既是天堂，却也是地狱。

我试图让父亲给我讲以前的故事帮我恢复记忆，父亲总是支支吾吾，搬家走得匆忙，那些能记录我过去的物件，比如照片、我曾经穿过的衣物、用过的生活必需品，父亲都没有带来。他说，过去的就让它过去吧，一切从新开始。

这位两鬓斑白的父亲所做的一切，都是为了保护他的女儿不再因为痛苦的过去而受到伤害吧。我知道，在这种特殊的强制性的庇护下，那段属于紫妍的过去，将彻底跟我告别。

我竟然有一丝不甘心。

没过多久，我在这里认识了新朋友。他叫魏隽，是个作家，但我也不知道他写过什么。

我们第一次相遇是在海边，他光着脚在沙滩上踢球，皮球正巧滚到我的脚下，那时的我正一个人孤独地望着大海，我们就这样认识了。以后总是相约在海边见面。他好像不用上班似的，总是陪着我聊天，我也喜欢跟他在一起，因为只有他，愿意不厌其烦地听我讲那个雨夜的故事。他说，那个雨夜凶手一定是我曾经认识的人。

“在那段失去的记忆背后，也许有你无法承受的真相，你，确定要重启它吗?”

我点点头，说：“父亲为了保护我，隐瞒我的过去，可是他越这样，我越觉得……好像被过去的自己抛弃，孤立无援，谁都不要我了。”

我从未跟任何人说过心底的这份孤独。

“谁都不要你？傻丫头，他们不要我要。”话一出口，魏隽自己也怔在那里，我俩四目相对，那一秒钟好像周围的一切都停止了。

魏隽尝试着帮我恢复记忆。只可惜，我的过去在脑子里除了那张恐怖的像火山爆发后的熔浆凝结成的脸，一无所有。

“那我们就从那张脸入手。你说，你醒来时在医院，脸上缠着绷带，那么……”他忽然停住声音，脸上浮出一片阴霾，“有没有可能，那张脸是……”

“是我的脸?”

他一把抱住颤抖的我，不停对我说“对不起，对不起”。

我从他温暖的怀抱中挣扎出来，坚定地说，我不害怕真相，帮助我一起揭开真相吧。

他用一种复杂的眼神看着我，用手抚摸我的脸，“你那么美……”说着拉住我的手走进大海。海水漫过了我的脚丫，冰凉透心的感觉，我差点跳起来，就在那时，他用双唇压住了我。那一刻就像被电流击中一样，我闭上了双眼。

父亲知道了我们的事，像一头发疯的狮子一样怒吼。

“你知道他的底细吗？他多大，做什么工作，靠什么为生，家里都有什么人？有没有妻小、女朋友？你什么都不知道就跟人家在一起！我带你背井离乡为了什么，就是为了保护你，彻底切断你的过去。你为什么一次次地重蹈覆辙！”

“重蹈覆辙？”

我在重复以前的生活轨迹吗？我的过去究竟发生过什么？

魏隽说得对，只有找回记忆才可能找到凶手。他答应带我重回案发现场，去那里找回真相。

就在我们决定私奔的那一晚，恐怖的事情再度降临了。

直到那时，我才明白一个连傻子都懂的道理……

第四天　谜底·参赛人的过去

似花还似非花，思量却是，无情有思。

梁戈昨晚睡在高小爽的房间，两人面对面躺在一张床上。梁戈说她不敢合眼，一闭眼就看见那个黑影，高小爽连忙安慰她。为了转移梁戈的注意力，高小爽讲起自己儿时看恐怖电影的经历："我很小的时候看了老版《夜半歌声》，听妈妈说，看完后，我做了整整一个星期的噩梦，每个晚上都哭着醒来。可是，再过一周就全忘了，又变成活蹦乱跳的疯丫头，还吵吵着让妈妈带我去看别的电影。你看，凡事过去就过去了，别再多想，越想越给自己增添烦恼。你知道吗，长大以后我最爱看的反而是悬疑恐怖电影，大家都佩服我，一个女孩子胆子那么大。"

"我也爱看，因为那是电影，不是真的。"

"对呀，你就应该这样想，一切都不是真的。

刚才你不过是做了一个噩梦。”

“噩梦……”梁戈转过身，平躺在床上。这时，高小爽看到，梁戈右侧眉头上方，有一道疤痕，平时被头帘遮住看不到。

“这是怎么了，受过伤吗？”高小爽试图转移梁戈的注意力。

“哦，这里呀。”梁戈又侧躺过来，看着高小爽的眼睛，“出过一个小车祸……当时是我先生开车，我非跟他吵架，结果……”

“严重吗，你先生没事吧。”

“他没事，就是我头撞挡风玻璃上了，也没什么大碍。”梁戈尽可能地轻描淡写，“高小爽，你还没结婚吧，有男朋友吗？”

“……没有。”高小爽羞涩地摇摇头。

“我也算过来人，给你点小建议。两个人在一起的基础是爱，但是婚姻光有爱是远远不够的，最重要的是信任，如果相互不信任，生活比地狱还可怕。”

聊着聊着梁戈先进入梦境，不多时，高小爽也在枕边微微的喘息中睡去。

早上醒来，梁戈不见踪影，留了张纸条，上面写着“谢谢”，文字边还画了一幅卡通简笔画，画上的女孩梳着跟梁戈一样的齐耳短发，戴着眼镜咧着嘴傻笑。高小爽也跟着笑起来，她觉得昨晚枕边的梁戈好像跟平时不一样，没那么趾高气扬，也没那么咄咄逼人。她想起以前大学同屋说，有的人，她的外面是一个菱形，里面却是圆的；有的人则相反，外面光滑圆润，内心却充满了尖尖的棱角。

到达大厅时所有人都严阵以待，梁戈换了一套灰黑色职业套装，又变回往日干练的样子。

“抓鬼吧。”窗外晴空万里，林山的话却让窗内陷入一片阴霾。

“昨晚到底是怎么回事？是你的梦幻还是真的有人进了房间，你能确定吗？”周新伟第一个发问。

“我反复想了想，应该不是做梦，我确实看到门把手动了，一个鬼影飘进来。”梁戈已恢复理智，但声音里仍有一丝颤抖。

“你确定锁好门了？”赵沫脸上浮现出疑虑的神情。

梁戈点点头，说：“我这个人疑心重，每晚睡觉前做的第一件事就是检查房门。”

“就是说——有人从外面开了锁？”周新伟接着试探。

“靠，又他妈跟门和钥匙有关。老张，你昨晚十二点在哪儿？有没有去开梁戈的门？”杨鸣点燃香烟。

“没有没有，我一直跟其他工作人员在一起，都睡了。大家可以为我作证。”老张一个劲摇头。

“那就还是之前的怀疑，有人复制了老张的钥匙！”杨鸣吐出白色的烟圈。

“或者——有人从岛外女主人那里拿到了另一套钥匙，带上了孤岛。会是谁呢？”赵沫环顾四周，他在寻找此时谁会躲避他眼神的追踪。

可惜，除了林山，所有人都在躲，没有一个人敢看他的眼睛，也没人回答。

“等一下。”石大川清了清嗓子，“我有另一个疑点。”

“什么？”梁戈问。

“昨天下午在寻找举报周新伟的告密人时，我们所有人都待在自己的房间，只有你不在。你说你跟老张在道具间。为什么要去道具间？”

“这……”一丝迟疑爬上梁戈的眉梢，她迟迟没有回答。

“关于这个，如果梁戈不愿意说，就由老张来说。”林山发布命令。

老张看了梁戈一眼，眉间刻着深深的皱痕，低声说：“昨日午饭后，梁小姐找到我，询问那天下午高小姐跟我在藏书室都说过什么，她问我是不是高小姐知道什么她不知道的秘密。”

高小爽吃了一惊，原来梁戈在暗自调查。

“算了，还是我自己说吧。”梁戈推推眼镜，“我不明白为什么大家只顾着侦破虚拟谜案，却对藏书室反锁事件置之不理，于是我决定自己查。我判断，高小爽之所以认为那里‘会像童话中灰姑娘的十二点咒语一样，到了晚上就会发生神秘的事’，一定是老张跟她说过什么，所以我……”梁戈看了高小爽一眼，“果然不出所料，在我的再三逼问下，老张承认，他曾经告诉高小爽，这座老宅的藏书室闹鬼。”

“闹鬼？”大伙一起发出惊叹，向老张望去。老张低头躲在角落里，不敢面对大家的审视。

“你的意思是，高小爽在得知闹鬼传闻后，才决定夜探藏书室？”赵沫问。

“嗯。”梁戈点点头，“只有这样，高小爽那晚的动机才比较合理。否则，我实在想不出，一个女孩子为什么要大晚上跑去藏书室……”梁戈向高小爽望去。

“我……”高小爽犹豫片刻，缓缓吐出一口气，“我答应过老张，不把藏书室闹鬼的传闻再扩大出去，我也告诉过各位，一切都是我的好奇心惹的祸。事情就是这样。”高小爽边说，边用右手紧紧攥住裙角。

真的就是这样？赵沫总觉得，接下来大家要进入一个更深的黑洞。

“但是，藏书室闹鬼跟道具间又有什么关系？”杨鸣继续吐着白色的烟雾，用另一只手局促不安地搓着大腿。

“当我听说老宅闹鬼后，并不十分相信，大家都是推理迷，应该看过很多老宅闹鬼的小说或者电影，到最后谜底揭开时，无一例外，鬼都是人扮演的。所以……”

“所以，你的第一直觉，有人在装神弄鬼！”周新伟抬起头，扫视整个大厅。

“我只是怀疑，所以才约老张去开道具间的门，检查那些鬼脸面具。可是谁能想到，晚上就让我遇到……”

“喂，林山，这老宅以前住过什么人？除了我们这些参赛者和工作人员，孤岛上还有没有其他人？”石大川皱着眉，点燃香烟，紧随杨鸣其后，吞云吐雾起来。

“还能有什么人？我早说过，这是我朋友的房子，女主人在僻静的地方养病，把房子借给我举办这个破案大赛。”

“女主人多大年纪？”周新伟问。

“比我大一些，属于我的长辈。”

“长辈……会不会……”杨鸣翻了翻眼睛，话到嘴边又溜了回去。

“好了，大家不要再胡乱猜疑了。我从不相信这个世界上有鬼，关于梁戈的遭遇，多半是她听了闹鬼传言产生某种心理暗示，再加上处于半梦半醒之间。所以……”林山猛地提高声音，“罪魁祸首就是老张！”

“我？怎么是我……”老张连退了好几步，被吓得一个踉跄。

“如果你不散布闹鬼谣言，梁戈不会半夜做噩梦，高小爽也不会夜探藏书室……以后管住自己的嘴，不要再制造不必要的麻烦。”

老张脸上一阵红一阵青一阵白，在林山犀利目光的逼迫下，不再做任何辩解。

“从今天开始，我让老张为每个房间准备一个呼叫器，有什么事大家可以按钮，工作人员跟我都会在第一时间到达诸位的房间。另外，请大家一定把房门锁好。如果仍然不放心，可以拿椅子或其他重物堵在门口。小心驶得万年船，大家多注意一点没有坏处。”

“那接下来该怎么办，接着破案?”赵沫问。

“大家的意思呢?”林山将目光扫向每一个人，“能被选中参加这个破案大赛的人，也都是经过些风浪的，不会被这么点小事吓住、停滞不前吧。”

“那是当然。其实我有一个预感，在背后装神弄鬼的人，说不定是冲着一百万的高额奖金。接下来我们该做的，就是赶紧破案，不要让那个人得逞。我说的对吧。”

听杨鸣这样说，林山垂头笑了笑，再抬起头，满脸鬼魅的神情，“如果大家想破案，就一定要找出所有事件背后的神秘联系。”

“神秘联系……什么意思?”石大川眼中闪出一丝诡异的光芒。

“我的意思就是——破解这个填字谜，沈雁失踪案的谜底就在里面。”说着，林山拉出一块黑板。

“谜底!”大家发出惊呼，林山竟然在第四天就把谜底泄露出来。

“可是，找到谜底，侦破沈雁失踪案，这座孤岛上就不会再发生离奇事件了吗?”梁戈的喃喃自语，恐怕道出了很多人心底的疑虑。

一阵眩晕涌上高小爽眉头，她向面前的黑板望去。

是小强填字。这是曾经中国一份很有影响力的报纸在1999年推出的中文填字游戏，风靡一时。

谜底真的就在面前这个填字格里?

“注意，这个填字谜需要你们合作来完成。每一个谜底对你们都有着特殊的意义。”林山的话顿时具有了魔力。

横排：

1. 李安的一部电影，获得威尼斯电影节大奖。

2. 侦探作家石大川的一本小说书名。

3. 周华健的一首歌。

4. 前世界著名拳击手。

5. 出自《红楼梦》中一副对联的上联，形容真假混淆。

6. 古代形容严厉的法律。

7. 形容昏暗的道路。

8. 一部玄幻小说中的武功大法，能看透一切障碍物。

9. 世界最高级别数学奖。

竖排：

一. 四字成语，形容警戒防备极为严密。

二. 一部香港电影，也可用来形容本次破案大赛。

三. 世界名表，瑞士钟表制造商之一。

四. 四字成语，指死后无所牵挂。

五. 四字成语，原为佛教用语，指事情本来的面目。

六. 春秋时晋国发动的一场战争，用借路的名义灭亡其他国家。可用来形容做事一石两鸟。

七.《越狱》男主角代言的汽车品牌。

八.《你能保守秘密吗》作者的名字。

九. 丹麦导演拉斯·冯·提尔的代表作，讲述爱的救赎。

1	一			二 2			三				
			3						四		
4				5		五				六	
	6	七							7		
八								九 8			
9											

“横排第 1 个，《色戒》。很简单嘛。”石大川率先走到黑板前，将填空填满。

“哟，石老师对这电影很了解嘛，您看的哪个版本？”杨鸣一脸坏笑。

“看哪个版本不重要，重要的是跟谁一起看。对吗？”石大川眼神暧昧地望向远处。

“横排第9个……”赵沫接过石大川手里的粉笔，写下“菲尔兹”三个字。

“哦？世界最高级别的数学奖不是诺贝尔奖？”周新伟问。

“十分遗憾，伟大的诺贝尔，独独没有设置数学奖。”赵沫无奈地笑笑。

“这是为什么？”周新伟接着问。

“有国外学者认为这可能与诺贝尔的爱情受挫有关。”站在一边的林山插话，“诺贝尔有一个比他小十三岁的女友，Sophie Hess，可是诺贝尔发现她和一位数学家私下交往甚密并最终私奔，这让诺贝尔耿耿于怀，直到生命的尽头他还是个单身汉。所以人们推测，可能正是这件事让诺贝尔在叙述‘诺贝尔基金会奖励章程’时把数学排除在外。”

“这恐怕是传言，无从考证。”赵沫想纠正林山，但为什么没有数学奖，他也不知道。

“别管诺贝尔了，竖排第七个：科鲁兹。我……”梁戈忽然闭上嘴，将快到嘴边的话又咽了回去。

“竖排第八个是苏菲。”高小爽继续，“《你能保守秘密吗》的作者叫苏菲·金色拉，是个英国小说家。”

“没听过，有名吗？”杨鸣问。

高小爽摇摇头，偷偷看了一眼林山，他也正用温柔的目光盯着她，高小爽赶紧垂下眼皮。

“不愧是学影视文学的，博学多才。”石大川似笑非笑地说，“接下来，横排第5个，如果没猜错的话，应该是：假作真时真亦假。竖排‘六’，就是‘假途灭虢’。”

“什么什么？灭什么？”杨鸣问。

“guo，二声。讲的是春秋时期晋国诱骗虞国借道，一石双鸟，先后攻灭虢、虞两国的故事。”

“石大作家这才真叫博学多才呢。”周新伟冷冷地说。

“那么，竖排第五个会不会是——真相大白？”赵沫摸着下巴。

“竖排第九个，讲述爱的救赎，应该是《破浪》。”高小爽又填上一个。

“这部电影我看过，不过……实在无法认同那种救赎方式。”周新伟摇摇头，“看竖排第三个吧，世界名表，瑞士钟表制造商之一，最后一个字是

‘时’，一定是‘真力时（ZENITH）’了。我们杂志以前做过一期瑞士名表专题，要不是那次，我也不会……”不知怎的，周新伟也把嘴边的话生生咽了回去。

刹那间，大厅很安静，好像飘来一股无形的迷烟，将每个人紧紧缠住，呼吸越来越急促。

“‘七’出来，‘6’是什么？古代严厉的法律，梁戈，你是学法的，你知道吗?”杨鸣打破暂时的沉寂。

“严——科？我不确定。”梁戈低声回答。

“‘逼以王宪，束以严科’。”石大川点点头，带着卖弄的口吻。

“那么，戒……严，一定是‘戒备森严’。”周新伟说。

“哈哈，那越来越容易了。‘4’是泰森。咬人耳朵的那个强奸犯!”杨鸣跷起二郎腿。

瞬间又填上三个。可是，并不像杨鸣所说越来越容易，填字格的右边还空着一大片。

“有‘假’字的电影，《罗马假日》？不对，那不是香港片。”梁戈自言自语。

“‘二’与‘2’重合的第一个字不会是‘罗’，我的书名中没有‘罗’字开头的，应该是两年前我写的那本《慌乱的真相》。”石大川露出自命不凡的笑容，“承蒙林山先生错爱，替我的旧作做宣传了，这本小说面市时，我猜……”石大川眼中闪出一道光芒，“在座的，高小姐还在上大学吧。”

“那我知道啦!”不等高小爽回话，梁戈发出尖叫，“一部香港电影，第一个字是‘慌’，第三个字是‘假’，可用来形容本次破案大赛……那就是《慌心假期》。”

慌心假期。四个字说出时，大家都心头一紧，这十三天的破案大赛，当真是一段慌心假期吗？高小爽也看过那部电影，想到女主人公在陌生旅途中的凄惨遭遇，不禁出了一身冷汗。

“‘3’就简单了，是‘花心’。”周新伟说。

白黑相间的填字格只空着三道题。

1 色	一 戒			二2 慌	乱	的	三 真	相			
	备		3 花	心			力		四		
4 泰	森			5 假	作	五 真	时	真	亦	六 假	
	6 严	七 科		期		相			7	途	
八 苏		鲁				大		九8 破		灭	
9 菲	尔	兹				白		浪		虢	

“一部玄幻小说中的武功大法，能看透一切障碍物。谁知道‘8’是什么?”石大川问。

“还有石大作家不知道的吗?”周新伟反问。

“这个太难了。不如先猜‘7’。形容昏暗的道路……”梁戈冥思苦想。

“其实……也没那么难，我知道‘8’。”杨鸣起身，自顾自地走到最远端的窗边，孤单地向外望去。

“知道还不快说。”石大川提高了声音。

“是，破目灭法，能看透一切障碍物。可惜，在现实中是不可能的。”杨鸣又从窗边走回，脸上带着些许忧伤。

高小爽第一次觉得杨鸣有哪里不对，就好像昨晚的梁戈，变成了另一个人。

“最后一个字是‘目’，第二个字是‘亦’，含义是死后无牵挂，那么应该就是……”

“死亦瞑目。”高小爽与赵沬几乎异口同声。

全解开了。最后横排7就是“暝途”。

松柏瞻虚殿，尘沙立暝途。杜甫的诗句。可惜，在场的每个人并不知道现在的自己正走在一条看不到未来的昏暗途中。

“只用了这么点时间，真是不可思议，各位果然是高手中的高手。”林山看看表，由衷赞叹。

“好了，别给我们戴高帽、灌迷魂汤了，这些填空与沈雁失踪案又有什么关系?”梁戈问。

1 色	一 戒			二2 慌	乱	的	三 真	相			
	备		3 花	心			力		四 死		
4 泰	森			5 假	作	五 真	时	真	亦	六 假	
	6 严	七 科		期		相			7 瞑	途	
八 苏		鲁				大		九8 破	目	灭	法
9 菲	尔	兹				白		浪		虢	

“问得好。我早说过，真正的谜底隐藏在每一个答案之中，请大家注意每一行、每一个字，我相信，某些词会为诸位开启一扇记忆的大门。”

听到这句话，大厅在瞬间又陷入死一般的寂静。

接下来，又是自由活动。

高小爽快两点才下楼吃午饭，点了白汁意大利面。整个餐厅除了值班大厨，只有她一人，这顿饭也就吃得出奇快。吃完准备上楼时她听到一楼壁球馆发出“咣，咣”的声响，闻声望去，是杨鸣，正在一个人打球，一边打嘴里还嘀咕着:“破，破，我让你破……”

壁球这项运动对于高小爽来说是完全陌生的，在观察杨鸣打球后她发现，当对手是自己时，就好像用全世界最好的矛去进攻全世界最好的盾，如何打出漂亮的反弹球，给自己制造新的挑战，在击出凶猛回球后，又如何不把自己逼入死角，这似乎是单人壁球的魅力。高小爽看到杨鸣每每凶狠击球后，都要疲于奔命应付自己制造的麻烦，有点跟自己较劲的感觉。

不多时杨鸣就累得气喘吁吁，在完成一个反手救球后，他干脆一屁股坐到地上，仰天大笑起来。

高小爽只能轻咳两声引起杨鸣的注意。

“哟，高小爽，什么时候来的?”杨鸣回头，一脸错愕。

“我刚吃完饭，经过这里，看你打得很投入。”

“哈哈，就当是发泄情绪呗。上次你玩失踪错过壁球赛，害得我跟林山不能一决高下。不知道下次有没有机会再挑战那家伙。”杨鸣起身，喘着粗气。

“挑战林山?”

“对呀，我跟他说，如果我赢了，他就给我沈雁案件的独家线索。”

“啊?”

见高小爽一脸认真的样子，杨鸣大笑起来，“瞧你，当真了！哈哈，放心吧，林山那么精明的人，他不会让咱们中的任何一个白白捡便宜的。”

高小爽咬住嘴唇，轻轻点头。

“行啦，你也跟我别掖着藏着了，是不是有什么要问我，不然也不会刚才用咳嗽声来打招呼了。”杨鸣几步走到高小爽面前，高小爽才看到，大汗早已浸湿他的衣衫，头发上都是晶莹的水珠。

“其实……上午就想请教你一个问题，刚才又碰巧听到你在打球时一直喊‘破，破’。”高小爽歪歪头，“我想问的是，到底什么才是填字谜中的‘破目灭法’?”

“哦，你问的是这个呀……”杨鸣转了转眼珠，嘴角跟着抽动了几下，“你是不是也察觉到了什么异样，才会这样问我？不妨跟你直说，这个‘破目灭法’，它跟我过去的一段经历息息相关，林山一定是故意出这道题给我，提醒我别忘了自己的过去。呵呵，你是不是也有什么过去藏在这个填字谜里?”

杨鸣的提问让高小爽待在那里，她感到自己的心跳不断加速，全身血液涌向脑门。

“某些词会为诸位开启一扇记忆的大门……每一个谜底对你们都有着特殊的意义。”

高小爽已经明白林山的用意了。

《色，戒》，这是高小爽在大学三年级时，在剧本写作课上看的电影，那赤裸裸的性爱场面让同学们看得面红耳赤。张爱玲说，到女人心里的路通过阴道；她还说，爱就是不问值不值得。看完电影，老师让每个人写影片分析，高小爽用福尔摩斯断案的方式，分析了李安设置每一处情节、每一句台词的创作动机。她还描述了自己最喜欢的一个镜头，“易先生，这个杀人不眨眼的‘汉奸’一个人孤独地坐在床上，李安让所有人看到了他内心深处的爱与哀伤。在男女关系中，没有好人坏人之分，只有爱与不爱。”这篇影片分析，高小爽得到了全班最高分也是她在大学四年中唯一的一个一百分。也正是因为这篇影评，让授课老师对她刮目相看……

“高小爽，喂!”杨鸣举着球拍在高小爽面前晃了晃，把她从记忆的大门口又拽了出来，“我也有一个问题想问你，《你能保守秘密吗?》这书好看吗?”

杨鸣笑了，笑得很诡异。一时间，高小爽无法判断这笑容背后的真正含义。

告别杨鸣回屋后，高小爽做的第一件事就是拿起林山留给她的两本看似一模一样的书——《你能保守秘密吗?》，书的作者正是填字谜的又一答案：苏菲·金色拉。

高小爽翻开比较新的那本，翻到最后一页：

2611

962019

1211021

312016

4122

130198

208310

178510

8159

218

19717910

20884

2281519

这是林山留给她的密码，其中的19717910出现在破案大赛邀请函上。

“一旦参破密码背后的玄机，您将顺利达成内心最隐秘的愿望。”

我为什么要来参加这次大赛，我内心深处最隐秘的愿望又是什么?

高小爽拿出纸笔，对着那些奇怪的数字写着什么，一边写一边翻书，划掉重写，再划掉……

“请大家注意每一行、每一个字……”

林山的话如魔音穿脑。

“原来是这样!”高小爽如梦初醒，“谜底就在……”

晚上睡觉前，高小爽决定泡个热水澡。

这栋老宅应有尽有，每个人的洗手间都配有浴缸，浴缸边有浴液、浴盐，甚至还有玫瑰花瓣。高小爽用塞子把浴缸的排水口堵住，拧开水龙头，倒上浴液，并洒了几片花瓣。

利用浴缸注水的时间，她开始卸妆。把长发高高盘起，梳成时下最流行的道姑头的样子。在化妆棉上沾上卸妆液，轻轻在睫毛上一擦。每天早起，高小爽都会画淡淡的妆，不涂粉底，但要画眼睛，她觉得那是心灵的窗口，显得有神采是对别人的尊重。擦去眼线与睫毛液，高小爽将洗面奶挤在手心，揉搓起丰富的泡沫抹在脸上，再用冷水拍打面颊。此时抬头，面前的镜子已被水蒸气熏晕，看不清自己的面孔。

洗完脸，浴缸中的水已基本注满，红色的玫瑰花瓣漂浮在丰盈的泡沫上。高小爽先用脚趾试了试水温，然后拧上水龙头，把肩膀以下的整个身体浸泡在热气腾腾的浴缸中。

紧张了一整天，总算有这样身心放松的机会。

高小爽闭上眼，尽情地在热水中舒展身体，脑海中浮现的只有一个人，就是神秘、英俊的出题人。他温柔的眼神，他诡秘的笑，那天他用手拂去她脸上的泪水，他的手停留在面颊上的温度，还有——他留下的密码……高小爽的脸开始发烧，“19717910，19717910，19717910……我真的要一个人去那里……”

高小爽猛地睁开眼，撩起浴缸中的水，拍打在面颊上。

昨天晚上，梁戈住在这里时，两个人聊了很多女孩子间的话题，梁戈问她相不相信一见钟情，又认不认可“两情若是久长时，又岂在朝朝暮暮”。高小爽当时没有回答，只是一笑而过，但在她心底，梁戈的话却撩起了她的情丝。

从飞机一别到踏上孤岛，在那段时间里，她没有见过林山，但是林山却好像一直生活在她的身边。他总会寄明信片给她，向她诉说内心的感受，却从不留地址，不给她回复的机会。这样的藕断丝连让高小爽觉得既甜蜜又不知所措。她不知道他是谁，不知道他们是否真的能再见，她唯一知道的是，这个叫林山的人已经慢慢渗透进了她的内心，从飞机一别后，她多了一份看不见的奇妙的牵挂。

这一次在孤岛重逢，在看到十三这个暗号后，她开心极了，可是，当她被人锁在闹鬼的藏书室后，她开始害怕，害怕大家发现她与林山早已认识，害怕有人要害她，她更怕……

“请你答应我一件事好吗，你要变得更坚强，知道如何保护自己。”

林山的话像水蛇一样钻进高小爽的耳朵，她再度闭上眼，把整个头埋进水中。五秒，十秒，十五秒——快要坚持不住了，高小爽在水中猛地睁开眼，整个上半身跃出水面，呼呼喘着气。

就在这时，“咚—咚—咚—咚”，“咚咚—咚咚”，传来微弱的敲门声。

“谁?”

会是他吗?难道在今晚……

高小爽来不及冲干身上的泡沫，裹着大浴巾，光着脚跑到门口。

可是，再没有半点声音，高小爽透过猫眼往外看，门前没有任何人影，走廊里黑漆漆的一片，只听到自己呼呼的喘气声与心脏咚咚的跳跃声。

“谁?谁在门口?”

仍然是一片寂静。

“你不要闹着玩好吗?如果你不出声，我就不开门。”高小爽像是对着一扇门在说话。

而门选择沉默。

怎么回事，难道是幻听……如堕五里雾中，高小爽将目光移向门把手。出了昨晚梁戈遇鬼事件后，高小爽将一条细细的红绳系成一个蝴蝶结，拴在门把手上。里面的人想出去，必须先要解开这个小小的机关。外面的人想进来，势必会破坏蝴蝶结的形状，还有可能扯断红绳。这样的做法虽然有些小儿科，但不失为一个保护自己、验证是否有人偷偷进屋的办法。

高小爽再度望了望猫眼，咬紧嘴唇，伸在半空中想解除红绳拧动门锁的手又生生收了回来，似乎有些不甘心地走回浴室，拔掉浴缸的塞子，打开淋浴喷头，冲洗被浸湿的头发和身上的泡沫。

水蒸气随着倾泻而下的热水又迅速攻占了整个洗手间。

冲完身体，高小爽将皮肤上的水擦干，走到洗脸池前，取下挂在墙壁上的小毛巾擦拭头发，然后拿出吹风机和木梳。就在抬眼望向镜子的一瞬间，时间仿佛被冻结了，满屋子的热气凝结成一条张牙舞爪的白色纽带紧紧扼住高小爽的咽喉，吹风机和木梳一起掉落在地。

就在高小爽面前被水蒸气熏晕、反射不出任何清晰影像的镜面上，活生生地多了几个用赤色口红写的字：

我们又见面了。

“谁?”高小爽猛然回头，四周空空如也，洗手间里除了赤身裸体的她，再没有其他人。

是谁写的字，为什么刚才完全没有注意到。又是什么时候写的?

难道是趁我刚才跑去门口时?

可是，我并没有打开房门……

巨大的恐惧感包围着高小爽，她拿起一片化妆棉，用水浸湿，拼命地擦拭镜面。

奇怪的事再度发生了。

沾水的化妆棉碰触到这几个字，它们就像流着血泪一样，哩哩啦啦淌着血水，可是，就是怎么也擦不掉。高小爽使出全身力气擦拭，仅仅将周围镜面上的水蒸气抹去。

镜面恢复了反射的功效，高小爽看到一张惨白的脸，那是她自己的，而就在她的身后，似乎还有一张脸……

“谁?”

高小爽转身。

已经来不及了，这一次，一个黑影扑上来，用手绢捂住她的嘴。

“我们又见面了。”

在一股强烈刺鼻的气味下，高小爽失去了知觉。

第五天 隐私·潘多拉魔盒

是个梦！是个梦！

高小爽猛地睁开眼，首先映入眼帘的是乳白色的枕套。她发现自己正趴在床上，双手抱着枕头，一丝不挂。

这时天已经亮了，晨光通过窗户透入，她却觉得仍然身处黑暗之中。

昨晚是怎么了，是梦，还是发生过什么？窗帘没拉，窗户也没关好，凉风嗖嗖地往屋子灌。

她翻身坐起来，用被单把自己紧紧包住，颤抖着掀起被单一角，战战兢兢地望了望自己的身体。

是个梦。她对自己说。

从衣柜里翻出长衣长裤，把自己裹得严严实实后，高小爽垂着头慢慢挪进洗手间，紧紧咬住嘴唇，下了很大决心才抬起眼皮。

什么异常也没有。

洗手间的镜子上没有任何字迹，洗脸池边的口红也完好无损，吹风机挂在墙壁上，大浴巾搭在浴池边，一切就像什么也没发生过。

真的是个梦。

高小爽用冷水拍打着面颊，镜子里的自己仿佛在一夜之间苍白了很多，双眼凹陷，嘴唇失去血色。

洗完脸，高小爽开始刷牙，一不小心把牙膏碰到地上，她弯腰去拾，在水池下意外地发现了一把木梳。

木梳！

高小爽差点把嘴里的牙膏沫喷出来，刚刚平静的心又跳到了嗓子眼。她记得在昨晚那个似是而非的梦里，吹风机和木梳一起掉落在地。如今，吹风机老老实实地挂在墙上，而木梳孤零零地躺在水池下。

昨晚到底发生了什么……

高小爽的头像拨浪鼓一样晃个不停，钻心的疼痛涌上大脑，如同被千万只小虫撕咬。

就在这时，“咚咚咚咚”，传来急促的敲门声。

“谁?”高小爽大叫一声。

“是我，老张。你没事吧。用不用我开门进来?”门外传来老张断断续续的声音。

高小爽晃晃悠悠走到门口，昨晚系好的蝴蝶结似乎是没人动过的样子，但此时，她也不敢完全相信自己的眼睛了。

假作真时真亦假，无为有处有还无。填字谜中的对联像幽灵一样钻进高小爽的内心深处。

“高小姐，已经十点二十了。林山先生让我来看看，请你下楼继续今日的破案。”

哦。高小爽这才意识到，她，又迟到了。

“让我们等这么久，还以为出了什么事。昨晚睡得还好吗?”石大川第一个问话，从语气中听不出他是在关心高小爽还是在责怪她的迟到。直到破案大赛最后一天真相大白时，所有人才明白石大川这时的用意。

“起晚了吧，是不是没睡好?”遇鬼事件后，梁戈与高小爽的关系反而往前走了一步，言语中充满关切。

“哈哈，今天看起来不一样嘛。这年头敢素颜的美女越来越少了。”杨鸣笑起来，“你哪天有空给我当模特吧，你这张脸肯定特上镜。”

高小爽很勉强地挤出笑容，坐到最偏僻的角落。

“既然人到齐，我们就开始吧，今天的任务是——真心话大冒险。”

“啊?”所有人一齐发出嘘声。

“在美国有一档极具争议的节目：《The moment of truth》。赵沫，不知道你看过没有?”

今日，赵沫的脸色也不怎么好，被林山点名后，脸上更是浮出明显的阴郁。

“这个节目会把参赛者的亲人、朋友和恋人都邀请到现场，参赛者只需要回答主持人为其‘量身定做’的二十一个问题，就能拿走高达五十万美元的奖金。但至今没人能完成挑战……”赵沫呼出一口气，“因为这个节目足以导致妻离子散、家破人亡。”

“啊，这么严重！咱的真心话不会也让我们家破人亡吧?”杨鸣耸耸肩。

游戏规则：林山准备好六张卡片，上面写着：沈雁，小沈，于老师，方导演，女一号和凶手。每一轮大家抽牌，抽到“凶手”的接受抽到“沈雁”的那个人提问。问题林山早已准备好，写在另外十张卡上，抽到“沈雁”的人仅仅是选择先问哪个而已。同时，“凶手”还要接受裁判员林山的追问。

“这个游戏一共进行十轮，请大家抓住难得的提问机会，答题人必须说真话。一旦被我发现你说了谎，后果自负。”

林山说完没急着发牌，而是走到一架留声机前。

在这座古老的房子里，还有一架美国胜利牌留声机。

林山将一张唱片放上去，一段让人迷醉的音乐响起。

The child is grown	孩子长大了，
The dream is gone	梦想远去了，
I have become comfortably numb.	我已经进入到了舒适的麻木中。

“迷墙”的《Comfortably Numb》。

游戏就在这令人放纵又颓废的音乐声中开始。

第一轮：

杨鸣抽到“凶手”，高小爽抽到“沈雁”。她是第一个选择提问的人，却采用从林山手中随即抽取一张卡片的方式。

“你怎么评价沈雁这个人，如果是你，会爱上她吗?”

问题一出，所有人就意识到，游戏不仅跟破案紧密相连，还关系到大家的隐私。

“爱上沈雁？说实话?”

“真心话大冒险，不说实话说什么?”林山笑笑。

“沈雁，长得美，会来事，一看就不是省油的灯。对付这种女人，只能用一种对策：不主动，不拒绝，不负责。”

“等等，你并没有正面回答问题，你，会爱上——沈雁吗?”林山一字一句，有点咄咄逼人的感觉。

“呵，对于玩艺术的人来说，爱上一个人的理由太多了，哪怕只有一个眼神，一个微笑，就可能会陷进去。”杨鸣眯起眼睛，“但是，这种爱，来得快去得也快，激情过后，就不爱了。我就是这样的人。”

“你的意思是，天亮以后说分手?”

“哈哈，林山，你的问题深了去了，可惜沈雁是个虚拟人物，又不是我身边的大活人，我真不好回答。”

这一题总算过关。

第二轮：

“凶手”又被杨鸣抽中，“沈雁”再度纠缠高小爽。

“哈哈，咱俩挺有缘分嘛，你别再随机抽了，选一个你最想问我的，免得都是林山一个人问。”

高小爽点点头，快速查看林山准备的问题，轻轻歪了歪头。

“在接到本次破案大赛的邀请函后，你第一时间做了什么？破案大赛开始后，你最忌惮的人又是谁?”

“第一时间，我去了夜店，多喝了几杯，玩到天亮。最忌惮的人……呵呵，不知道我屁股底下这椅子是不是安了测谎仪，我要没说真话它会不会电我啊。我最忌惮的人是——林山。”

“我？”

“是呀，我特害怕您老人家反悔，最后不给那一百万。”

“这个你就放心吧，言出必行。别忘了，还有周新伟的杂志做监督。”

第三轮：

石大川变成“凶手”，赵沫得到机会向大作家提问：

“是什么吸引你来参赛？踏上孤岛后，发生了许多怪事，你是否认为有人怀着不可告人的秘密来到这里？”这个问题恰恰是赵沫最想知道的。

“吸引我参赛？说实话，这个大赛本身对我没什么吸引力，不过……话务员小姐的声音很甜美，她很会说话，是她打动了我。”

“是嘛，我怎么不知道我的公司还有声音甜美的女话务员？”林山的声音里带着明显的挑逗，石大川并未理会。

“至于不可告人的秘密，我认为，在这座孤岛上，绝对不止一个人藏着自己的秘密。我说得对吗？”石大川说完，用目光将在场的所有人都扫射了一遍。

这时留声机里传来的音乐变成 Michael Jackson 的《地球歌》。

What have we done to the world	我们对世界做了什么。
Look what we've done.	看看我们做了什么吧。

第四轮：

赵沫成为“凶手”，梁戈来到“沈雁”的位置。

“你认为沈雁会是出于什么原因跟于老师分手？会是因为她另有新欢吗？如果你的另一半出轨，你能否原谅？”

“沈雁跟于老师分手的原因有很多，暂时我无法判断，只能说另有新欢是其中一种可能。第二个问题，我会看是精神出轨还是身体出轨。”

“哪个比较严重？”林山追问。

“……身体。”赵沫想了半天，挤出这几个字。

这个回答让高小爽很意外，她本以为像赵沫这样的留洋博士，高智商精英，会说出另一个答案。

第五轮：

石大川抽到“凶手”，杨鸣负责提问。

“嘿嘿，这题有趣：如果你是谜案中的于老师，你能接受沈雁提出的分手要求吗？假如分手的理由真的是她另有新欢，你还会强求吗？”

“如果是我，肯定不同意分手。我相信她只是一时糊涂，我会用爱让她回心转意。”石大川回答得很干脆。

“哈哈，石大作家很自信嘛。那么，在你的生命中，有没有过爱人移情别恋的经历？”林山的追问让石大川脸色大变。

“林先生，我突然觉得，这个游戏很不公平，为什么你可以随意提问、揭露、甚至是践踏我们的隐私？”

“怎么能叫随意践踏？在破案大赛开始前一晚，不是你们自己填写的问卷吗？”

林山的话一语惊醒梦中人，如果他不提，很多人恐怕都忘了，在破案大赛开始前一晚，每个人都填写了一张普鲁斯特问卷。

“石先生，这个问题你不敢回答吗？”林山继续紧逼。

“哼，没什么不敢的。我曾经非常喜欢，至今也仍然非常喜欢的一个女孩子，她很快就会回到我身边。”

气氛有些不对劲了。

第六轮：

石大川向梁戈提问。

“你觉得，沈雁会是因为什么原因失踪？如果有一个像沈雁一样的美女成为你丈夫或男友的红颜知己，你会不会担心他出轨？”

“这叫什么问题，根本是风马牛不相及。”梁戈的言语中有了一丝厌烦。

“这道题显然是林山为你们女孩子准备的，我就借花献佛了。”石大川摆摆手。

“哼，好一个‘借花献佛’，那我先谢谢您这朵带刺的花了。”梁戈白了石大川一眼，转向林山，眼中流露出一股怨恨的神情，“我早说过，沈雁极有可能是因为感情出问题而失踪。第二个问题，如果我先生身边出现这么一个女人，我一定会担心。”

“等等，等等，如果你担心，会怎样？会查他的手机吗？”林山并没想放过梁戈。

“会！”梁戈回答得斩钉截铁，“不仅如此，我还会跟踪他。林山，这回你满意了吗？”

听到梁戈这个答案，高小爽暗暗吃惊，第六感告诉她，这道题背后一定隐藏着什么不为人知的故事。

不知不觉中，音乐换成《在莎莉花园边》。这是根据叶芝的一首诗谱写的歌曲：

But I was young and foolish	但我是如此年轻而无知。
And now am full of tears.	如今只剩下无限的泪水。

第七轮：

周新伟抽到“凶手”，高小爽抽到“沈雁”。

“如果你是沈雁最亲密的人，会为沈雁报仇吗？你是否觉得现有的法律足够健全，可以惩治坏人？”

“呵，给我的这道题还算好答，如果我是她的亲人，当然想把造成她失踪的元凶亲手送上法庭。关于现有的法律是否健全，梁律师，不好意思，答案是显而易见的，法律并不一定能惩治恶人。”

“嗯，在你的普鲁斯特问卷中提到一本小说叫《彷徨之刃》，周编辑很喜欢。”林山接着说，“可惜我不喜欢，难道结局不该是那位痛苦的父亲手刃轮奸自己女儿的凶手？”

“我也希望，可惜……”周新伟摇摇头。

“嘿，这什么书啊，赶明儿借我看看。”杨鸣吹起了口哨。

第八轮：

高小爽抽到“凶手”，终于让高小爽变成“凶手”，抽到“沈雁”的是正吹着口哨的杨鸣。

“哈哈，终于轮到我向美女发问了：你会爱上什么样的人？嘿嘿，我这样的怎么样？”

“啊？”

“杨鸣，最后那个是你自己加上去的吧，卡片上可没有。”林山说。

“难道不许我问啊？高小爽，我敢问，你敢答吗？”

“我，我喜欢《笑傲江湖》中的令狐冲。”高小爽回答。

“那是什么样的人？爱喝酒？”杨鸣问。

“我记得田伯光说过一句，‘只有如此胸襟的大丈夫，才配喝这天下名酒’。率情任性、放荡不羁，才是令狐冲，对吗？”林山替高小爽回答了这个问题。

“他还很专情。”赵沫摸着下巴，心中暗语：“但是，喜欢令狐冲，就要接受他内心最深处永远都有一个小师妹。”

杨鸣当然听不到赵沫的心声，接着上半句的话茬拍起胸脯，“嘿，我就是这样的人啊。”

“哼，这个世界上哪儿有令狐冲？高小姐还是不要活在虚幻的世界中。”石大川冷冷地送出这番话。

第九轮：

“凶手”换成赵沫，周新伟来提问。

“在你的生命中，如果最亲密的人遇害，警方数年未侦破，凶手一直逍遥法外，你会怎样？”

“如果是我，一定会发疯吧。不论怎样，我都要找出答案。”

“那太好了，希望你尽快侦破沈雁案件，顺便再告诉我，那晚是谁锁了高小爽。”林山一脸似笑非笑的表情。

这时，留声机中传出一首粤语歌，黎明的《大城小事》：

> 想不起怎么会与你开始/甚至话过我爱你三个字/大概是我失忆/并未记起我做过的事/……无回忆的余生/忘掉往日情人/却又注定移情别爱的命运……

只剩最后一个抽签机会，高小爽走到林山面前。想抽左数第二张，发现林山攥得有些紧，第三张，仍然很紧，她抬头望了望林山，他正微笑着看着自己，那眼神似乎有魔法，在诉说着什么。高小爽羞涩地垂下眼帘，抽走林山手中的最后一张牌：

凶手。

梁戈抽中“沈雁”。

“只剩这道题了：你会像沈雁一样主动去表达自己的爱，同时又敢于拒绝自己不爱的人吗？”

“我？……我不像她。”高小爽的声音低到连自己都快要听不到，“我这个人比较优柔寡断。”其实，还有点口是心非，明明喜欢一个人，却拐弯抹角，非得等到人家主动才行。

“你是B型血吧。”梁戈问。

高小爽点点头。

“B型血的人是这样吗？那你不妨好好学习一下O型血沈雁的敢爱敢恨。”林山说。

“沈雁是O型血？嘿，林山，你可真行，虚拟人物还设计血型，弄得跟真的似的。”杨鸣笑笑。

“你说对了，不光血型，还有星座呢。”林山跟着笑起来，“沈雁是O型血，天秤座。你们几位中没有天秤座，有天蝎座——石大作家，金牛座——杨鸣，处女座——梁戈，水瓶座——赵沫，摩羯座——高小爽，还有……白羊座——周新伟。”

“哟，土相星座大聚会呀。”杨鸣冲高小爽、梁戈挤眉弄眼地笑笑。

“林山，你又是什么星座？为什么只有你对我们了如指掌，我们却对你一无所知？”梁戈质问。

“我？你们不该纠结在我身上，应该去好好研究你们的对手。回屋收信吧，你们将看到每位选手的普鲁斯特问卷。”林山说完，转身离去。

一叠装订复印好的稿纸经由老张之手送到每个人面前。这是登岛第一晚，在假面聚会结束后，每个人手写的调查表。高小爽清晰地记得，填表时她的兴奋与好奇，坦白与坦然。可惜，那一刻的心境如流动的时间，一去不复返。尤其是在陆续发生了藏书室被锁事件、半夜遇鬼事件以及昨晚的真假遇袭事件后，高小爽心底生出一股强烈的不安。面前这些每个人填写的赤裸裸的答案，会揭开彼此脸上无形的面具吗？

按照装订顺序，高小爽翻开石大川的问卷：

你认为最完美的快乐是怎样的？

我不相信完美，如果有读者向我扔臭鸡蛋或者有人在网上谩骂时，我却在度假，这种状态就非常快乐。

你此时心境如何？

用一句古词描述：众里寻她千百度，蓦然回首，那人却在灯火阑珊处。

你最喜欢什么职业？

能把白纸填满激情的工作。

你这一生中最爱的人或东西是什么？

毫不避讳地说，我爱美丽年轻的女人，她们是我的灵感源泉。

你身上最显著的特质是什么？

自信甚至自负。

你最欣赏男性身上的什么品质？

成熟，坚韧。

你最欣赏女性身上的什么品质？

单纯，聪慧。

你最近读的一本悬疑推理小说是什么？

《孪生姐妹失踪案》，我的最新小说。

你在什么场合下会撒谎？

不伤害别人又能保护自己时。

你最不喜欢的是什么？

被爱人背叛。

你最害怕什么？

年华老去。

你最想拥有哪一种才能？

同时用中、英文写作。

你希望以什么样的方式死去？

这个问题很难回答，希望可以体面地死去。

如果你可以选择让某个东西回来，你会选什么？

当然是让她回到我身边。

她……

“咚—咚—咚—咚！”

缓慢而有节奏的敲门声在这个节骨眼响起，好像昨晚的幽灵又回到寂静的房间，吓了高小爽一哆嗦。

“高小姐，是我，周新伟。现在有空吗？能否去梁戈的房间走一趟？”

高小爽并不明白周新伟的用意，但在好奇心的怂恿下，她跟着来到梁戈的 203。

除了石大川，其他人都已经等在里面。

“周新伟，说吧，为什么你要把大家召集到梁戈的房间？你俩之间……嘿嘿。”杨鸣掏出香烟，正准备点火，被梁戈一把将打火机夺走。

“杨鸣，你少在这里煽风点火，我的房间不许吸烟！想抽出去抽。”

“嘿，有你这样待客的吗？我还不想来呢。”杨鸣把香烟放进烟包，揣回裤兜，起身要走。

“等等杨鸣，先别走。我保证如果你错过接下来我讲的故事，一定会后悔。”周新伟拦住杨鸣。

“到底是什么？请明说吧。”高小爽满脸狐疑。

“是这样，刚才梁戈小姐去我的房间找我，质问了我一个问题。”

“没错。”梁戈迫不及待地把话抢过来，“我问周新伟，他与林山到底是什么关系？如果他知道林山的什么，我让他告诉我。”

“梁小姐，你当时的语气恐怕是命令吧。”周新伟叹了口气。

“是又如何，我难道不能调查林山？他这两天的所作所为非常过分，今天玩真心话大冒险，昨天玩小强填字，他仿佛站在上帝的角度来审问我们，揭露我们的隐私，在还没愈合的伤口上撒盐。难道你们没有这种感觉？”

梁戈的话像一把利剑刺向每个人的内心。

赵沫垂下头，深深呼出一口气，马上又抬起眼皮，投出一道悠远又深邃的目光，“今天早上，林山问我知不知道《The moment of truth》这档游戏，不妨告诉大家，一个跟我关系很亲密的人参加过这档节目。林山特意问我，应该不是巧合吧。”

“跟你关系很亲密的人？女朋友？”梁戈问。

小婕？那个眼睛大大，说话嗲嗲的女孩立刻出现在高小爽脑海里。

“不，对不起，是一个跟我曾经关系很亲密的人。”赵沫的声音很消沉。

“那就是前女友了？”杨鸣说。

赵沫没有承认，也没有否认，“林山知道如何在我的伤口上撒盐，想必他也一定知道如何能够刺激到各位。”

“你们看，果然不止我一个人有这种感觉。”梁戈推推眼镜，“我想找林山问个明白，但是……我对这个谜一样的出题人一无所知，他却对我的情况了如指掌，这太可怕了。依照我平时的工作风格，如果不能做到知己知彼，掌握尽可能多的材料和证据，绝不能贸然出击。”

“所以，你开始多方取证？”高小爽紧锁眉头，她此刻的立场有点奇妙，她也有很多问题想问林山，可是当林山被大家议论、质疑时，高小爽又暗暗替他捏了把汗。

“其实我先找到的不是周新伟，而是老张。但是老张现在的嘴很紧，什么都不说。”

“那是当然，林山已经给他下了封口令。你又为什么找周编辑？”

“找周新伟是因为林山说过，他所在的杂志是本次活动的协办方……”

“嘿，先我一步啊！”杨鸣拍了拍大腿，那天周新伟被梁戈举报使用电话，由大家投票决定生死，杨鸣选择留住周新伟，他的小算盘正在于周新伟与林山的微妙关系。在他看来，跟出题人以及协办方代表搞好关系，对破案、拿奖百利而无一害。

“唉……”周新伟叹了口气，“我的工作单位确实是本次大赛的协办方，据说，我们杂志主编、也就是我的顶头上司跟林山是朋友。但是我必须声明，我跟林山没有半点交情，我也是来到小岛后才第一次见到他。梁戈对我和林山的关系有怀疑，我想你们可能也有类似的疑虑，既然这样，不如把大家凑到一起，一次性解释清楚。

“大家？但是石大川并不在。”赵沫皱着眉。

“就是不想他在，才把大家请到二楼。”周新伟咬了咬牙，“我可不想把我知道的故事跟那种人分享，人家大作家也不稀罕。”

“哎哟，周编辑，我看你是被林山传染了，说话也开始拐弯抹角，你到底知道什么赶紧说吧。”杨鸣想抽烟，手摸进裤兜，又空手拿出来。

“梁戈一直在说，只有林山对我们了如指掌，我们却对他一无所知……其实并非一无所知，上午提到每个人的星座，我知道林山的……”

“哟，让我猜猜，他是水瓶还是双子？聪明又难以捉摸。”杨鸣刚才还在埋怨周新伟，现在却打断人家，被梁戈狠狠瞪了一眼。

“林山，生在双子座第一天，既有前一个星座金牛的坚韧与固执，又有双子的智慧与多重性格。”

“你怎么知道的?”梁戈问。

“我说过，我的顶头上司跟林山是朋友，在来这个孤岛前，他跟我讲了一个林山的故事。”

林山的故事！在场的每个人都睁大了眼。

谜一样的林山，终于要被揭开他的本来面目了？哪怕只是掀起面具的一小角，也让人热血沸腾。

今夜尤其昏暗，夜空中一颗星星也没有，怕是被厚厚的云层吞没了。

高小爽鬼鬼祟祟地从房门中探出头，四下张望后，取出手电，用纱巾一层层地包裹住，藏进衣服里，然后轻轻关上房门，借着微弱并不显眼的光芒，蹑手蹑脚地爬上楼梯。

走廊里没有开灯，死一般寂静，周围的昏暗迅速将高小爽包围。仿佛每走一步，她都能听到昏暗对她的嘲笑，触摸到昏暗对她的捆绑，舔舔嘴唇，上面还有昏暗留下的咸味。仿佛每走一步，她都要告别这个世界，迈向一个无底的深渊。

但是，这是她心甘情愿选择的——

她要在午夜十二点去林山的房间。

硕大的三楼，除了道具间，只有林山一个人住，他的房间位于三楼楼梯口的308。

来到门口，高小爽伸出右手，就在碰触到门把手的一刹那，她的手停在半空中。

眼前像被施了魔法一样，出现一番幻象：

她正处在高耸的悬崖边，回头望望身后一望无际的黑暗，咬了咬牙，义无反顾地跳进悬崖下绚烂的火海。

在坠落过程中，她感到灼心的痛，皮肤要融化了一样。她以为自己要死了，但就在触地的一瞬间，软绵绵的，像躺在柔软的鸭绒被上。睁眼一看，已经到了一个全新的世界，在随风流动的云朵之间，满天的繁星又闪出它的点点光芒，刚才还被藏起来的月光从消散的云层间洒向大海，美丽得有些耀眼。

如果不是忽然出现在眼前的一个黑色物体将高小爽拉回现实的世界，她恐怕就要迷醉在这美得炫目的星月夜里了。

林山不在房间——他唱了一出空城计。但是，他留下了什么。

高小爽小心翼翼地关上房门，环顾四周，林山的屋子比其他人的卧室都要大出三倍，是一个有着里外房的套间，她目前所处的外间朝北有一排窗户，窗台上放着一个醒目的黑色笔记本。

高小爽恍然意识到，这间房子的正下方是藏书室，藏书室的窗户被封闭；藏书室的楼下是壁球馆，墙壁用来击球，也没有窗户；林山的卧室成为老宅朝北这一侧唯一一个看得见风景的房间。

“如果大家想破案，就一定要找出所有事件背后的神秘联系。”

19717910，20884，2281519。

场工乙：我看他也没啥事，每天拿个黑本子记这记那的。写什么还不让人看。

……

这些碎片被高小爽拼接在一起，幻化成一条毒蛇，指引她翻开了黑本子的第一页：

你确定要打开这个潘多拉的魔盒吗？

小沈的日记

1990年7月10日　阴，有中雨

第一次见到她，是在这个雨夜。她拎着一只手提行李湿漉漉地站在我家门口。她全身都湿了，那件淡黄色的连衣裙已经无法抵挡雨水的侵袭，以至于她里面的一切我好像都能看见。

是妈妈开的门，叫了爸爸。还没等爸爸来到门前站稳脚跟，她已经像一头撒缰的小鹿扑向了爸爸的怀抱。我在书本上学过撒缰的野马这个词，但我觉得不该用野马来形容她。她是那么纯情、又充满活力，她扑向爸爸的怀里时，就像一只湿漉漉渴望温暖的小鹿。

爸爸让她赶紧去冲个热水澡。在她洗澡时，我偷偷站在爸妈屋的门口，隐约听见了他们的争执。

“她来这里干什么？”

“我怎么知道。”

“你倒是问啊。”

“这么晚了，人家又淋了雨，我总不能一上来就审问人家吧。”

“谁让你审她。你不会问呀。”

“问，问，那也得等明天。都这么晚了，一切明天再说。”

“明天？那你让她今天住哪儿？”

“住哪儿？当然住咱家了。”

“咱家？咱家是收容所！”

“嘘，小点声。不管怎么说，他是我妹妹。”

“什么妹妹，你们根本没有血缘关系。”

“啊？”听得我一头雾水。这个在雨夜突然闯进我家的像仙女一样的女人原来是我的小姑，但是又不是。

“咳咳。”就在我深处云山雾罩时，身后传来轻轻的一声，是那么轻，那么柔，那么美，我赶紧转身，看见我的小鹿，哦，我的小姑。她已经在我的身后，用一件大毛巾裹住了裸露的身体，但是她的脖子，她的肩膀，她的胳膊，她的小腿都暴露在我的视线里。她真美，就像我在《大众电影》里看到的那些明星。我顿时脸红了，像发烧一样。

她笑着拉住我的手，把我拉到一边，柔柔地说：“小孩子怎么偷听大人讲话啊！”一边说，她一边用毛巾擦拭着湿漉漉的头发，偶尔，头发上的水珠会溅落在我的脸上，她就用她的手轻轻帮我擦去。她的手也是那么柔，触摸到我的脸上时，我觉得心里好像触电一样。

“哧。”她笑出声来，“这么小就知道脸红了呀。多大了？”

“十七岁！”我骄傲地说，其实我隐瞒了我还差十个月才到十七岁。

“好吧，十七岁的小伙子，想不想来点宵夜？”湿漉漉的小姑从她带的包中取出了一个饭盒，打开，里面装的是肠粉。小姑直接用手把一条拿出来放进我的嘴里。

是鲜虾味的呢。

“好吃吗?”

我拼命地点头。

小姑笑笑说：“西方人说，在中国小孩子是不发表意见的，但他们会在吃饭时打饱嗝，以此来表示他们喜欢这道菜肴。不过西方人绝对不允许自己家的小孩子模仿，那是没教养的体现。”她说着，把自己的手指放进了嘴里。

哈，小姑怎么像个小孩子似的。那样子可爱极了。

我知道，就在这个烟雨濛濛的仲夏夜，她偷走了我的心，我的呼吸，我的梦。

1990年7月12日　阴

我的仙女，原来真的是明星。她是拍电影的，马上要在我们小镇拍一部电影。拍电影啊！可是妈妈说，她是个不入流的小演员，拍的不是什么大电影，演的也是女配角。我觉得妈妈不喜欢小姑，可是我喜欢。她真好看。可是为什么，之前从来没有听爸爸提起过，我有这么一个好看的小姑呢？我不敢去问爸爸，更不敢问妈妈。

我觉得小姑也很喜欢我。白天爸爸妈妈去上班，小姑不出门的话，就是我俩在家。我做作业时，她过来问我在写什么，最近读了什么书？我会把我读的书拿给她看。她会走到爸爸的书柜前，挑出一本递给我，让我读她推荐的书。

1990年7月15日　阴，有小雨

白天的时候，又在下雨，哩哩啦啦的，南方的夏天就是这样。以前我特讨厌这样的天气，但是现在却希望老天爷赶紧下雨，最好再来个台风，刮上它三天三夜，这样我的仙女就没法出门了。

今天她穿得很整齐很好看，又是一件黄色连衣裙，绣着金色的小花。她好像最喜欢黄色，穿上显得更加白净，好看极了。我不能克制地盯着，眼神最终停留在黄色裙边下那双白皙纤细的小腿。

呀，这双腿向我走来了，越来越近。空气中开始弥漫出她身上的清香，是一股淡淡的椰子味，是她的洗发水还是她身体的味道？我咽了一下口水，赶紧把眼睛埋进书本。

“干什么呢，没打扰你吧，我的小书童！”小姑趴在了我的旁边，看我在读什么。

“觉得闷不闷？喜欢哪篇？”

我说我喜欢《我读一本小书同时又读一本大书》。小姑惊讶地看着我，惊讶得好像要把我给吃了。

“厉害呀，小伙子，沈先生的故乡我去过，那座边城，沱江边的小镇，好像是为了等待我们的到来，守候了千年。先生就是在那样的环境下得到了看世界的角度。而这种角度日后又影响到了台湾电影人侯孝贤，让他用现代人可能无法容忍的缓慢、平淡甚至是沉闷，去撩起青春的记忆。”

小姑讲的时候，身体轻轻挨着我，我可以从她的裙领那儿偷看到她的内衣，隐隐约约的，我甚至觉得她的乳房曾经碰到过我的胳膊。哦，天呀，这些千万不能让妈妈知道。

晚饭时小姑说剧组的先头部队已经来到城市，摄影师跟导演在忙着选景，她问爸爸，小城里有没有什么特别的景色可以推荐。爸爸说，如果明天不下雨就让我带着小姑到处转转。我真是爱死我爸了。

但妈妈好像在桌下用脚踢了爸爸。

1990年7月16日　阴转晴

老天保佑，是个晴天。总之，没下雨就好。

我起得特别早，好像自己真的是个小导游一样，问小姑都想去哪里？

小姑说，电影中有一场戏，是她跟男主人公感情的突破口。剧本描写是在一个纯天然的山谷中：

“这是我的天然小屋，周围开满了野花，我最喜欢那黄色叫不出名字的，平凡却奋力地展示着自己，那是活着的迹象。

每当太阳要消失时，我都会坐在花丛中，看着夕阳的余晖在小花身上留下最后的光的痕迹。

我以为只有我一个人懂得欣赏这人世间最后的美景。没想到，在这里会遇到他。

之后的每个傍晚，我们都相约来这里看日落。从此夕阳的余晖不仅仅在小花身上留下光的痕迹，也在我们的身体里，撒下了爱的种子。”

当小姑把故事念给我时，我简直听入迷了。“爱的种子，什么是爱的种子?”

小姑皎洁一笑。

“你这傻孩子。爱的种子就是……我把自己交给了这个男人!”

我瞪大了眼睛。

“在花丛中，他解开了我的衣裙，对我说，一个男人永远也不会忘记他第一次解开这个女孩衣襟看到她裸体时的情景……”

忽然小姑停住不说了。

“怎么，小家伙，好像不高兴了。”

“他，他真的要解开你的衣服?”我憋红了脸。

哈哈哈。小姑大笑起来。

“你这孩子，我以为是什么事。拍电影，当然是假的了。不过……导演说了，我们这部电影要去外国评奖。为了艺术，做些牺牲也没什么。”

小姑转过身，像个狡猾的小狐狸一样咬了咬手指，凑近了我，几乎凑到我的耳边，轻声地问:“喂，告诉我，你有没有看过女人的身体?”

我的心“咯噔”一下，我能感觉到它跳跃的速度比平时足足快了两倍。

这一天我随便带她去转了转，并没有找到像小姑描述得那么美的地方。但我的心里，已经筑起一个天然小屋。

“怎么样，看到哪里了?”一个充满诱惑力的声音突然降临，像离弦的剑“嗖”地射中了高小爽的心，手中的黑本子一下掉到地上。

是林山。他什么时候进来的，神不知鬼不觉，高小爽没有听到半点动静，是因为她看得太过认真?

林山走到她的面前，弯腰捡起日记本，合上，紧紧攥在手里。

“对不起，我不该翻看你的东西。”

“不不，是我故意留给你的，你果然没有令我失望，破解了密码。不该喝杯酒庆祝一下?”说着林山走到酒柜前，放下日记本，拿出一瓶红酒，倒出一些在醒酒器里。

“这……我从不喝酒，也不会喝。”此时的高小爽，还没喝，已经羞红了脸，像一朵刚刚盛开的出水芙蓉。

“为我，不能破例一次?”林山不由分说，为高小爽倒上一点，晃动着杯子举到她的面前，“其实，酒的味道没有想象中那么好，只是人们喜欢那种在红酒的催化下微醉的心绪。来，干杯。”

高小爽举起酒杯，看着林山一饮而尽，她也仰头把杯中的酒全部送入口中。

涩涩的感觉，像此时的心情。

“怎么样，再要一点?”林山又为高小爽和自己倒了一杯。

高小爽被动地接过酒杯，这一次没有一饮而尽，只是微微抿了一口。

林山浅浅一笑，转身坐到沙发上，落地灯的光线正好打在他的一边脸上，有点阴森的感觉，“趁着还没醉倒，先跟我说说，昨晚的事?”

昨晚? 高小爽一惊。

“昨晚，老张说看到……”

“他看到什么?”高小爽神色慌张。

“他说大概是晚饭前，你的房间有访客……不过可惜，他没看清是谁，只看见你用最快的速度把那个人迎了进去，关门时还四下张望了一下……”林山将杯中酒喝完，又倒了一杯。

“呵呵，别紧张，如果你不愿说，我也不会勉强。只是……”林山微微停顿一下，把酒杯举在眼前，凝视那血一般的颜色，“这座孤岛似乎并不安全，发生了那么多匪夷所思的事，你一定要保护好自己。如果有谁找你的麻烦，告诉我，我来帮你解决。”

高小爽咬住嘴唇，点了点头。她心里却像悬着十五个吊桶，七上八下。

昨天晚饭前，确实有一个人去了她那里，聊了一小会儿那人就走了。现在该坦诚地告诉林山吗？——还有，那个人走后，高小爽做的那个“梦”，又是真是假？

还不是说的时候。

高小爽把心中乱窜的小兔子又生生压了下去，举起酒杯一饮而尽。

她的头开始有些眩晕了。

“我们还是换个话题吧。说说，你是怎么破解的那些密码？”

高小爽呼出了一口气，“我是个天生的数字白痴，走了很多弯路，首先想到的是电话号码、房间号、生日或者产品编码，都是死胡同，在一筹莫展时，我告诉自己，别着急，一定是起点出了问题，于是我退回到原点，把你跟我说过的话都回放一遍。最后，是你在玩小强填字时说的一句话提醒了我。”

“哪句话？我对你说的每句话你都记得？”林山的眼神很深情。

“你说‘请大家注意每一行、每一个字’，而这些数字恰恰留在书的后面，所以，我判断它可能关系到某一页某一行的某一个字。”

“聪明！”林山鼓起掌。

“但是，我又遇到了难题：

2611——第

962019——五

1211021——天

312016——晚

4122——十

130198——二

208310——点

178510——来

8159——三

218——楼

19717910

20884——窗

2281519——前

19717910 会出现在破案邀请函上，一定是你在提醒我，它有不同于其他数字密码之处：它不会是第 19 页，只可能是第 197 页；又不可能是第 179 行，只可能是第 17 行，那么‘910’代表着什么？我觉得只有一种可能，就是第 197 页第 17 行第 9 和第 10 个字，连在一起就是——卧室。”

卧——室。

林山留给高小爽的谜底是：第五天晚十二点来三楼卧室窗前。

那个写满秘密的日记本就放在窗台上。

“完美的破解。但是，你不害怕吗？”林山起身走到高小爽面前，两个人的距离很近很近，高小爽觉得她能闻到林山呼出的微醉的心绪，她的心“砰砰砰”跳个不停。

“我让你一个女孩子半夜来我的房间，你不怕我……图谋不轨？”林山温柔地望着高小爽的眼睛。

高小爽觉得此刻的自己，不止面颊，连耳朵根都红透了。

“我知道你不是那样的人。”她喝了酒，目光却是那样清澈纯净。

“那我是哪样的人？告诉我，在你们眼里、尤其在你眼里。”

“你是一个谜，大家都在猜测你，为你安置了各种性格特点，说你是破案专家，在美国曾多次协助警方破案，但是你的方法很极端很特别，不按常理出牌，是个狠角色；说你很固执，甚至有些偏执，为达目的不择手段，从来没有你办不成的事……”

“哈哈，看来在大家眼里，我可不是个好人啊。但是，我想听的不是这些。”林山把头伏在高小爽耳边，轻声地问，“我只想知道，你，你怎么看我？”

“我？”高小爽微微退了半步，抬头望着这个谜一般的男人，“我不知道究竟谁口中的才是真正的你……我只知道，那个每周送我白色雏菊的人，那个给我寄明信片向我倾诉心情点滴的人，那个知道我喜欢‘愤怒的小鸟’就送我衍生品存钱罐的人，他对我说，他不忍心让我受到任何伤害——我相信他。”

高小爽还想说什么，已经无法再说出口了，林山俯下身，用一个突如其来、温柔甜蜜的吻堵住了高小爽的唇。

那一瞬间，高小爽的脑中一片空白，种种推理、怀疑、戒备心全都抛到九霄云外，只觉得能这样和他在一起有多好。

他吻了她很久？她自己也不知道，只有天旋地转的感觉，不知怎么就浑浑噩噩地回到了自己的房间，手中攥着一张便条：

恭喜你，破解密码，找到日记，这是属于你一个人的独家线索，你不必有负罪感觉得愧对其他选手，也不能贪心直接翻到最后一页，更不能操之过急一口气就把它们读完。你要按照游戏的进程去了解小沈和沈雁的内心。

日记我先收回。如果你想继续读下去，每晚十二点，来我的房间。

这是我们两人的秘密。如果让我发现，有其他人知道了这件事，game over。

Game over.

林山用了这个词。

这场突如其来的爱情，到头来也会是一场游戏？

高小爽觉得，自己醉了。

第六天　情欲·谋杀未遂

Tomorrow is another day.

睁开双眼，映入高小爽脑海的第一个画面，竟然是《乱世佳人》中的郝思嘉，一个人站在破败的老宅前，幻想着翠松夹道的林荫路与一排排茉莉花丛。

那个美丽又任性的女人，假如当初了解艾希礼，她不会爱他；假如她了解白瑞德，无论如何也不会失去他。这个世界上究竟有没有一个人是她真正了解的。

这个问题，高小爽也在问自己。

时钟指向九点五十分，她打开房门准备下楼，一大把用旧报纸包裹的黄色野花挡住她的去路。这情景仿佛复活了过去的那段日子，每个周一早晨，她打开房门，就像接收订阅的牛奶和报纸一样，她都会捧回一大束雏菊。

“天呀，今天是周一！”高小爽差点叫出来，一阵既意外又熟悉的甜蜜涌上心头。她弯腰抱起花束，一个人痴痴笑起来。

这时，对面的杨鸣从房间中出来，看见高小爽，冲她招了招手。

高小爽回过神，礼貌性地点点头，迅速退回房间。她生怕刚才杨鸣看清她的表情，一定是很傻的样子。

锁好门，高小爽找出房间里的空花瓶，取下旧报纸，将娇艳的叫不出名字的黄色小花放入水中，摆到窗前。

嫩黄色的花瓣被斜射进屋的阳光勾出道道白边，亮晶晶地绽放着生命。高小爽用手支着下巴，目不转睛地盯着眼前这片绚烂。就在这么美好的画面面前，她心中响起的却是朴树那首歌：

“也不知在黑暗中究竟沉睡了多久，也不知要有多难才能睁开双眼……这是一个不能停留太久的世界。”

十点钟，高小爽准时来到一楼大厅，今日的她，心有灵犀般地穿了一件淡黄色的连衣裙，与穿着黄衬衫的林山俨然情侣。

“大家睡得还好吧，对那份普鲁斯特问卷作何感想？”林山掩藏得很好，就像昨晚什么也没发生一样，平淡地向大家提问，甚至连一眼都没看高小爽。

“我正想问你呢，这几天你搞的这些玩意根本对侦破沈雁失踪案毫无帮助，却在揭露我们的隐私，意欲何为？”梁戈问得很直接。

“梁大律师，你真的让我不知所措了。”林山一脸无辜，“几天前你一直责怪大家只顾着破虚拟谜案，不关心高小爽的失踪；现在我想办法让你们增进了解，却又是你，指责我公布的线索对侦破沈雁失踪案毫无帮助。大家倒是评评理，我接下来该怎么办？”

林山这么说，有点倒打一耙的架势，把梁戈噎得说不出话。

“呵呵，林先生，自从踏上这座孤岛后，我们都是您手中的棋子，您说怎么办就怎么办，什么时候能轮上我们‘提子’呢？”石大川的眼神瞬间变得犀利起来，眼部阴影骤然加深。

“提子？”林山眉毛向上扬了扬，“那你说说看，咱们现在这盘‘珍珑棋局’，是该‘冲’、该‘挡’、该‘并’，还是该‘顶’呢？”

“嘿，你俩怎么转到围棋上了，真行！林山，你还是麻利儿地公布谜案线索吧。”杨鸣挠挠头，“如果我们真想了解谁，私下进行就成。”

“好，看来大家并不关心彼此的隐私，那么沈雁的隐私，你们感不感兴趣?”林山的话一下令大家戒备起来，新的破案线索要登场了：

“女演员沈雁在来到剧组前还有一个恋人。”

这可真是诱人的隐私。

经过多方调查，警方发现，女演员沈雁在来到这个剧组前还有一个隐形的恋人。说“隐形”是因为，这个人来头不小，是非常有声望的电影电视剧导演陈洪明。沈雁失踪那年他五十四岁，在半年前丧偶，有一个女儿，比沈雁还大三岁。他与沈雁之间是一段不为人知的地下情，在来到剧组前没什么人知道。沈雁跟于老师好上后，陈导演远在外地听到了风吹草动，要求沈雁跟于老师分手。于老师跟沈雁大吵一架，但是第二天他就请求沈雁的原谅，说不计较沈雁的过去，只要沈雁跟陈洪明分手，他愿意用一生去照顾沈雁。

“我靠，我明白啦!”杨鸣一拍大腿，“昨天玩真心话大冒险时，其中有几道其实已经暗示我们了，你问沈雁会是出于什么原因跟于老师分手，会不会是她另有新欢，如果我们换作于老师，又会不会同意分手?”

林山点点头，“所以，梁戈小姐，你现在明白，前两天我所留下的线索，并非一无是处了吧。”

“可是……这么重要的信息怎么不早说?”梁戈不服气地撇撇嘴。

“早说？我早就提醒过诸位，千万不要只陷在已知人物身上。今天就到这儿吧，下午注意查看电子邮箱，你们将会再收到一封信。”

信——为了收这封信，高小爽恨不得每十分钟查一次邮箱，坐立不安。终于在下午一点半收到了这封写给沈雁的信。

小雁：

告诉我，你和他只不过是逢场作戏，你会马上回到我的身边。为了你，我已经妻离子散，我不能再失去你。戏不要拍了，赶快回来，我就知道你跟着小方的剧组不会有好事，有他在，准会给我制造无休无止的麻烦！

快回来吧，不要逼我做傻事。

干 爹

1990年8月8日

“不要逼我做傻事”……

一阵凉风吹来，带着海边的湿气，高小爽觉得脸颊和嘴唇一片冰冷，指尖传来肾上腺素造成的刺痛。

这一定是陈洪明导演写给沈雁的，他们之间到底是怎样的关系？为什么陈导演会说自己为了沈雁妻离子散？

小方……方导演？方导演又被牵扯出来，难道说他在整件事中有着隐藏最深的作案动机？

等等！疑点不止这些，还有落款，明确的日期，1990年8月8日……

高小爽猛地抬头，体内仿佛有什么东西正逐渐膨胀，欲穿透而出。她起身在屋里左右寻找，最后停留在门口的纸篓前，从里面拾起今天早晨用来包装那一大束野花的旧报纸。

怎么会这样？

高小爽捧着报纸的手颤抖起来。

整个房间好像升起一片看不透的迷雾，弥漫于一切事物之中，把高小爽团团围住。

隔壁赵沫的房中，似乎也凝结着一股阴沉而可怕的气息。

“这两天的情况就是如此，你怎么看？”赵沫在和小婕视频对话。

“首先，我对填字谜中的‘假途灭虢’超级好奇。这个成语用来形容做事一石两鸟。我在想，到底什么是一石二鸟？”

一石二鸟，这个问题赵沫从没想过，小婕的思路果然与众不同。

“我对那个问卷也很有兴趣啦。”小婕故意拉长音，“这绝对是一个泄露人内心秘密的好机会。可是，实在是好讨厌，林山没有发电子版给你，你身边也没有扫描仪，无法发给我让我仔细研究。”

“你呀，就喜欢琢磨别人的隐私。我给你念还不行？”

小婕吐了吐舌头，“这几个人中，我最感兴趣的是那位高小爽小姐的，她的问卷答案很矛盾。不知道这次我的预感是不是出了问题，她处在一段甜蜜的感情中，但又试图摆脱这段感情，既向往又厌恶……实在让人捉摸不透。”

“你们女孩子，最容易意乱情迷。”

“意乱情迷？我看意乱情迷的是你吧。林山这个家伙，有没有用一把无形的刀刺到你的内心最深处？”

“内心最深处？”赵沫脸上闪出一丝慌乱。

“唉，你又不打自招了。看看你的右手现在有做什么？”

赵沫低头寻找自己的右手，那只似乎并不受大脑支配的右手正下意识地敲打着桌面。

“你……还没有从那次创伤中走出来？”在电脑窗口里，小婕迷惘地转了转眼珠，做了个深呼吸，再次将真挚的目光投向赵沫。

“我本以为忘了，没想到林山提起那个节目，又勾起了回忆。不过，仅仅是回忆而已，那些往事已经不足以再刺伤我。”在小婕面前，赵沫从不掩饰自己的内心，他知道掩饰也没有用，一定会被小婕识破。

“你能这样想，我真的太开心了。其实我们应该感谢那个人，如果不是因为她，你不会去哥哥的诊所接受心理治疗，也就不会替他送我回家，感谢上帝让我们相遇。”

赵沫点点头，对着电脑里的女孩真诚地笑了。小婕是他的开心果，也是他的精神之友。虽然有时候他觉得，跟这种通过观察人的行为就能判断出内心活动的心理专家相处，就像是在光天化日之下被扒了个精光。但是，只要给他些私人空间，他觉得自己还是很喜欢跟智慧的人在一起，既合作又相互较量，侦破人生中的道道谜题。

“那么，你觉得刚才那封信，有没有什么破绽？”赵沫摸着下巴。

“破绽？你有觉得哪里不对吗？”小婕眨着大眼睛。

“是日期，为什么会有日期？1990 年 8 月 8 日……本来是个很虚幻的东西，陡然间变得真实起来，真实得让我有些害怕。”

“我明白你的意思，会不会……”小婕像是想到什么恐怖的东西，睁大眼睛，没有继续说下去，而是将一段话打在了对话框里。

看到那几个字，赵沫顿时觉得阴邪无比。他马上打开搜索引擎，按照小婕的提示，输入了一些关键词。

接下来，他每点开一个链接，眉头上的皱纹就愈加深重，脸色越来越难看。最终，他的目光停留在一张并不十分清晰的图片上。

怎么会这样……

赵沫觉得整个世界都在旋转，而他在急速坠落，以每小时200公里的时速跌入一个无底的深渊。而真相，就在这个无底洞的最深处。

他用双手捂住脸，使劲搓揉了几下。这种折磨人的痛苦跟他那段时间在噩梦中的感觉一样，想跑过去追上她的身影，却怎么也跑不快，眼睁睁地看着她投入另一个男人的怀抱。

“真相只有一个——赵沫，你一定会找到这些事件的神秘联系，一举破解所有谜团。”

真相。

一位作家曾经说：当大风像一只狗熊那样在烟囱里咆哮；当闪电袭向卧室墙壁上的阴影；当绵延的雨水拍打窗户时，真相有什么用？在那个时候，你需要的，也许是一个谎言所营造的抚慰人心的安全感。

“有人想害我！”石大川的咆哮将所有人从房间中拽住，聚集到大厅，此时已是下午三点。

“出什么事了，石老师，你的衣服怎么湿了？”梁戈凑上前，看见石大川从腰间往下的衣裤全被浸湿，袖子也淌着水，狼狈不堪的样子。

“石作家穿着衣服游泳啊！”杨鸣笑起来。

“严肃点，我可没时间跟你们开玩笑。”石大川眼球充血，满眼怒火，每一字每一句都恶狠狠的。

“你没时间，我们更没有。有什么事赶紧说。”周新伟一脸不满。

“有人想淹死我，凶手就在你们中间！”石大川用手一一指向在场的每一个人。

大厅的气氛顿时变得凝重起来。

事情的经过是这样的：

“下午我在房间里修改剧本，隐约听见门口传来脚步声，越来越近，到达我门前，戛然而止。然后，有一两秒钟的间隔，脚步声又起，渐渐远去。我起身一探究竟，发现门下塞着一张纸条：

想见我，下午两点半去海岸礁石边。

我一看表，时间差不多，就放下手中的工作，只身赴约。到达目的地时大概比规定时间提前了十五分钟，那时海边一个人影也没有。等了一会儿，还是没人，我觉得可能被耍了，正要离去，就在这时，一只海鸥飞到一块礁石上，它的落脚处似乎有一件黑色的东西。我猛地意识到，那件东西会不会是那个人留给我的？于是我小心翼翼地爬上礁石，离近一看，是一个黑色的笔记本。”

“笔记本？里面写了什么？”杨鸣打断石大川的讲述。

“里面——”石大川抬起眼皮，用一种阴毒的眼神环顾四周，在场的人谁要接触到他的眼神，仿佛就要被瞳孔中散出的巨大毒素所摧毁。

“里面是——一个人的日记。”

日记！高小爽心头一紧，偷偷向林山望去。只见他也眉头紧锁，不知所措的样子。

“谁的日记？”赵沫问。

“一个女人。”

不是小沈。高小爽心中悬起的大石头刚要落地，但是马上又被新的迷惑所托起，悬在了嗓子眼。

一个女人，她是谁？

“我记得很清楚，日记的第一句话：我死了吗？”

此刻，石大川的声音就像一个死去的厉鬼，飘荡在整个房间，“日记的第一句话深深吸引了我，竟然诱惑我坐在礁石上废寝忘食地读起来。”

“我靠，也拿给我看看！”杨鸣点燃香烟，大口大口地吸着。

“很遗憾，现在谁也看不到了，那本日记就像泰坦尼克号一样，永远沉入海底。”

“什么意思？日记没了？”

“你们只顾着日记，为什么没人来问问在我身上发生了什么？”

“难道你也差点沉入海底？”周新伟的语气中带着明显的讽刺。

“哼，托您的福，我让凶手失望了。”石大川毫不留情地回击。

“行了石先生，别再故弄玄虚。你按动呼叫器让我召集大家来这里，到底想说什么？当时又发生了什么？”林山沉着脸，从牙缝间挤出这些字。

“当时，我完全沉浸在阅读中。不得不说，这本日记写得非常好，像是一个女人的心灵独白，又像是一个悬疑破案故事的开篇。可是，才看了几页，日记的后面就被人活生生地撕掉了。这时我再抬头，身边已充满海水，马上就要没过礁石，将我吞没。”

“没过礁石……你是说，在你阅读的过程中——涨潮了？”赵沫眼前闪出一道迷惘的光芒。

“涛之起也，随月升衰。如果我发现得再晚一点，恐怕就不止是日记本沉尸大海了。”石大川愤愤地说。

“每一日潮汐的时间不是固定的，有一个数学公式可以计算，但要用农历日期。”赵沫说

“今天，是农历初三，星期一。”梁戈看了看墙壁上的日历。

高小爽想起，昨晚的星月原本躲在厚厚的云层后面，过了午夜开始起风，将云吹散，上弦月才露出它的美丽面目。而那时的她正在林山房间。

“所以，今日的涨潮时间大致是凌晨两点二十分和十四点四十分左右。”周新伟抢在赵沫前面说出了答案。

“凶手一定对潮汐时间了如指掌，算好时间来陷害我。这是一场预谋已久的谋杀！”

谋杀。

一座孤零零的小岛，几个怀揣着秘密的陌生人，一场精心策划的谋杀……恐怖小说中最老套的桥段，终于发生了。

“谁干的？”杨鸣问。

“石老师，你不是说有张纸条指引你去海边，把纸条拿出来对比一下字迹，不就行了！”梁戈率先想到这个办法。

“纸条还在吗？不会也石沉大海了吧。”周新伟撇撇嘴。

“在，但是……”石大川从裤兜里翻出一张湿漉漉的纸条，“有些字看不清了。”

石大川把字条摊开，某些字确实已被浸泡，只能看到：“想见我……边”。

“那就对比能看清的字。”梁戈说。

“好。希望参与破案的每个人都要写，不敢写的就是心里有鬼。”石大川带着一丝强制的口气。

林山没有出声，表示默许。

接下来，在场的所有人，包括林山、石大川，还有老张，都把纸条上的字重写了一遍：

想见我，下午两点半去海岸礁石边。

一经比对，大家吃惊地发现，那笔迹竟是——

“怎么可能！”犹如晴天霹雳，让高小爽不知所措。

“想不到啊想不到，最不像凶手的人竟然成为头号嫌疑犯。”杨鸣不可思议地摇摇头。

“纸条被海水浸湿，字迹并不是特别清晰，但是，最后这个字的贴合度非常高。”赵沫叹了口气。

“对呀，这个‘边’字，你为什么在‘辶’那儿写两点？石作家收到的字条上也是两点。”梁戈皱紧眉头。

“除非，有人模仿了你的字迹！”周新伟瞪起双眼。

“我……”高小爽已经快被大家的你一言我一句逼到死角。就在这时，林山站出来救场，“周编辑说得没错，字迹很容易模仿吧，尤其是原版字体还被海水破坏，难辨真伪。”

“可是，谁知道高小爽的字体风格？”

“普鲁斯特问卷上有啊。很容易模仿。”

林山的话像闪电一样击中大家，赵沫有种恍然大悟的感觉，那份普鲁斯特问卷以手写形式出现，竟然会有“这种”特殊的用途。

“我对天发誓，我真的没有给石老师递过什么字条，我也不会单独约他去海边，更不可能害他，一定是有人想陷害我。”

周新伟点点头，“高小姐说的并不是完全没可能。你们看，石作家说有人约他，可是，目前这张字条上，已经看不清时间地点；他说的黑色日记本也沉入大海，有点死无对证的感觉，我们凭什么相信他。”周新伟的提问像扔出一颗手榴弹，让原本就不太平的战场再度硝烟四起。

“你什么意思，你是说我上演苦肉计陷害高小爽？”

“一切皆有可能。除非你有证据证明自己。”

“事实就在眼前，还有什么好证明的？周编辑，你不觉得今天你过于反常吗？”

“我反常？是你做贼心虚吧。”

“哼哼，看来我真得重新好好审视一下整个事件了。”

“随你便，就怕最后是贼喊捉贼。”

“好了好了，你俩别吵……”林山站出来主持大局，“石先生衣衫尽湿，我们相信他确实是从海边归来，差点发生意外；据他说有一个神秘的X给他递了字条，我们也暂且相信——那么从目前来判断，除了高小爽，大家觉得还有没有其他嫌疑人?”

“当然有。”刚才还在争吵的石大川和周新伟这回异口同声，两人互相瞪着对方，那眼神似乎要把彼此打入十八层地狱。“哼哼，我现在认为，凶手另有其人!”石大川似笑非笑地说。

“那么，关于这起神秘的谋杀——未遂事件……”林山故意打了一个磕巴，“我有一个主意，我们再搞一次民意投票，发给每人一张纸条，写下你认定的凶手的名字，但是，这回不要写汉字，用汉语拼音写，字迹就不容易被识破了。咱们来一次真正的不记名断案。”林山说完，吩咐老张找来统一大小的纸条，并找来一个小盒子，示意大家把写好的答案扔进去。

“林先生，这回我就不用参加了吧，我对破案一窍不通，就让我来做唱票员吧。”老张战战兢兢地问。

“大家觉得可以吗?”

所有人都点点头。

还记得上一次投票，是福尔摩斯寻找华生的小游戏，这一回，却变成指认凶手，投票的味道明显变了。一种无以言表的不安涌上高小爽心头。

“唱票吧。”

“第一票：高小爽。第二票：石大川。”

“哼!”石大川满眼充血，像头发怒的狮子。

“第三票：周新伟。”

“我?”周新伟“噌”地站起来，用毒辣的目光环顾四周。

“第四票：林山。”

林山脸上也浮现出一片阴霾，他微微眯住眼睛。

“第五票：石大川。第六票：X。”

“怎么又有人乱投！X是什么?”石大川咆哮着，但是没人理他。

“第七票：高小爽。最后一票：石大川。最终结果：三人投了石大川，两人投了高小爽，一人投了周新伟，一人投了林山，一人投了X。”

“看来，多数人认为是石大作家自导自演了这出闹剧！”周新伟冷笑一声。

“闹剧？真是笑话，我本以为大家都是破案高手，原来不过是一群臭皮匠。”

“嘿嘿嘿，怎么说话呢。八票中占了三票，虽然是多数，但是还没过半……”杨鸣还想说什么，却被赵沫打断。

“等一下！在场的，加上老张，一共八人，可是老张并没有参与投票，怎么出来八票？”赵沫大呼一声，把所有人都吓了一跳。

一二三四五六七，高小爽重新默数了一遍，再望望站在正中央的唱票人老张，令人窒息的沉默即刻袭来。高小爽屏住呼吸，觉得浑身汗毛竖立。

“难道……有人投了两票？”林山打破沉寂。

“不会呀，我看着每个人把自己的纸条塞进盒子，每人都只投了一票。”老张很是肯定地说。

“那是怎么回事？”

“会不会是……”梁戈做了个深呼吸，“告诉你们，那个X是我投的。写这个答案时，我就有一种感觉，凶手可能并不是我们中的任何一个。”

“不是我们中的？”

“对。”梁戈点点头，看起来很镇定的样子，但是双唇却在不停地颤抖，“我在想，凶手可能是那个——曾经拜访过我的——鬼！”

诡异的第八票是鬼投的？

事情变得愈加恐怖了。

“妈的，到底是怎么回事。”杨鸣忍不住骂起来。

赵沫则垂下头沉默不语。

眼见着讨论不出结果、抓不到凶手，林山在无奈中提议散会。

“我知道，如果我说这件事就这样不了了之，没人会同意，但是，目前也没有什么快速有效的破案办法，只能寄希望于，各位多小心，注意安全，然后，利用彼此的智慧，在那个凶手下一次行动前抓住他。”

下一次！还有下一次行动？

恐怕没人敢拍着胸脯说，我保证不会再有任何意外发生。

一阵剧痛入侵高小爽的大脑，她觉得，此时此刻她唯一需要的，是找个安静的地方来舔舐她内心的伤口。

“林山，等一下。”就在所有人撤离大厅，林山准备上楼时，杨鸣叫住了他，“有没有兴趣，打会儿壁球?”

“打球?”林山凝视着杨鸣的双眼，微微思索了一下，点点头。

挑战林山，是杨鸣一直向往的，他激动得手心冒汗。但是他一定没有预料到，接下来的结果会是这样：

在刚开始适应对手打法时，林山击出的球速并不是很快，只是落点比较刁钻，杨鸣勉强能跟他较量几回合；等林山慢慢适应杨鸣的球速和球路，他就开始表演起来，时而加力，时而放小球，每个回球都弹到死角，让杨鸣疲于奔命。

“哎哟，不行不行，打不过你!”在救一个死球时重心没掌握好，杨鸣一个前滚翻摔在地上，连他自己都笑出声来，“嘿，你别说，我这跟头摔得真他妈帅!”杨鸣给自己找了个台阶下。

“起来歇会儿!”林山伸出右手拉了杨鸣一把。

“我说，你怎么打得这么好?”回到休息区，杨鸣开启一听冰镇可乐，咕嘟咕嘟往嗓子里灌。

“打得多，熟能生巧。”

“这项运动的要领是什么?”

“基本功是首要的，没什么捷径，就是苦练。在对打过程中，最关键是每击完一个球，要迅速回到‘T字区’，就是中央的位置。占据有利地形，才能保证击好每一个球。”林山笑笑，往上翻起眼珠看着杨鸣，好像要看穿他的内心，“出了这么多事，你仍然有心思打球、探讨球技，这可不是一般的魄力啊。”

“哎哟，你可千万别这么说，受不起受不起。我呀，嘿嘿，也是揣着自己的小盘算来的。”

“哈哈，你这个人真有趣，小算盘是什么?”

“咱就明人不说暗话了。其实我就是想知道……你怎么看刚才的不记名投票?居然还有人投你一票，太诡异了!”

“……”林山没有马上回答，他也打开一听可乐，喝了一口，目光向远处望去，“你，又怎么看？”

“我，我想用排除法来破解每个人都投了谁，但是需要你的帮助，你能告诉我，你那一票投给谁吗？”

见林山有些犹豫，杨鸣接着说：“我那票投给了高小爽，在感情上我不太相信她是凶手，但是人不能感情用事，按照目前的证据，她是第一嫌疑人。”

“可是有时候，证据指向的人，反而不是凶手，这是最初级的嫁祸。我可以告诉你，我没有选她。”

“嗯，这个我也猜到了。咱们一共七人投票，第八人老张是唱票员，梁戈投给X，称她为A；两个人投了高小爽，一个是我，设定为B，另一个设定为C；三个人投了石大川，其中一个肯定是周新伟，设定为D，另外两个设定为E和F；一人投了周新伟，我判断很可能是石大川，设为G；最后一人投了你；还有一个X。C不是高小爽也不是你，那么，没猜错的话，你俩就是E和F……”

杨鸣拿出事先就带来的稿纸画起来，“我觉得只有这种可能性：

A梁戈——X

B杨鸣——F高

C赵沫——F高

D周新伟——G石大川

E林山——G石大川

F高小爽——G石大川

G石大川——D周新伟

X——林山

这个X到底是谁？这座岛上真的有鬼吗？”

“杨鸣……”林山压低声音，“你会把你的这个推算结果跟所有人分享吗？”

“林山，你太高瞧我了，我们金牛座最抠门，我还担心别人跟我抢一百万呢，怎么可能把自己的推理无私拿给别人？”

“那么，你要保证，今天的对话只有咱们俩知道。”

“当然当然。”杨鸣心头一热，他之所以约林山打球，不就是想跟出题人统一战线，得到独家线索。

“我认为，这座孤岛上发生的一切，绝不可能是什么厉鬼所为，更不是巧合，一定是人精心策划的阴谋，才使得结果看起来这样诡异又合情合理。”

“阴谋……”

“一只海鸟怎么就会飞到日记本边？一本日记怎么就被撕掉大半部分，最终沉入大海？石大作家读完日记时就正好涨潮？潮水对他产生威胁，但是却不足以致命……石大作家的命也太好了一点吧。”

“你的意思是石大川他……对了对了，我其实有另一个疑点。我这人吧，喜欢换位思考，我一直在想，假如我收到一张纸条，有个神秘的X约我去海边，到了那里等了半天都没人，我会那么放松警惕地爬上礁石吗？除非……”

“除非什么?”林山眯起眼，平时吊儿郎当的杨鸣，今日大大出乎他的意料。

“除非，我的内心深处有强烈的心理暗示，我知道那个约我的人是谁，或者我希望那个人是谁。”

“你认为会是谁呢?”

“这个嘛……”杨鸣欲言又止，顺手拿起手边的毛巾，挡住眼睛，擦拭额头的汗水。

“你不想说也没关系，正好我也在盘算着另一件事。”

“另一件事?”杨鸣赶紧放下毛巾。

“关于那个神秘的X，我一定要揪出他的狐狸尾巴。”林山咬了咬牙，“发生这么多事，我并不认为岛上还有除我们之外的人，反而我一直在怀疑，是我们中的某一个人在同时扮演着两个人的身份。当着大家的面，他是ABCDEF-GH，背过身就成了那个‘八又二分之一’。”

听到林山的话，杨鸣的心仿佛停止跳动，全身在冒汗，却僵冷得像岩石一样。

您还拥有一个仅属于自己的破案密码：$8\frac{1}{2}$。

一旦参破密码背后的玄机，您将顺利达成内心最隐秘的愿望。

"怎么样，再来一盘?"林山的邀请让杨鸣感到浑身无力，几近虚脱。

又到了半夜。

其他人的房间都大门紧锁，透过门缝看不到里面有任何光亮。高小爽觉得，一定是发生了这么多事，大家身心疲惫，早早就睡了。她也很累，内心带着巨大的恐惧，但是，事到如今，已经无法收手了。她对自己说。

午夜十二点，高小爽如约来到林山房间。林山又不在，日记工工整整地摆在桌上，还有一张纸条：

今天的日记，有些危险。比下午的蓄意谋杀和栽赃嫁祸还要危险。你真的确定要继续读下去?

小沈的日记

1990年7月17日　**晴间多云**

上午是返校日。交完作业，死党约我出去玩，我以天气不好可能会下雨为由，拒绝了邀请。

"喂，你不是最爱打雨仗吗？走吧。"

"不啦不啦，弄成个泥猴我妈又要骂我了!"

这时候搬出"夜叉老妈"最管用。我的同学都怕她。

可是等到了家，我就后悔为什么没跟同学去玩。

家里有别人。

男人女人的喘息声，夹杂着叫声，从小姑的房间传来。我蹑手蹑脚地踱到门前，被眼前的"景色"吓呆了。

洁白的纱帘被风吹起，影影绰绰，那下面，依稀是女人的身体。

就在昨天，我还没有见到过的除了妈妈之外的女人的身体。

她香汗淋漓，上下颤抖。那纤长的手指，正在被身下一个男人吸允。

她的手怎么能被别的男人碰？不止是手，她的全身都在男人的掌握中。这难道就是所谓的"牺牲"!

只听男人命令"下来。"

她不情愿地挪开身体，就在翻身躺下的时候，她看见了门口的我。

她看到我了！她的双唇颤抖了一下。

她的眼睛一直瞟向我。

男人没有发现。那个时候他已经顾不了那么多。

我攥着拳，看着男人瘫倒在她的身上。

1990年7月18日　阴转晴

昨晚我一直把自己关在房间里，没有出去。我不知道该如何面对她，我也害怕她会因为昨天我的偷窥而不再搭理我。

直到今天一早我才战胜心里的小鬼，勇敢迈出房门，我都想好了该跟她说什么。如果她问我，我就说我什么也没看见，装得跟什么都没有发生一样。

可是当我走出房间时，她竟然不在家。一天都没回来。

我的心空荡荡的，干什么都没劲。我从来没有觉得时间过得那样慢，我恨不得马上太阳落山，晚上，她总该回来吧。

一直到很晚，直到爸妈睡了，她才回来。看见我屋里还亮着灯，直接进了我的房间。

她好像喝了酒，脸上红红的，显得她更好看了，完全勾走我的魂魄，弄得我不敢看她的眼睛，低着头，好像做错事的孩子。可实际上我一直在盯着她美丽的脚。

她“哧”地笑出来，“喂，告诉我现在在想什么？别说假话哦。”

“我，我在想……”总不能把龌龊的想法讲出来吧。

“是不是在想昨天上午?”没想到小姑问得那么直接，“小家伙，不是跟你说了吗，不要偷听别人说话，更不该偷看别人……”小姑停住不说了。

“我不是小家伙，我马上就十七岁了!”我不想被她看扁，在她面前，我多渴望自己是个男人。

“十七岁，确实是个大孩子了，那你告诉我……”她凑到我耳边，轻轻吹着气，柔柔地说，“你有没有做过那种事啊?”

我紧张地咽了一大口口水，心都提到嗓子眼。

她凑得更近了，我们的身体竟然挨到了一起。我觉得她好像用手在抚摸我的身体，我能感觉到她手的温度，不止是手，她的胸也贴到了我的身上。她的胸并不大，很小巧，甚至还没有我们班上发育得特别好的那些胖丫头。但是我不喜欢她们的胸，好像两个变了形的大馒头。

天呀，我该怎样形容那种感觉。被一股股暖流包裹着，好像有什么东西吸着我。她开始吻我，用舌头舔我的嘴唇，舔我的舌头。

我受不了了，实在受不了。

1990年7月19日　晴

对不起，我说了谎。昨天晚上我写下的那些并不是真的。

它的前半部分是真的，她确实来过我的房间，帮我关上了灯；进入黑暗后的后半部分就变成了我的想象。当那天我偷窥到赤裸的小姑跟那个陌生男人的行径后，我总幻想着在小姑身下的是我。

书上说，靠谎言生活，本身不是谎言，而是童话。但书上没说，童话总有结局，到了那时该怎么办?

一旦从童话中醒来，我便觉得一切都了无生趣。

我穿好衣服走出房间，鬼迷心窍地又来到她的门口。

我的仙女正在涂香水，倒在手指间，轻轻抹到耳边。如果她允许，我真希望可以帮她抹，用我的嘴唇按摩她的耳垂。

看见我傻傻站在门口，小姑把我叫了进来，递给我一本书。

“你不是说快十七岁了嘛，那来看看人家美国同龄男孩都做过什么。”我接过书，封皮右下角是一个男孩的大脑袋，印在像复写纸那种蓝色的高楼大厦上。

“如果有什么问题想问我，读完这本书再说。”小姑下达了命令。

1990年7月20日　晴

这本书太好看了！我一口气就把它读完。

“一个不成熟的男子的标志是他愿意为某种事业英勇地死去；一个成熟的男子的标志是他愿意为某种事业卑贱地活着。”

主人公和我同岁，但是我们是那样的不同，他经历的事情我根本不可能经历，如果我做了，肯定被学校开除，被爸妈吊起来打，最后还要被送到劳教所（精神病院）之类的；而他思考的很多东西我也从没有思考过。不过小姑说，现在思考也不晚。垮掉的一代没有垮掉，失落的一代也不会失落。

真深刻。

我觉得如果没有小姑，我的语文老师绝对不会把这样一本书拿到我的面前，我的爸妈，尤其是我妈，她知道纽约在哪儿吗？小姑指着地球仪告诉我，在那条北纬四十度上，除了纽约，还有北京。

小姑，她真是上天派给我的仙女，她帮我打开了知识的大门，当然，还有欲望之窗。

“好了，现在可以提问了!”仙女趴在我面前俏皮地望着我。

“什么都可以问吗?”我小心翼翼地试探着。

“嗯，对呀，以后只要你每天按时读完我给你的书，你就可以向我提问。”

“这可是你说的，那我问了，你不许笑我，而且必须正面回答!”说这话时我可严肃了，严肃得像个大人，她却依然嬉皮笑脸。

你看，我就知道她没把我当回事，当我问出那个问题后，她倏地收敛了笑容，眼睛瞪得像个大核桃，在阳光的照射下，我看到她的眼瞳里因泪水而闪闪发亮，表情天真无邪犹如少女。

我的问题是：“小姑，如果你不是我的小姑，你会爱我吗?”

她没有马上回答我，但接下来所做的事，超出了我全部的意料。那就像是一道魔咒贴在了我的嘴唇上，此后多年，我都摆脱不掉这可怕的咒语。

1990年7月21日　晴，万里无云

昨天的日记，我没写完。

我留了一个开放式的结局，就像她推荐给我的《麦田里的守望者》。“我”没能去远方当聋哑人，是继续留在精神病院，还是去上学？上学后又发生了什么？我知道那不是J.D故弄玄虚，有的时候结局太显而易见，或有的时候结局太凄惨，我们就会隐去。而还有时候我们是真的不知道结局。

我的情况就属于后者。实在是连我自己都不知道该如何下笔。等今天我的心平静下来以后，我才能完整地去梳理昨天在我身上发生的一切。

昨天，她并没有回答我的问题。但是她付出了行动。

那究竟意味着什么，我想了整晚。

我跟小姑，亲嘴了。是她吻的我，她用吻回答了我。

这次是真的。我发誓。这不是梦，也不是谎言。

当我问出那个问题以后，她哭了，我不知道为什么她哭，紧接着她靠近了我，靠得越来越近，近到将她的嘴唇压在了我的嘴唇上，一开始我还有点笨拙，但马上我们的舌头就搅在一起。

天啊，那一刻，天旋地转。是甜蜜，是狂野，是激情。

如果可以，我真希望就这样永远吻下去。

这一定就是这个世界上最完美的快乐。

1990 年 7 月 22 日　晴间多云

只要家里没人的时候，我就和小姑黏在一起。她让我枕着她的肚子念书。本来一开始我那里胀胀的，但随着阅读的开始，我的心思逐渐转移到了书本的奇妙世界里。

她没再吻过我，也从始至终都没有和我做那天跟那个男人做过的事。

我一切都听她的，她让我做什么我就做什么。她是我的仙女，我是她的小奴隶。

如果真倒退到奴隶社会，得有多少人争着抢着做她的奴隶啊。

1990 年 7 月 23 日　阴，有三级风

今天小姑没有给我推荐新书，她说，希望有一天我可以主动去阅读。我并没有太多的失望，因为小姑现在把我当她的心灵之友，我们可以交流，无所不谈。

“你说，男女之间是因为什么走到一起？”

“因为爱啊!”我懵懵懂懂的。

“什么是爱?爱到底是一种感觉还是一种责任?”

好深奥。我摇了摇头。

“那你爱我吗?”

见我一个劲点头，小姑继续问:“爱我的什么?”

“你的全部!”我脱口而出，但马上有点后悔，我是不是答得太快了，完全没走脑子。

“小小年纪就学会了油嘴滑舌，赶紧给我从实招来。我，好看吗?”小姑的眼睛里流动着醉人的光芒。

“好看好看。”真的，小姑就像仙女。

“可是，像你这样年纪的……，难道不喜欢那些……”小姑说着在自己的胸前比活了两个大球。

“不不不。”我连忙摇头。

“切，骗人。我告诉你呀，你年纪还小，小男生一般都喜欢成熟丰满像自己妈妈一样的女人。”

妈妈?哦，不，想起我的妈妈，我连忙摇头。她没理会我，接着说:“上了年纪的男人，就不一样了，喜欢难以捉摸、古灵精怪像自己女儿一样的小仙女。他们会抚摸着你还没有完全发育好的小胸脯，说‘我的洛丽塔，我恨不得一口吃了你’。”

洛丽塔，我第一次听到这个名字。

但此时我发现，小姑哭了。她似乎想起了什么往事。

我想安慰她，又不知该用什么办法，就像往常一样钻进了她的怀抱，我觉得至少这样可以让她觉得温暖。

她一定能感觉到我的温度，就如同我感到了她的颤抖。

高小爽的心也颤抖了一下，她感到把蛛丝马迹拼凑起来时，那股强烈的不安。

她似乎已经明白，比下午的蓄意谋杀和栽赃嫁祸还要危险的日记，到底在诉说什么，林山，又在诉说什么。

高小爽的思绪不由自主地退回到大学时代……

第七天　骗局·孪生姐妹失踪案

今天一早大家就接到一个坏消息。天气预报说，台风“霜花”预计会在三天后经过海岛，以每小时二十公里左右的速度，向西北移动。未来几天内，沿海地区将普降暴雨。

“离开家乡前，每个夏天都会遇到台风，整天整天下雨，不用上学。年纪小不知道危险是何物，专挑雨大时跟同学出去打雨仗。”林山笑笑，像是陷入某种回忆，脸上浮现出虚无缥缈的神情，“在场的很多人没经历过台风吧，这几天要注意安全，最好不要外出，更不要去海边。”

正如林山所说，包括高小爽在内的很多人都生长在内陆，对台风这一天气现象既好奇又恐惧。它从天而降，带着大海的咆哮，有着超强的破坏力，却被赋予“霜花”这样妖娆的名字，让高小爽感到一股邪恶的美感。

“接着破案吧。看了昨天那封信，大家有何感想?”林山话音未落，窗外吹来一阵海风，窗户吱吱作响，颇有山雨欲来风满楼的气势。

“这位新登场的陈导演很可疑，他说：‘不要逼我做傻事’，这句话完全可以看作是对沈雁的威胁。”梁戈第一个做出推理，将所有人的注意力从“霜花”迅速拉回到虚拟谜案中。

“可是你怎么能确定这信是陈洪明写的？落款并不是陈导演的名字，而是‘干爹’。”周新伟反驳。

“这不正好说明了二人的关系?”石大川笑笑，“在年龄上陈洪明足以当沈雁的父亲。他的出现，打破平衡格局，让沈雁的故事，终于陷入危险的三角关系。”

“三角关系，不止吧……另一个人也很可疑。”杨鸣托着下巴，“恰恰是以前我们认为最没可能的方导演，也玩了个华丽转身，变成了嫌疑犯。信中暗示方导演跟陈洪明有过节。”

“可是，仅仅因为有过节就绑架沈雁，这动机似乎单薄了些。沈雁的失踪会直接导致方导演的电影无法继续拍摄。”周新伟皱着眉。

“那么，我们退回去反推，如果沈雁失踪，五个当事人中谁最没损失?”梁戈提议。

“第一自然是陈洪明，他远在外地，很有可能遥控了绑架，把沈雁抓回自己身边，制止她再拍这部电影。”说完这话，杨鸣觉得嗓子痒痒的，一摸兜，竟然忘了带香烟，“对不起，林山，能否请老张帮我回屋取一下烟和打火机?”

“喂，你可以抽我的。“石大川晃晃手中的烟。

“哎哟，不瞒您说，您那个贵了点，抽不惯。”杨鸣耸耸肩，接着对老张说，“不好意思还得麻烦你，就在我床头。没事，我那屋随便进，没什么值钱东西，最宝贝的就是一台数码相机，嘿嘿，这个必须随身携带。”说着杨鸣拍拍裤兜。

林山向老张点点头，老张转身离去。

“咱们接着说，我认为于老师也没什么损失，也许有一些感情上的小神伤，但是，我们不能排除当于老师知道沈雁另有男友后，因爱生恨，失手杀人。”早在几天前，梁戈就一直持有这个论调。

“现在方导演也不干净了。女演员失踪，剧组停摆，作为导演和制片人，他损失惨重。但是，这个损失好弥补，只要尽快换角补拍就可以了。如此说来，如果是方导演为了报复陈洪明而作案，反倒更有了隐蔽性。”杨鸣越说越带劲儿。

“有道理，可是还漏掉了一个关键人物，这个人恐怕是所有人中最没损失的。”梁戈说。

“谁?”

“女一号。沈雁的戏份越来越重，抢走她的光彩，为什么不是她导演了沈雁的失踪，让自己重新变成万众瞩目的焦点?”

“女一号确实有动机，但是……”周新伟摇摇头，“你们没看过她的信息，像她那样著名的演员，不可能因为抢戏这种小事铤而走险去犯罪。”

“万事皆有可能。周编辑，这可是你说的，怎么转脸就忘了。”石大川冷冷地说。

“哟，石大作家的记性真好啊，那你记不记得自己都说过什么做过什么?”周新伟瞪了石大川一眼，“没有把握的事我怎么会乱说。在座的，只有我跟赵沫掌握了女一号的独家线索。我俩早就知道，女一号虽有作案动机，但是没有作案条件。案发时，她……”

“周编辑!”周新伟正要说到关键之处，被林山大声呵止，“有些线索，说出来就不叫独家了。”说完，林山的目光慢慢转向高小爽，眼角露出一丝淡淡的笑纹。

“那么，另一个人你们怀疑过吗?”高小爽的声音有些犹豫，她本该理直气壮地说出自己的推理，但被林山刚才那么含情一笑，笑得她心里发麻。

“还有谁?”

“一共五个嫌疑人，方导演、于老师、女一号、陈洪明，只剩下……”

“他？怎么可能是他!”

“就是他——小沈。”说出这个名字，高小爽紧紧咬住嘴唇，脸上的温度迅速上升。

“小沈？小沈是沈雁的侄子，他为什么要绑架自己的亲人?”梁戈问。

“正因为小沈是沈雁的侄子，不会害她，才更有可能制造一起失踪案，而他的动机不是绑架，而是解救!”

“解救?”林山收起嘴角的笑，微微眯起眼。

“从目前得到的线索看，小沈不希望小姑跟于老师纠缠在一起，尤其是陈洪明出现后，于老师跟沈雁感情出现裂痕，小沈曾告诉警察于老师对沈雁施暴。也许，小沈想保护他的小姑，让她暂时离开这个是非之地，摆脱于老师与陈洪明的纠缠。”

“你的意思是，小沈为了救人，导演一出苦肉计？”杨鸣摆摆手。

“置之死地而后生……想不到，你一个女孩子，能有如此大胆的推理！”林山还想说什么，又咽回去，发出一声不可思议的叹息，随即把头垂得很低很低，让人看不到他的眼睛。

这是大家第一次看到林山低首长叹，自从假面聚会见到他，这个神秘的出题人从来都是高高在上，此刻，在那么微妙的一瞬间，他却低下了头，将透露心事的眼神隐藏起来。这样的反应让在场人摸不着头脑，高小爽也搞不清自己到底是说对了，还是犯了愚蠢的错误。

“不是小沈，绝对不是小沈。”这时，站在大厅最远端的一个人发出闷雷般的声音，是赵沫。大家才意识到，这是他今天第一次开口。

“为什么这么肯定？”周新伟问

“按照高小爽的推理，如果失踪案的制造者是小沈，他绑架沈雁是为了救她，那么，这场拯救结束后，沈雁应该安然无恙，重获自由，对吗？”

高小爽点点头。

“可是，二十年过去了，失踪的女演员，至今活不见人，死不见尸。”赵沫冷冷地说出这句话。

二十年……高小爽觉得全身血液倒流，耳后的脉搏“咚咚咚”跳得奇快。难道——赵沫也知道那个秘密了。他是怎么破解的？他又没有那份报纸……

“哎哟，赵沫，你今儿个怎么了？”杨鸣笑起来，带着故作轻松的口气，“什么二十年？第十三天，失踪女演员的下落就会公布，谜底还等着咱们去揭开呢。”

“大赛规则是这样的，林山出一道谜题，我们用十三天去破解。可是，所有人就没有怀疑过，这个谜题是一个骗局？”

骗局！这两个字在顷刻间幻化成一股浓烟，迷蒙了所有人的双眼。

“赵沫，基于什么让你这样说？”林山处于无形迷雾的中心，眉头微微抖动。

“是那封信，它的落款露出破绽。”

果然如此。高小爽偷偷向林山望去，接下来他该如何面对赵沫的质问？真替他捏把汗。

“‘1990年8月8日’，这个日期太突出了，比‘干爹’这个词还要吸引我的眼球，让我怀疑，为什么一个虚拟谜题，却要出现这么实际的数字，而且还是二十年前的一个日期。于是，我把‘1990年’输入搜索引擎，又加入几个关键字，诸如：八月，夏天，女演员，失踪，戛纳……竟然让我发现了一个惊天秘密。”

“什么惊天秘密，别打哑谜了！”

“这个秘密就是——沈雁失踪案是二十年前，在1990年8月真实发生过的一起案件，至今未破……”

赵沫的声音在瞬间具有了魔法，钻进每个人的心，大家呆立在原地，互相偷窥的视线在紧张的空气中交错。

《星城晚报》1990年8月25日

在小镇拍戏的电影剧组发生意外，女演员离奇失踪，剧组在停工十天后被迫更换演员。日前警方已展开紧密调查，会尽快破案。

在那张破旧的用来包裹黄色花束的旧报纸上，赫然印着这样的新闻。在看到它的一刹那，高小爽已然明白，比蓄意谋杀和栽赃嫁祸还要危险的日记，在诉说什么，林山，又在诉说什么。

“我靠，真有沈雁这个人？至今，活不见人，死不见尸？”老张送来香烟与打火机，杨鸣迫不及待地吸起来，吐出阵阵白烟。

“林山，你为什么要骗我们参加这个所谓的虚拟破案大赛，拿一个真实未解的案件让我们侦破？”赵沫终于要扼住林山的咽喉了，高小爽紧张得把心提到嗓子眼。

“骗你们？”林山一脸无辜，“你们没有任何人问过我，虚拟破案大赛题目的来源是什么，我也从没说过沈雁失踪案是我凭空杜撰出来的，怎么能说我设计骗局？”

林山的话不无道理，让在场所有人无法招架。

“而且，我从没隐瞒过任何直指真相的线索，你以为那封信的落款是一个破绽？恰恰相反，那正是我故意留给诸位的最新线索。”

“最新线索……”高小爽望着眼前这个谜一样的男人，她刚刚还在杞人忧天地担心林山被赵沫戳穿后该如何应对，想不到一眨眼的工夫，他就扭转乾坤，再度以王者的姿态出现在大家面前。

“在真心话大冒险时，我已经几次暗示你们了，记得杨鸣还说‘可惜沈雁是个虚拟人物，又不是身边的大活人’……”

“啊，我说过这话？”杨鸣挠挠头。

“所以，你根本不在乎被我揭穿这个秘密？”赵沫阴沉着脸。

“说实话，我在乎的只有一个。”林山向赵沫投去诚恳的目光，“我花那么多钱办这个大赛，就是想借助外力来帮我破解这起二十年前的悬案。当你们知道沈雁不再是虚拟人物，而是二十年前被残忍地剥离这个世界的遇害人时，你们不觉得更刺激？不想知道沈雁究竟是谁？看到她那张脸，有没有血脉贲张的感觉？真相就在眼前，拜托各位，尽快抓到凶手。”

抓住沈雁失踪案的凶手。

这真的是林山唯一在乎的？

赵沫觉得自己被团团迷雾包围，呼吸越来越困难。

高小爽的心里也乱作一团。“沈雁究竟是谁？”林山这句话像观音菩萨的紧箍咒一样紧紧勒住她的心。回屋她试着把一些关键词输入搜索引擎，让人血脉贲张的网页出现在她的面前。

> 当你刚坐到我身边，我就想跟你说话，话到嘴边又溜回去。可是不说，又觉得终生遗憾。

高小爽觉得，一瞬间像是有数把尖刀插进了她的胸口。

“咚咚咚，咚咚咚。”急促的敲门声把高小爽从疼痛中唤醒。这时候来的，一定是不速之客。

“是我，梁戈。快开门，有事问你。”高小爽慌乱地关闭网页，跑到门口，解开门把手上的蝴蝶结，把梁戈引进来，再度把蝴蝶结系好。

“弄这个玩意干吗?”梁戈阴着脸抱着一个大牛皮纸袋进来，指指门把手上的小机关，“难道是……”梁戈已经猜出高小爽的用意，“如果有人在外面拧动门把手，这个蝴蝶结就会被破坏，对吗?可是，如果你出去，怎么设置这个机关?”

高小爽笑笑，“你真敏锐，这个小机关仅限于我在房间时启用。设置它是因为，那晚你怀疑有人从外面开启了你的门锁……”

“嗯。”梁戈点点头，“自从出了那件事后，我每次回屋都把沙发堵在门口，睡觉前提心吊胆的，把林山预备的呼叫器放在枕边。不过……那晚之后，再没发生什么异常，直到……对了，找你来，就是想问这个!”说着，梁戈从牛皮纸袋里取出一大摞稿纸，举到高小爽面前，“这是什么?”

稿纸的第一页，印着大大的几个黑体字：

孪生姐妹失踪案。

“这不是……”高小爽慌忙拉开写字台的抽屉，脸色大变。

“你在哪里找到的?这是……”

“这是石作家给你的剧本，对不对?我记得有一晚在餐厅，我跟杨鸣看见石大川交给你这样一个牛皮信封。”

高小爽无法回避地点点头，“可是，我放在抽屉里，怎么会到了你手上?”

“喂，你不是怀疑我从你房间偷走吧。这是有人故意扔到我门口的。”

梁戈讲起午饭后的经历。

“上午被赵沫揭穿谜题的本来面目后，我去拜访了林山，他约我在一楼餐厅共进午餐。碰巧，你们都没来餐厅，只有我与林山和几个工作人员。我告诉他，对我来说，谜题是杜撰也好，是真实案件也好，并不重要，重要的是，林山为什么选这个案件而不是其他悬案来作为考验我们的谜题。你能明白我的意思吗?因为职业关系，我见过很多凶手逍遥法外的案例，跟那些比起来，沈雁的案件有点过于普通了，我问林山为什么选择它。他笑起来，故意压低声音说，‘沈雁这个案子远比你想象中要复杂得多，马上你就会知道了’。听到他的话，我鸡皮疙瘩掉了一地。紧接着我回房，没多久就听到脚步声，跟石大川遇险那天一样，脚步声到了我的门口停止，几秒钟后又启动。等我跑过去挪开堵在门口的沙发打开门时，走廊已空空如也，在我房门口的地上，放着这个牛皮纸袋。你猜我的第一反应是什么?呵，你别笑我啊，我以为里面会是……人的半截手指，或是沈雁的恐怖照片……”

半截手指，恐怖照片……梁戈一定是恐怖小说和电影看多了。

“打开信封后，说实话，我有点小小的失望，原来是一个剧本。可是没想到，当我读起这个故事，心底的恐怖感比看到血腥的半截手指还要强烈。你——明白我的意思吧！”她故意拖长音，“这个剧本理应在你手里……而且，赵沫刚揭穿案件的秘密，老天就让我看到这个孪生姐妹的故事，你不觉得一切过于巧合？”梁戈向上翻起眼皮，透过近视镜的框架瞪向高小爽，目光像希腊神话中的梅杜莎，仿佛谁接触到就会僵化成石。

高小爽垂下头，“这个问题似乎不该问我，应该去一楼，找这个剧本的主人问个究竟。”

“高小爽，你怎么还不明白，石大川那里不能去。”

“为什么……”高小爽眼睛瞪得大大的。

“你呀，不知道是真傻，还是心眼多的跟没心眼一样，要我说你什么好。石大川遇险这件事疑点太多，我怎么可能自己送上门去，我去了他也不会跟我讲真话。我来找你是因为，那晚是你向我伸出援手，让我住在这里，是你给我讲各种故事分散我的注意力，在这座孤岛上，你是我最信任的人。我希望你能担负起这份信任。告诉我，这个剧本是不是你放在我门口的？你是不是知道什么其他人不知道的事？”

“不是我放的。我也不知道为什么放在我抽屉里的剧本会跑到你的门口。”高小爽摇摇头，“我，我跟所有人一样，处在云山雾罩的迷雾中。”在说后半句话时她有一丝犹豫，该不该说出日记的事？但是，她答应过林山，不让其他人知道。为了信守这个承诺，现在不得不付出说谎的代价。

普鲁斯特问卷问：“你在什么场合下会撒谎？”

高小爽记得梁戈的答案是，任何场合都不说谎。否则，只要撒了一个谎，接下来就要用更多的谎去圆场，永无止境。

“好，我相信你。”梁戈把剧本递到高小爽手里，并握住她的手，“剧本暂且放回你这里，目前，悬而未解的事太多了，我得静下来想想，好好想想，再做下一步打算。你也要多加小心啊，尤其堤防石大川，一开始找搭档时我还认为跟侦探小说家合作靠谱，可是现在越来越觉得那个人阴阳怪气的。”

高小爽感到梁戈的手在微微颤抖。

“我先生昨天给我发邮件，问我一切可好。我说很好，破案进展很顺利，我一定可以获胜。其实，那不是实话，我心底真实的声音是，我早该听他的，根本就不该来，天上不会有掉馅饼的美事，现在为了这一百万，我们可能会把命搭上。”

送走梁戈，高小爽垂头望望手中一直紧攥的剧本，它跟随手指颤抖，抖得越来越厉害。

石大川的新剧本《孪生姐妹失踪案》之所以会引起梁戈的恐惧，因为它那么巧合地讲述了一对双胞胎姐妹失踪的故事。她们长相完全一样，气质和打扮却大相径庭。姐姐时尚新潮，美丽得像白天鹅；妹妹朴素低调，平凡得像丑小鸭。

一日，白天鹅失踪了。

姐夫怀疑是妹妹谋害妻子，丑小鸭一直活在白天鹅的阴影下。

为了证明自己的清白，妹妹拉着姐夫去报警。接待他们的警官小王认出妹妹是一个侦探小说家。

刚报过警，妹妹就收到姐姐的Email，说她和情人私奔了。警察不信这套，没过一天就查出，这份电子邮件的IP地址就在姐夫公司边的网吧。

难道是姐夫发现妻子的奸情，暴怒中杀害了她？

可就在这时，令人意想不到的事情发生了。姐姐归来，妹妹又不见了。

剧本到这里，戛然而止。

石大川想干什么，把一个写了一半的剧本拿给我看，也是一起失踪案，主角刚好是两个长得一模一样的孪生姐妹……就像梁戈说的，这一切未免太巧合，巧合得让人恐惧。

高小爽打开电脑，恢复刚才慌忙关闭的网页，一张模糊的黑白剧照再度出现在眼前。图片质量不是很高，但已经可以看到合影中第一排一张突出的面孔。

这个人不像是——

留着大波浪卷发的——

我？

看到这张图，她再度感到尖刀刺向心窝的疼痛。

那痛感越来越强，甚至盖过了本该有的慌张与恐惧。

小沈的日记

1990年7月25日　**晴**

小姑说，明天她就要进组。一想到明天就不能见到她，我竟然哭了。

“傻孩子，哭什么，又不是生离死别。”小姑笑着摸着我的头，“我只是你生命中的一个过客，过不了多久你就会忘记我。将来你会上大学，还可以出国，结识很多年轻漂亮又有学问的女孩……”

“不，不，小姑，我只想和你在一起。”

“别说傻话了，如果想我，可以来剧组找我。不过……”小姑轻轻叹了口气，“不许跟别人提任何关于我的事。好吗？”

她是我的仙女，她说什么我都会听。

1990年7月30日　**晴间多云　有小风**

为了能去剧组看小姑，我想尽一切办法，说服我的老师，让她打电话给我爸说，有机会应该让孩子去剧组做社会实践。爸考虑了好几天终于同意，我妈却不同意。那晚我听见爸妈再次激烈地吵起来。也就在那晚，我发现了小姑和我家的秘密。

“咱家欠她的吗？她为什么要来搅乱咱们的生活？”

“她没有搅乱。她只是来看看咱们。”

“没有搅乱？她害的你家支离破碎！”

“那不是她的错。”

“不是她的错？你看你看她的眼神！”

“我看她的眼神怎么了？”

“你自己知道怎么了！”

“你跟我说清楚，我看她的眼神到底怎么了？”

“还不是跟你的色鬼老爸一个样！”

“你住嘴！”

“啪”爸扇了妈一个耳光。妈哭了。

那晚，我辗转反侧。直到天亮时，才迷迷糊糊睡着。

梦中，我又回到了初见小姑的那个雨夜。

1990年8月3日　晴间多云

我来到剧组，导演安排我做剧务，每天帮助他记录一些杂事。对我来说，一切都很新鲜，重要的是，我又能见到小姑。

但是我并没有想象中那么高兴。因为小姑身边有了其他男人——电影摄影师于老师。他们每天都在一起。

我觉得他眼熟。应该就是那天出现在我家里的那个家伙。怪不得小姑在进组前对我约法三章，原来要投入别人的怀抱。

我顿时觉得天昏地暗，心底生出咬牙切齿的恨。

1990年8月5日　晴转阴　3～4级风

小姑在这部戏里演女二号，女一号没她漂亮，戏也不如她好，整个光彩都在小姑一人身上。于老师特别照顾她，把她拍得更美了，导演也不停给她加戏。我真替小姑高兴。方导演和于老师都说，这部戏拍完，小姑一定能红，明年带小姑去什么外国的哪里，小姑也能像那个巩俐一样，在外国拿奖。

女一号心里很不爽吧。

但谁让她是凡夫俗女，我小姑是仙子呢。

1990年8月6日　阴有小雨

今天没有女一号的戏，也没在片场见到她。正合我意，她不在，我的仙女就可以独霸摄影机。

晚上下起了雨，剧组早早收工，导演让我去他的房间整理剧务记录，弄得很晚。回去时经过小姑门口，我又听到了熟悉的、让人心痒又心痛的声音。

就在我继续偷听时，有人拍了拍我的肩膀，扭头一看，是方导演。我的脸顿时红了，恨不得找个地缝钻进去。

方导演冲我笑笑，让我早点回屋休息。

可这一晚，我都没怎么睡。想着小姑的声音，小姑的唇，小姑的笑，我的头就要裂开一样。

1990年8月7日　阴

导演说过几天可能会下大雨，要加紧赶工，我才知道，女一号请了五天假，回北京厂里开会，所以最近几天都要赶拍小姑的戏份。我们从早上一直拍到夜里，忙得我连跟小姑说话的机会都没有。我看她非常疲倦，对于老师也爱答不理。

1990年8月8日　阴

剧组传来一些关于闲言闲语，说小姑作风有问题，在跟于老师之前，小姑跟别的老头子睡觉。还说，小姑曾经被人家老伴掌掴，但因为老太太年纪大，打空了，自己摔了个跟头，摔成骨折，后来就病死了。

真想知道是谁在造谣，谁在背后搞鬼，重伤我的小姑，如果让我抓到那个人，一定给他好看。

1990年8月9日　阴

小姑哭了，不会是受那些谣言的影响吧。剧组收工后她把我叫到一边，她的眼睛和面颊都红红的，我问她怎么了，是不是有人欺负她，她却说："什么也别问，就让我在你身边待一会儿好吗?"

小姑躺在一棵榕树下的长椅上，头枕着我的腿。

我好高兴，她又让我亲近她了。

但小姑很快就睡着了。

这时，方导演发现我们，说有一封给小姑的信，我看见信封上写着是北京寄来的，替小姑收了起来。

临走时，方导演对我说了句意味深长的话："保护好你的小姑。"

1990年8月11日　阴

今天拍一场室内大戏，小姑演得真好，哭得撕心裂肺，看戏的我们全被感动了。

1990年8月12日　阴有小雨

小姑眼圈红红的，不知是因为拍戏哭的，还是别的原因。夜里睡觉前她来找我，好像刚喝了酒。

“和我说会儿话好吗?”刚下过雨，室外的空气特别清新，能闻到泥土的芳香。小姑又把我拉到榕树下的躺椅上，对我说出了那个困惑我很久的秘密：

“我不是你的亲小姑。我的妈妈不是你爸爸的妈妈，我的亲生父亲，也不是你爷爷。”

那年，小姑的妈妈带着十岁的小姑嫁给了爷爷。那时，我都两岁多了，可是一点印象都没有。小姑说她的亲爸爸在她还在妈妈肚子里时就死了。真可怜。

不幸的是，小姑的妈妈嫁给爷爷后，不到半年也死了。“街坊邻里开始说闲话，说我是个带着诅咒出生的、不吉利的孩子，我死去的亲生父亲把对这个世界的仇恨都遗传到了我身上，谁和我在一起就会沾染霉运，永远得不到幸福。”她垂下头，把右手食指放进嘴里，像个小孩子一样咬起来。即便在黑暗中，我也能看到她垂下的眼帘里闪着泪光。

“你爷爷，不希望我生长在这样一个流言非语的环境下，他把城里的房子留给你的爸妈，带着我去了乡下。那里人很少，我记得有大片大片的油菜地，每到春天，金灿灿的油菜花美得让我睁不开眼。”她抬起头，温柔一笑，“接下来的八年，是我一生中最幸福的时光。从小我都没有父亲，小朋友欺负我，说我是野种，当着他们的面我宁愿咬破嘴唇也不哭，可是到了黑夜，一个人躲在被窝里，我哭着祈求老天爷把爸爸还给我。老天一定是听到了这个可怜小女孩的祷告，把他赐给了我。除了妈妈，在这个世界上，从没有一个人对我那样好，不，他比妈妈对我还好，那份爱是那样无私无畏。可是……”

小姑眨了眨眼，泪水不争气地顺着面颊滑落下来，“上天对我总是如此残忍，把他赐给我，世俗的枷锁却不允许我得到幸福。那天……”小姑垂头拭去泪水，“你问过我一个问题，是冥冥之中的安排吗，那个问题我也曾经问过他，在我十八岁生日那天，我鼓足一生的勇气对他说：‘爸，如果我不是你的女儿，你可不可以爱我?’”

原来是这样。那天她那么突如其来地接纳我，是因为我无意中勾起了她内心深处最甜蜜也最痛苦的记忆。我的眼睛张得大大的，好像跌入西伯利亚“死亡之湖”，冰冷的湖水让我的每一个毛孔都凝固。

“你猜他怎么说，他一定在装傻，用最慈祥最慈爱的目光望着我说：‘傻孩子，你永远是我的女儿。天下有哪个爸爸不爱自己的女儿。’那天之后，他经常有意躲着我，那时我才知道自己就像《绿野仙踪》里的多萝西，在神秘园游荡了八年，一觉醒来，一切都恢复了原状。我还是人们口中说的那个带着仇恨和诅咒降临到这个世界的孩子，不配拥有幸福。”

“不是这样的，不是这样的。”我真想把她揽在怀中，告诉她，她是仙女，是那些诋毁她的世俗的凡人才不配得到幸福。

“从那以后，我把自己的真心隐藏起来，努力考大学，我只填了一个志愿，就是北京。我想，既然他躲着我，不愿意面对我，我就走得远远的，不给他添麻烦。”她双手绞着，似乎处于一种孤独无依的痛苦中。

“可是，心里又放不下，我觉得我活着的全部动力，就是让他为我骄傲。你知道吗，他最喜欢看我表演了，他说一生最快乐的事，就是在银幕上看到我。我一定要努力，加倍努力，成为最好的演员，他一定会在天国，跟我的亲生父母一起，为我骄傲。”

小姑说着把头靠在我的肩膀上。

听她描述的爷爷，竟然和我记忆中不一样，或者说，我对爷爷没有印象，从我懂事后，妈妈没有带我回过老家，爷爷偶尔会来看我，但都是一个人，从没有跟小姑一起来过，我只记得他是一个慈祥的老头，喜欢问我，最近读书了吗，学习怎样啊。一年前爷爷去世时，也是爸爸一人赶回的乡下。爷爷……我忽然意识到，爷爷已经去世一年了，忌日就在八月初。该死，我竟然连爷爷的忌日具体是哪一天都忘记了……

“我曾经问过你，爱是什么？有一个作家说，当你停下来思考你爱对方的哪一点时，就证明爱已经远去了。直到今天我才明白这个道理，我爱的人，只有一个。”

小姑起身，把纤细的右手食指放进嘴里，像个小孩一样吸允起来。

1990年8月13日　中雨

出事了，小姑不见了！

合上日记，高小爽觉得全身在出汗，整件衣服都湿了。林山一直坐在她的身后，静静看着她。

“沈雁究竟是谁？看到她那张脸，有没有血脉贲张的感觉？”

“当你刚坐到我身边，我就想跟你说话。”

“真相就在眼前。”

“我会用‘十三’这个数字作为我们的重逢暗号。”

错综复杂的线索拼接在一起，越来越清晰地勾勒出事件的轮廓。

“你不是说有很多问题想问我吗？”

林山与高小爽四目相对。这一次，她是那样坚韧，不再犹豫，不再躲避，眼神纯澈、美丽。

“我只问一件事——

你，究竟是谁！”

在这样一个单纯又勇敢的女孩面前，林山第一次觉得自己无处可逃。

三楼308的房门紧闭，屋外的人不知道里面正在上演着什么，屋里的人也不知道，外面的黑暗中，正有一双眼睛，恶毒地盯着这扇紧闭的房门。

谜案之真相

还记得我的故事吗？那个发生在紫妍身上的雨夜谜案。所有人都说，时间可以让你忘记一切，我却知道，让我忘记一切的不是时间。

那个雨夜，到底发生了什么。

魏隽决定带我重回案发现场。他雇来一艘小渔船，我俩坐在船头，趁着傍晚的余晖出海。船上的渔夫戴一顶大大的斗笠，遮住整张脸，一句话也不说，只顾低头划船。

周围寂静无声，空旷荒芜，只有看不见尽头的海平面。海风吹来，我有些瑟瑟发抖。魏隽忙握着我的手，把我揽入怀中。

我闭上眼，让自己什么都不去想，就这样被他牵着手永远也不放开。

船走着走着，忽然停了。我睁开眼，天已经全黑下来，挂着一盏油灯的小船处于大海的中央，周围更加寂静荒芜。

“为什么不继续走?”

还没来得及回头，我就感到头顶传来一阵剧烈的疼痛，紧接着，一双大手将我推入海中。

冰冷的海水刺入我的骨髓，我拼命举着双手，向渔船上的魏隽求救。可是，他好像听不到我的声音。

海水迅速没过我的头顶，海草缠绕在我的脚踝上，像水鬼用双手抓着我的脚，把我拖进海底深处。我越挣扎，抓得越紧，坠入得越深。胸腔好像破了一个洞，海水灌进我的嘴，我的胃，我的肺。

这时水面上好像传来一个熟悉的声音：

让她去死。

眼前一片黑暗。

再睁开眼，我躺在一栋陌生的别墅里，父亲和一个女人守在我的床边。

“你醒了。”父亲跑过来抓住我的手。我才发现，自己的身体没有任何知觉，也不能说话。

我在哪儿，这是怎么了？魏隽呢？他去了哪儿？我想大叫，却叫不出声，泪水模糊了我的视线。

父亲身边的陌生女人原来是我的姐姐，我却没有一点印象。在她的细心照料下，我的身体渐渐好转，四肢恢复知觉，嗓子也好起来。父亲这才把那天发生的事情转述给我。

我被人推入海中，被附近的渔民救起，再次从鬼门关逃出来。魏隽已不知去向，被列为头号嫌疑人。

“头号嫌疑人？不可能!”我的头摇得像拨浪鼓。

“船上只有你们两人，如果不是他推你下水，他为什么不跳海救你?”

“也许他不会游泳，也许……总之他不会害我，他说要带我走，要照顾我一辈子。”

“醒醒吧傻孩子。你知道他是谁？做什么的？有没有家室、女朋友？是不是骗子?”

我惊恐地睁大眼睛。跟魏隽在一起，我几乎都在说自己，从没问过他的情况。想来，我只知道他又高又帅，是个作家，喜欢踢球，愿意听我说话，愿意分担我的忧愁，他说，就算全世界抛弃我，所有人都不要我，他要我……

那一刻我的喉咙就像被恶魔死死掐住，说不出话，也喘不上气，泪水顺着脸颊滑落。

“还有一件事必须告诉你。你第一次受伤送往医院，需要输血，你的血型是血库稀缺的AB型，就在那时来了个血型匹配的人看病，为你输了血。你知道他是谁？咱们搬家后，那个人竟然跟着咱们也来到这个小渔村。这是巧合吗？这一定是策划好的阴谋。那个人就是——”

魏隽。父亲恶狠狠地念出这个名字。

他为我输血，帮我寻找记忆中的凶手，带我踏上那艘死亡之船……他所做的一切，只是为了埋伏在我身边，伺机杀人灭口？

不对，有哪里不对！我已经哭花了脸，泪水流进嘴里，那咸咸的、涩涩的味道提醒我，别慌，别慌，一定有哪里出了问题。

如果他是凶手，该让我直接死在手术台上，又为什么要为我输血？

“也许，是他见到你，不能自已地爱上你。”这是姐姐模棱两可的解释。

不对。如果他是凶手，应该千方百计阻止我回忆过去，不可能带我重回案发现场寻找记忆。

“那是他在试探你，一旦发现你想起什么，就在第一时间毁灭证据。”这是父亲一口咬定的答案。

不对。那晚在小船上……

我忽然想起什么，整个人颤抖着缩成一团。

那晚在小船上，落入大海的——

不是我，是魏隽。他落海后，我义无反顾地跟着跳了下去。

冰冷的海水刺入我的骨髓，我举着双手求救。海草缠绕在我的脚踝上，像水鬼用双手抓着我的脚，把我拖进海底深处。

就在我沉没的一瞬间，我看见了渔船上的一双眼睛……

我已经知道是谁想杀死我。一直以来，清晰的线索都摆在我的眼前，我却被爱冲昏头脑，宁愿视若无睹。

是我不愿相信，也无法相信，那个最不可能的人，恰恰是最想要我命的人。

可是，他为什么这样做？为什么？

好了，真相就在你们眼前。

我所能说的都已经告诉诸位，接下来就请你们帮我解开紫妍的遇害之谜吧。

第八天　丑闻·带血绷带

被赵沫揭示出沈雁失踪案并非虚拟谜题，而是二十年前真实发生的悬案后，孤岛上的一切似乎在一夜之间改变了。高小爽起床就发现，窗前的黄色小野花开始凋落枯萎。拉开窗帘，外面的天阴沉得像傍晚四五点。

一定是“霜花”要来了。

上午十点整，所有人聚集在大厅。大家的脸色有点像屋外的天气。

“今日的线索是这所房子。周新伟所在的杂志主编问过我一个问题，为什么破案大赛要在一座孤岛上举办。我说是为了制造气氛，顺便向伟大的阿加莎·克里斯蒂致敬。”林山眼里闪硕着奇异的光芒，“这当然是一句玩笑了。现在可以告诉大家，大赛之所以会在这里办，因为老宅里隐藏着重要的破案线索。”

“重要线索？这所房子与沈雁失踪案有关？”梁戈惊恐地睁大眼睛。

“难道这所房子，是当年凶案的发生地？”赵沫说出这句话，充满犹豫，仿佛连他自己都不相信。

“昨天不是被你戳穿沈雁失踪案是二十年前真实的一场悬案吗，既然是真的，就得有案发现场……”对林山来说，公布线索只是按既定程序行事，但对于参与破案的人，他的话简直是一颗重磅炸弹。

“案发现场？沈雁不是在剧组失踪？”杨鸣问。

“没错。剧组是第一现场。”林山点点头。

“第一现场……也就是说，还有第二现场？”赵沫的眉头锁得更紧了。

“那么，这里是沈雁失踪后被囚禁的地方？”周新伟做出了一个超大胆的假设。

沈雁失踪，除非当时就被杀死，否则一定有一个落脚之处。难道是这里，我们住的房间曾经关押过沈雁？林山他……

高小爽猛然想到什么。糟了，我能想到的，其他人一定也都能想到。但是为什么……为什么没有人怀疑？

高小爽偷偷向林山望去，再度替他担忧起来。可是林山并未察觉什么异常，继续说：“我非常佩服大家的推理能力。但是，光推测是不够的，我们还需要证据。在普鲁斯特问卷上有一道题，‘你最近读的一本悬疑推理小说是什么’，除了石大作家读的是自己写的小说，其他人都在读外国推理名家的作品。我总结了一下：周新伟在看东野圭吾的《彷徨之刃》，高小爽在读宫部美幸的《模仿犯》，杨鸣看的是一个短篇小说集，叫《真的，好恐怖》，赵沫读的是哈兰·科本，梁戈是西德尼·谢尔顿。”

“说这些干吗，跟这栋老宅有什么关系？”梁戈实在摸不到林山的脉。

“别急，我在这座岛上做的每一件事，都不会平白无故，请大家先跟着我的思路。”林山说完看看高小爽，她正用惊措的眼神回望着他。

“凡是报名参加这个破案大赛的人，一定都是悬疑小说爱好者，饱读诗书，那么，诸位有没有听说过埃勒里·奎因？”

“《X的悲剧》？”高小爽脱口而出。

林山满意地点点头，“下面呢，我邀请大家玩一个游戏，就是有关于埃勒里·奎因的一个短篇，名字叫《寻宝游戏》，有人看过吗？”

“《寻宝游戏》？将军的女儿丢了珍珠项链那个？”杨鸣仰起头，搜索着脑海中的记忆碎片。

“你果然爱看短篇，如数家珍。”林山笑笑，“我将完全复制大侦探埃勒里·奎因的游戏规则，把一个‘宝藏’藏在老宅的某个地方，然后留下线索。注意：每一个线索都是一句话。你们必须遵照指示一步步来，破解第一步，才能得到下一步线索，直至找到宝藏。如果规则我描述得不清楚，大家可以问杨鸣。”

“啊呀，简单得很，就是这个这个这个……”杨鸣又解释了一遍，“重点是那句话，它将提示时间地点情境等等。”

“那么，宝藏是什么？”石大川问。

“这个不能说。谜题解开，宝藏自然会露出它的庐山真面目。我保证，这个宝藏，一定不会让你们失望。开始吧。第一个线索：女鬼正在饮酒。”

“女鬼！”梁戈发出尖叫，但见高小爽眼睛发亮，朝餐厅跑去。大家也蜂拥而至。在餐厅吧台的酒架上，高小爽找到第一张纸条：

“女鬼喝醉了，正在出汗醒酒！”

“出汗……我知道了！”杨鸣一拍脑门，带领大家跑到旁边的壁球馆。

在休息长椅上发现了另一张纸条：

“女鬼不知壁球打法，找出工具书学习。”

“工具书，那她该去藏书室。”又是高小爽提醒大家。

一帮人气喘吁吁地来到二楼。

“查查体育类的在哪儿。”不愧是编辑，周新伟登梯爬高，很快就找到了《教你打壁球》这本书。一张纸条夹在里面：

“女鬼改主意，跳入水中。”

“跳水……这里有私人泳池？”杨鸣问。

“等等。”石大川想起什么，“外面就是大海，要游泳池干什么，那天我差点淹死在那里。”

一干人等“嗖”地冲出老宅。

虽然是晌午，天空却暗得可怕，乌云密布。高小爽心想，如果不是集体行动，她一个人真不敢独自穿行于黑暗的密林。

大家沿着毒蛇般扭曲的车道跑到海边。在阴郁的天气下，蔚蓝的大海也变成了黑色，海浪像一个发狂的巨人张牙舞爪地扑向岸边，仿佛要把他们拽向无底深渊。

就在被海浪肆虐的沙滩上，石大川最先看见一个漂流瓶，可是他死活不去取。赵沫便自告奋勇，把裤腿挽起，等待一个大浪褪去，挖出埋在沙子里的玻璃瓶，取出里面的纸条：

“女鬼游完泳，准备出席假面聚会。”

“准备出席……”赵沫重复着。

“那不就是我们每日破案的大厅！”杨鸣说。

“不对。”赵沫摇摇头。

“怎么不对？”

所有人沿原路返回老宅，赵沫展开推理：“林山说‘每一个线索都是一句话’，杨鸣又强调游戏的关键就在于此。那么……这样吧，我把每句话翻译成英文，你们就会发现一个破绽。”

“破绽？中国人卖弄什么洋文！”石大川一脸不耐烦。高小爽想起，石作家的普鲁斯特问卷上说，他最想拥有的才能是同时用中、英文写作。也许，英文正是他的短板。

“对不起，不是卖弄，是因为中文时态很模糊，容易掩盖一些真相。但是一旦翻译成英文，就会发现，只有最后一句是……”

“啊，明白了。”高小爽恍然大悟，“前面每一句都是现在进行时，是女鬼正在做的事，只有最后一句是将来时态，是女鬼即将要做的事。”

“聪明！”赵沫点点头，“女鬼正在喝酒，地点是餐厅；女鬼正在出汗，所在地是壁球馆；女鬼正在跳水，就是海边；那么，女鬼即将出席假面聚会，线索会在大厅吗？是不是应该在……？”

“道具间！”梁戈尖叫一声。

高小爽回头，看到林山的脸上浮出诡异的笑。

回到老宅，大家直奔三楼，老张早已打开房门等在那里，杨鸣第一个挤进去，“喂，太多道具服了，该从哪件下手？”

“晚礼服？”

“婚纱？”

“旗袍？”

“……还是看看那件黑斗篷吧。”梁戈最后一个说话，指着远处悬挂的一件衣服，肩膀微微颤抖，“所有人中只有我见过那个鬼，我记得当时黑乎乎的一团。”说完，梁戈往后退了几步，躲在高小爽身后。

“哎哟，我不怕鬼，我来！”杨鸣走过去取下那件黑斗篷，仔细打量后手伸进衣兜，脸色随即大变。

“我靠，什么东西！”杨鸣胳膊一颤，那样子就像被兜里的可怕东西咬住。

“怎么了，是什么？”梁戈也跟着大叫。

“嘿嘿，还能是什么，宝藏呗。”杨鸣坏笑着从衣兜里拿出了那个神秘的“宝藏”，“快看看是什么宝贝东西……”

话音还没落，杨鸣脸上的笑容就凝住，在瞬间转化成惊恐。

林山让他们找的宝藏，竟然是——

一卷带着血、发了霉的绷带！

杨鸣赶紧松手，把它丢在地下，一个劲地甩手，仿佛沾染了血光之灾。

“每所房子都有它的秘密。曾经住在这里的人，可能已经不在了，但是这里的一砖一瓦，清清楚楚地记录着房子里上演的故事，谁也别想抹掉曾经犯过的错。”林山捡起绷带，套在手上小心翼翼地卷好，像对待最珍贵的宝物一样，放进了自已的口袋。

“这到底是什么，还带着血！……难道是沈雁用过的？”梁戈战战兢兢地问。

“对对，我记得你说过，这栋房子有一个生病的女主人，她会不会是……”怀疑与恐惧之火在杨鸣心中燃烧。

“这绷带是谁的，这血是新染上去的还是已经沉淀了几十年，这栋房子跟失踪案又有什么关系……这恰恰需要你们去破解。好了，今天就到这儿吧。”

林山转身要走，他总是在最紧要关头抽身离去，让人恨不得冲上去，扒开他的胸膛，挖出他的心，看看他到底想干什么。

“等等林山，先别走，我还有一个问题。”赵沫挪到门口，挡住林山的去路，“昨天回房后我一直在想一件事，不知诸位有没有同样的疑虑，普天之下那么多悬而未决的案件，林山，你为什么偏偏选中沈雁失踪案作为大赛的谜题？”

梁戈点点头，昨日她也问过林山同一个问题。

“今天一上来，你又暗示我们这栋老宅与沈雁有关。你似乎对这个案件的每个细节都了如指掌。这不会是巧合吧……”赵沫的眼神在瞬间变得凌厉起来，让高小爽第一次对这个人有了几分畏惧感。

“你跟这案子有什么关系，林山，你——究竟是谁?”

赵沫的话像一把尖刀刺向林山，高小爽却觉得自己的心在滴血。她担心的事情终于发生了。

昨晚，当高小爽对林山问出同一个问题后，她如愿听到了答案。现在，林山会把这个答案也告诉其他人?

“我是谁? 第一天见面时就已经介绍过了。”林山的声音里第一次出现了迟疑，他注定逃不过这一劫。

“大赛出题人，常年居住在美国，这次回来是为了宣传一个医学基金会而举办这个破案大赛……这些都是铺在明面上、人人皆知的信息。”

“明面上……你还想知道什么?”

“当然是你藏起来的，见不得阳光的……”

“哈哈。赵沫，你很有趣，很像年轻时的我。但是你想多了，在我身上没有任何见不得光的东西。”

林山笑得很夸张，明显是在掩饰内心的某种焦虑。这位英俊、神秘的出题人，在破案大赛进行到第八天时，终于露出了内心深处的某种脆弱。但是只有几秒钟的时间，他又恢复到掌控全局的样子。

“对不起诸位，请问你们来这里是为了什么? 抓住沈雁失踪案的元凶，才是你们的首先任务，其他的……恕我直言，It’s none of your business.”

“No，not exactly，if you were...”

“If I were the murderer?”

“嘿嘿嘿，怎么蹦英语了，有的聊没有啊?”

“对不起，就是想提醒大家，去抓凶手，别把精力用错地方。告辞。”林山阴沉着脸冲赵沫挥挥手，请他让开挡住的门口。

“等等。我还有一件事。”赵沫刚让开，石大川又凑过来，拦住林山，“咱们说中文好吧。刚才你说在你身上没什么见不得光的东西……这个嘛……恕我冒昧，我想请大家答应我一个请求。今晚十二点，十二点整，请大家在大厅集合，我要宣布一件重要的事，关于——这座小岛上见不得光的东西……”

“十二点?”周新伟瞪着他，“你想干吗？什么见不得光?”

“周编辑如果没兴趣，可以不来。总之，我有一件非常重要的事宣布，我保证，它的爆炸程度绝不亚于刚才那卷带血的绷带。”

“什么事不能现在说，非要等到夜里十二点。”杨鸣眯起眼。

“必须那个时间揭晓。我们的高小爽小姐不是很期待童话中灰姑娘的‘十二点咒语’吗?”石大川阴阳怪气地望着高小爽。

“我……”高小爽咬住嘴唇，向林山投去求救的目光。十二点，如果十二点所有人都来大厅集合，我该何时去你的房间看那本日记？心底的这个声音卡在嗓子眼，出不来，也咽不下去。

“好呀，十二点就十二点，我倒要看看石先生有什么咒语要公布。”

林山竟然同意了石大川的提议，高小爽惊愕地垂下头。

十二点，偏偏是十二点。

该来的注定会来。

一望无际的海平面上，悬浮着一大片乌云，蠢蠢欲动，将月亮吞没。一声巨雷，暴雨倾泻而下，仿佛黑色的血喷涌而出。紧接着，一道闪电，像一条巨龙喷出复仇的火焰。

高小爽紧紧抱住手臂，双腿不由地颤抖，看看表，才晚上十点。时间过得真慢，她不由想起被锁在藏书室的那晚，想起那个大雾之夜隐隐约约看到的被毁容的脸，想起不记名投票时无缘无故多出的一票，还有昨晚在林山房间他对她亲口承认的那个天大的秘密……这一切的一切似乎都指向同一个被藏匿的出口：

那卷带血的绷带。

她知道，真相就在眼前了。

这时，“咚咚咚，咚咚咚”，传来一阵敲门声。

透过猫眼，高小爽看到，那个她最不想见的人正等在206的门口。

“不是……不是十二点集合吗，找我有什么事?”高小爽微微开启一道门缝。

“怎么，不敢让我进来？你做过亏心事吗，怕我吃了你?”那个人阴笑起来。

高小爽咬住嘴唇，迟疑了一秒，极不情愿地把他迎进屋。

“这就对了。对客人要有起码的礼貌。更何况咱们之间……”那个人走到高小爽身边，贴得很近很近。

“我们之间没什么可说的。”高小爽面如土色，躲开他，向后退了几步。

“无话可说？如果你真觉得跟我无话可说，那好，咱们十二点见。只不过那时，可就不是我跟你两个人间的密语了，我会让所有人都知道，我们这位年轻貌美，看似清纯可爱的高小姐其实是……”那个人把眼睛眯成一条缝，目露凶光。

“够了！你到底想干什么？”

“我想干什么，没有人比你更清楚。我想要的，就是……”那个人突然掐住高小爽的脖子，粗大的手紧紧勒住她的咽喉，把她整个人举起来。

高小爽的双手乱抓，试图掰开他的手，但根本是徒劳，她双脚离地，疯狂地乱蹬，呼吸越来越困难，青筋暴起，眼冒金星，不一会儿，就觉得自己飘起来，离地越来越远，越来越远……

就在这时，“咚咚咚，咚咚咚”，她仿佛听到了一阵急促的敲门声。

高小爽猛地睁开眼，周围一片漆黑，原来是自己倒在书桌上睡着了。门外传来老张的呼喊：“高小姐，你没事吧。用不用我开门帮你照亮？”

高小爽连着做了三个深呼吸，让自己镇静下来。她摸到书桌上台灯的开关，反复按却不管用。她歪歪斜斜起身，摸到门前，怎么都解不开自己的蝴蝶结机关。就在这时，红线“砰”的一声断了，门从外面被老张推开，手电筒的光芒直射入高小爽的双眸。

“高小姐，你没事吧。”老张赶紧把手电挪开，“刚刚跳闸了，所有人都等在大厅，只有你没来，林先生叫我过来，看看是不是你没有手电，无法照亮。”

跳闸……高小爽这才想起，昏睡前她应该是开着灯才对，而现在漆黑一片。

“对不起，我是不是又晚了？”

老张点点头，打着手电，为高小爽照明。只可惜，他的电筒只能照亮极小的范围，深远的走廊、一阶又一阶的楼梯，几乎沦陷在黑暗中。高小爽忽然有种恍如隔世的感觉，前几天的午夜她也是摸黑爬楼，但心情却完全不同，那时是带着紧张与兴奋去见林山，现在的她却沉浸在噩梦中没有醒来。

大厅里稍微亮堂一些，点了好几根蜡烛，但因为房间面积太大，小小的烛光仍然不足以照明。只有偶尔几道闪电，映照出每个人严肃的神情。

“老张，你赶紧去检查电闸。”等高小爽到位后，林山下达命令。

“你看看你看看，有什么事不白天说，非弄到半夜，这还停电了!”杨鸣“啪”地打燃火机，微小的火苗在他的脸下方闪耀，但是很快，就被风吹灭，大厅里的几根蜡烛也跟着失去了光芒。

“依我说，这电停得好，正好让我们说说见不得光的事。”石大川躲在一个没有蜡烛的角落，隐藏着他的表情，“我想知道每晚十二点，大家都在做什么……我自己先说吧，上岛后，我基本会在每天的凌晨一点睡觉，我比较喜欢在夜晚写作。”

“呵，我以为就我一个夜猫子。我睡觉的时间没谱，半夜十二点，可能正在被窝里看下载的美剧。”杨鸣笑笑。

“我可没那么好精力，十二点早睡了。”周新伟说。

“我也是。”这是梁戈的声音。

“那时候我可能在上网，跟女朋友聊天。”赵沫微微停顿一下，“也可能睡了。”

“林山你呢，在干什么?”石大川问。

“我？可能在读书，可能在喝酒，可能在聊天，什么都有可能。”

“聊天，跟谁聊?”石大川眼前一亮。

来电了，大厅顶端的“睡莲”吐出了忧郁的淡紫色。光芒虽然不强，但是来得突然，让高小爽一阵晕眩感，不停地眨眼。

“跟谁聊？我记得跟石先生就聊过，高小爽失踪那晚，在206的门口。怎么，石大作家不记得了?”林山嘴角微微抽动了一下。

“记得，当然记得。您可倒真会移花接木，转移视线。”石大川白了林山一眼，转向高小爽，“只剩你了，高小姐，每晚十二点，你在哪儿，又在干吗?”

“我……为什么我们每个人必须向你汇报行踪?”高小爽鼓起勇气反问石大川，她觉得自己心跳明显加速，脸色微微泛红。只可惜这时候来了电，如果还处在黑暗中，别人看不到她的神色，高小爽会觉得好过些。

“高小姐真厉害，学会了先将军，来延缓自己的死刑。”

“什么什么，说什么呢?”杨鸣点上一支烟，“什么死刑?”

“哼。”石大川也跟着点烟，再度发出阴冷的声音，“我之所以会问这个问题，就是因为我发现，在昨晚十二点，我们中有两个人，在干着一些不可告人的勾当!”

“轰隆隆”，一声巨雷，把黑暗的天空炸开了花。

“行了石大川，你就别再拐弯抹角了。”梁戈说道。

“好，那我就正式宣布，大家听好了，昨晚十二点，我们的高小爽小姐鬼鬼祟祟地钻进了林山的房间。”

“什么？你说什么!”

果然是这件事。

该来的注定会来。

高小爽早已预料到，只是不到被揭穿的那一刻，她还存着一丝侥幸心理。而现在，仿佛有千万只蚂蚁在她脸上蠕动。

“我靠，不是真的吧!”杨鸣摇摇头。

“高小爽，你告诉我，这不是真的。”梁戈起身走到高小爽面前，直视她的双眼。

“我……”高小爽不敢抬眼，在这个时候更不敢看林山，她知道只要一看就等于自投罗网。该怎么办？她咬住嘴不停地问自己，双手紧握在一起，指甲深深插入肉里。早该想好对策，一旦被其他人发现，该如何辩解，又该不该辩解……

“为什么不说话，你说话呀。”梁戈使劲摇晃着高小爽的双臂，“你倒是辩解啊!”

“有什么可辩解的，为什么要辩解?”林山站起来，也走到高小爽身边，“有谁规定你们中的任何一个，不能来我的房间？高小爽，抬起头，振作点，别像个做错事的孩子。你做错什么了吗？你什么也没做错。”

天呀，这个人到底有着怎样可怕的心理素质，高小爽抬起头，惊愕地望着他。

“石大作家说昨晚十二点，高小爽鬼鬼祟祟地钻进我的房间。有证据吗?我还可以说，石大作家也鬼鬼祟祟地钻进高小爽的房间呢。你敢说你没去过?”

“我……我是去过，怎么了，又不是夜里十二点。”

“不是夜里十二点，你怎么知道高小爽在那时来我的房间?”林山反问。

“对呀，石大川，你怎么能证明高小爽十二点去林山那儿?”周新伟跟着质问，“你自己说你夜里躲在屋里写作，难道您有千里眼顺风耳啊!”

“你！林山，你果然是厉害角色，身边还有这么一个帮凶。”

“什么帮凶!”周新伟一下冲到石大川面前，用手指着他，“我告诉你，你不要乱说话。”

“你们杂志是媒体协办方，谁知道你跟林山什么关系，来之前有没有跟他签过什么见不得人的协议。”

“你再说，你再说信不信我抽你。”周新伟真的挥起拳。

“啊呀呀，君子动口不动手，你俩别吵，石大川，你倒是说说你又为什么去找高小爽。”梁戈和赵沫同时伸手，拦住周新伟。

“那要问林山啊。”石大川的眼中透出一道阴毒的光。

“问我?”林山收敛了笑容，把双手手指交叉在一起。高小爽看过一本书，作者是一位在FBI工作长达二十五年的身体语言研究大师，他告诉大家，手可以泄露事，此时的你，也许正从自信走向忧虑。

“我想在场的每个参赛者都应该收到一份破案大赛邀请函吧。上面有一个仅属于自己的破案密码。我的是206。这不正是高小爽的房间号吗?所以，我去高小爽那里，是受邀请函指引。林先生，难道我会错意?”

破案大赛邀请函，独家密码。石大川说出这些后，很多人都有醍醐灌顶的感觉，唯有高小爽，整个人呆在那里。

206。石大川的密码竟然是我的门牌号，这不就意味着，他有意让石大川找到我……为什么，为什么。高小爽心乱如麻。

“也就是说，你依据破案密码开始监视高小爽的行踪……”赵沫搓起下巴。

“我靠，那我的密码又是什么意思，为什么你的那么简单，我的那么难!”杨鸣挠着头。

“破案密码是每个人的私密线索，想不到石大作家这么大方就把自己的公之于众。其他人呢，要不要也拿出来跟大家分享?”

“行了林山，别岔开话题。”梁戈转向高小爽，“现在，石大川去找高小爽的理由已经十分清楚，那高小爽呢，你到底有没有去林山那儿?我问你，你是不是……”梁戈声音颤抖，“亏我昨天还去你屋里提醒你，闹半天最傻的人是我。”

高小爽知道，她已被逼到死角，林山试图救她，有好几次差一点就把她从悬崖边拉回，可是，她的对手们全都不是省油的灯，又一次次把她推向深渊。

不能再沉默了。

“梁戈对不起，你曾经问我是不是知道什么，我没有对你说实话，因为我曾经答应过要保守这个秘密，无论发生什么，都不能违背诺言。我……”高小爽试图握住梁戈的手，却被她甩开。

“别说了，我不想听。”梁戈扭过头。

这一微小的动作，会成为她们两人关系的分水岭吗……高小爽心中生出一片凄凉。

“午夜十二点，我的确去了林山的房间。我会去那里，也是受到了破案密码的指引。”

“哼，我说密码你也说，这个模仿太低级了吧，你觉得这样能蒙混过关?”石大川冷笑起来。

“每个人都有自己的独家密码，白纸黑字写在邀请函上，我没有必要骗人。”高小爽说完向梁戈望去，梁戈仍然扭着头回避她的眼神。

“行啦，不管别人信不信我信了。但是，你去林山房间做什么？你们不会是……”杨鸣想说什么又咽了回去。

“不不，不是你想的那样，我们没有……”高小爽知道杨鸣想说什么，但是她无法告诉杨鸣她究竟做了什么，她答应过林山，绝不让其他人知道那本日记，“在林山的房间里，我们……”

“我们就是喝喝酒，聊聊天，探讨一些人生的问题。不行吗?”又是林山，在最关键的时刻站出来替高小爽解围，“我问高小爽为什么来参加这个破案大赛？我觉得在场的每一个人都应该好好问自己，为什么?”

“嗯。”高小爽总算抓住了一根救命稻草，“在我的人生中，就在踏上这座孤岛前，我向来都是被动的，就连去法国念书，也是为了逃避。直到来到这里，我做了很多主动、大胆、疯狂的事，夜探藏书室，半夜去林山房间……我好像脱胎换骨一样，比以前开朗得多，坦诚得多。因为我意识到，如果对自己都不坦诚，生活还有什么意义?”

高小爽想起，在那本《你能保守秘密吗》的小说结尾，主人公也说了一番类似的话。坦诚地面对自己，并没有想象中那么难。

“如果大家觉得，我半夜去出题人那里破坏了破案大赛规则，我愿意接受处罚。”

“规则?”梁戈苦笑了一下，“林山这位辩护律师已经帮你脱罪了，没有任何规则规定咱们中的谁不能去林山的房间找他。你破坏的不是规则，是我对你的信任，这是任何处罚都换不回来的。”梁戈说完，丢下所有人，头也不回地走了。

“散了吧散了吧，有什么睡醒再追究。我现在有点晕，早上才发现血绷带，现在又闹出这种事，我得好好想想，好好想想。”杨鸣摇着头随梁戈而去。

紧接着是周新伟。

然后是赵沫，走前他扭头向高小爽望去，眼神中有怀疑、有责备，有犹豫，还有某种暂时分辨不出的东西。自赵沫上午用看不见的刀捅向林山后，高小爽第二次对他产生了畏惧。

“喂，你们就这样散了?”石大川心有不甘地叫嚣着，“哼，‘探讨人生问题’，你们以为这样的说辞就能骗过所有人?高小爽呀高小爽，你确实‘脱胎换骨’了!”石大川恶狠狠地说，“你在他房间里究竟做了什么，别以为我不知道。”说完拂袖而去。

大厅顿时安静下来，只剩下高小爽和林山。

“雨好像停了，去外面待会儿?”林山提议。

他们走出这所像监狱般的老宅，来到悬崖边的大树下。刚下过暴雨，空气中仍是湿漉漉的味道，海风吹过，树叶上的雨滴好像花瓣一样洒落，在路灯照耀下，高小爽产生了错觉，满眼都是落花，疯狂地飞舞着，要将她与林山掩埋在这棵树下。

“对不起，是我太不小心了，被石大川盯梢。”高小爽闭上眼，那落花仍在黑暗中飘落狂舞。

“不不，该说对不起的是我，是我给石大川留下那个密码。我的用意，你暂时还不能明白……”

“不，我想我已经猜到了。”高小爽睁开眼，努力从幻象中挣脱出来。她觉得自己的体温在迅速上升，这一刻仿佛有三十七度二。

“猜到了?”林山望着高小爽，眼前这个女孩确实聪明过人，超出他的想象。但是，她真能参透林山的用意?

“给你讲个故事吧。”

高小爽点点头。

“这是一个佛家故事：有一位外道拿着两个花瓶献给世尊。世尊说：‘放下。’外道放下了一只手中的花瓶。世尊又道：‘放下。’外道又放下另一只手中的花瓶。然而，世尊还是对他说：‘放下。’外道摊开两手：‘我现在已两手空空，还让我放下什么？’世尊开示道：‘我不是让你放下花瓶，而是放下一切烦恼执著。当这一切你都放下，再没有其他什么的时候，你将从生死桎梏中解脱出来。”

放下。

解脱。

这就是林山的用意？

高小爽幽幽地吐出一口气，“还记得那本日记吗，也是在一棵大树下，沈雁对小沈讲出了她的故事。而我的故事，你早就知道了，对吗？”

高小爽望着林山，眼里涌出晶莹的泪花。

怎么会有眼睛如此清澈、纯净的女孩？在此之前，他曾经被别人致命的美丽吸引过，但是，从没像此刻这样感动。

“我会帮你重新开始。”林山一把把她揽入怀中。

“今晚不用去我那里看日记，我已吩咐老张趁大家在大厅集会时把日记放到你的桌上。你可以按你的进度去读解它们，只有最后几页我暂时用订书器密封住。等这里的一切结束后，我会亲自帮你把最后的秘密开启。”

紧接着，林山伏在她耳边，轻声地说了些什么。

高小爽惊讶地睁大眼睛，眼前仿佛出现了一个巨大的漩涡，把疯狂飞舞的落花卷入黑洞，接下来，又扑向了她……

她更不知道，此时，在她和林山背后，还有一双充满仇恨的眼睛正盯着他们。

小沈的日记

1990 年 8 月 14 日　中雨

昨日小姑彻夜未归，所有人都来问我知不知道她在哪儿，其实我比大家还着急。昨天上午没有小姑的戏，中午时分风云突变，下起大雨。导演临时起意赶拍一场小姑与男主角的雨戏，负责演员的副导演找遍了整个剧组却不见她的人影，于老师也说一早就没看见她，可是，她屋里的行李衣物一件没少，不像出远门的样子。剧组只能收工。

今天仍然狂风暴雨，没见要停的样子，方导演说，再等等，让各路人马去打听小姑的消息。我打电话回家，爸妈说小姑没回来，我求爸爸打回老家问问，得到的仍然是坏消息。

小姑真的消失了。

她会去哪儿，她能去哪儿?

1990年8月15日　阴有小雨

女一号回来了，听到小姑不见的消息，一脸的惊慌失措。我看见她被于老师叫走，两个人嘀嘀咕咕半天。

直觉告诉我，女一号是不是知道什么。

傍晚时方导演报了警。

1990年8月16日　阴有小雨

该死的雨沥沥啦啦下个不停，就像我此时的心情。

警方介入，一个不再是秘密的秘密被公开。

之前的传闻并非空穴来风。小姑来这个剧组前有一个男朋友，大家叫他陈导演，他的女儿都比小姑大三岁，巧的是，他跟女一号是同一个电影制片厂的。

于老师说，几天前陈导演打过电话给他，威胁他离小姑远点，否则找人废了他。昨天于老师再往北京打电话，却找不到陈洪明，他的单位说他此时在福建出差。警方证实了这一说法。

随后，警察开始问话，方导演先被带进小屋，然后是于老师，女一号，男一号……最后轮到我。

我把我知道的都告诉了警察。哦，不对，我隐去了我跟小姑的秘密。这样做会不会犯法……

警察问我，觉得谁嫌疑最大。我说是于老师。

1990年8月17日　晴

出太阳了。这几天的雨将这座城市冲刷一新，那阳光下的罪恶也能一并被冲刷干净吗？

于老师被警方带走，这下剧组彻底瘫痪了。有人建议方导演借调一个摄影师过来，女演员赶紧换人，否则没法向电影厂交代。

方导演已经够痛苦的了，在这个关头，我妈又来剧组，吵吵着让我回家。方导演答应她如果20号小姑再不出现，就让我走，那时剧组也会换女演员。

我看见女一号听到这个消息时，脸上好像露出了一丝笑意。其他人却说我看错了，女一号最近都是愁眉不展。

1990年8月18日　晴

还是没有小姑的消息。究竟出了什么事。会不会是因为……一个可怕的念头冒出来。

1990年8月19日　晴转阴

今天，警察又来到剧组，把于老师放了回来，然后找到我，把我叫进小屋。我害怕极了，手不停地搓着大腿。

“听方导演说他曾经交给你一封寄给沈雁的信。有没有这回事？”

“信……”我使劲咽了一口吐沫，该来的还是要来，躲也躲不过去，“对，是有封信，我把它交给小姑了。”

“信是谁寄的，信里写了什么？”

“邮戳是北京的，但我也不知道是谁寄的，内容更不知道了。”

“信呢？你知不知道沈雁把它放在哪里？在沈雁房间里我们并没有找到这封信。”

“我把信交给她，她当着我的面拆开，看完后，就把信给烧了。”

“烧了？你为什么之前不把这么重要的信息告诉我们？”警察的声音忽然变得很尖，吓得我不知所措。

“我，我不知道，我真的不知道。这个信息很重要吗？寄信人会不会就是凶手？”

我急得快哭出来。

“凶手?”警察笑笑，“小孩子不要乱想，你要诚实地讲出所有情况，这样才有助于尽快找到你的小姑。”

我惊恐地点点头。

可惜，我不是个小孩子。我高超的演技把警察也给骗了。

方导演给我的那封信，我确实交给了小姑，但是她没有烧毁，看到信封后她直接递给我说，“帮我把它烧了。”

而我……

这是我这辈子唯一一次违反她的命令。会是最后一次吗?

我害怕极了，真的，怕极了。泪水充满了眼眶。

1990年8月20日　晴　3～4级风

副导演找的新演员来报道了，是个一脸平庸的女人。方导演说，这种救火队员，能找到已算万幸。按照对我妈的承诺，方导演让我收拾铺盖走人。走之前他摸着我的头说：“你是她最亲的人，谁放弃了你都不要放弃，一定要找到她。”说完，方导演背过身，不想让我看到他的泪。

1990年8月22日　阴

这几天我妈请了假，天天在家看着我，寸步不离。我要出去找小姑。她不许，说小姑说不定又跟哪个老男人野去了。我说，你必须道歉，否则小姑做鬼都不会放过你。我妈扇了我一个耳光。

1990年8月26日　阴

警察再次登门，不过这次不是来找我，是来找我的父母。我躲在门口偷听。警察说，以目前情况来看，已基本排除绑架勒索的可能，因为这些天以来没有人联系我爸索要赎金；身边人作案的几率也很小，警方已详细盘查所有嫌疑人，可惜，有作案动机的人没有作案条件，有作案条件的人又缺乏动机，最关键的是，没有任何证据，沈雁这个人就此人间蒸发了。警察说，如果有线索他们不会放弃追踪，但是也请家人做好准备，如果沈雁下落不明满两年，家人可以向人民法院申请宣告其为失踪人，如果四年后仍无音信，可以宣告失踪人的死亡。

死亡！那一刻我像发疯一样冲进屋，大喊：“不会的，不会的，小姑那么年轻，她不会死。她不会死。”我妈跑过来拉住我，用手捂住我的嘴。

1990年8月30日　晴

马上就要开学，还是没有小姑的任何消息。方导演的电影只差几个镜头就拍完，大家叫我去吃关机饭。盛情难却，我妈只好同意，放我出来。

关机饭上，我挨着于老师坐，他喝了很多酒，我也是，那是我人生中第一次那样大口大口地干杯。我俩都喝多了，他哭着对我说，一定会继续寻找小姑。在那一刻，直觉告诉我，他不是凶手。他是真的爱她。

1990年9月10日　小雨

又下雨了。是天意吗？两个月前的今天，她闯入了我的生活，我的心。

方导演的剧组就像一阵龙卷风，吹来的时候，那样猛烈地把我卷进爱的漩涡，刮走的时候，又那样绝情地卷走了我一生的快乐。

我的家乡又恢复了宁静。才不到一个月，人们似乎就忘记了小姑，好像根本没有她这个人一样。妈妈也不许我在家里提半句跟小姑有关的话。

我心灰意冷，只有拼命读书。小姑看过很多书，很多电影。我把读书看电影当作跟她产生关联的唯一途径。

书上说，比死更可怕的是什么？

是忘记。

1991年7月10日　阴

很久没有拿起笔。今天是我跟小姑相遇一周年的日子。

几天前我参加了高考，把所有志愿都填在了北京。妈妈问我怎么这么狠心，巴不得离开家乡，离开她。

我该说什么呢，只能说对不起。这里有太多痛苦的记忆，我必须走。而北京，有着太多她生活的痕迹。

1991年8月13日　晴

在这样一个特别的日子，我接到了录取通知书——北京大学。可我多么希望，我接到的是她的来信。

我爸开心极了，问我要什么奖励。我本想说什么都不要，忽然想起了一个，我说，我想知道爷爷跟后奶奶还有小姑的故事。

爸，沉默了很久，说，等我离开家乡的那天，他会全部告诉我。

1991年8月18日　晴

我马上就要走了，离开这个生我养我17年的城市。走前，杜芳来找我。我这才发现，她居然从没出现在我的日记里。如果不是我要走了，她一辈子都挤不进我的记忆。

在我面前，她主动脱去了所有衣服。我低下头把地上的衣服捡起来扔给她，转过身，冷冰冰地说，别冻着了。她哭着从身后抱住我，问我是不是因为她不漂亮。我挣脱了她的拥抱，什么也没说，头也不回地走了，任她在背后哭喊，骂我是这个世界上没有心的人。

心。

我并非没有心，只是我的心，已经被另一个人挖走了。

小姑说，一个男人永远也不会忘记他第一次解开一个女孩衣襟看到她裸体的情景，她说对了，我永远也忘不了那个仲夏的上午，小姑全身赤裸的用复杂的眼神望着我。

1991年8月29日　晴

终于等到这天。爸爸在火车站送我时，交给了我一封信，说这是爷爷临终前留给他的，让我到了火车上再看。

“看完后就烧了吧。信中的人可能都不在了。”爸爸转身偷偷擦去了眼角的泪。

信我是一口气读完的。我不明白，为什么每个人都有着那么复杂的过去。我没有烧毁它，因为我觉得小姑一定在这个世界的某个地方，等着我去救她。我一定会去救她，亲自把爷爷的信念给她听。

当车窗外眼前熟悉的一草一木渐渐远去时，我合上了这本日记。

就到这里了。

等到我什么时候再拿起笔，就证明，我找到你了！哪怕我找到的是你的尸体。

“尸体”。这是高小爽所能看到的最后两个字。

从这页之后的日记就被林山密封，透过纸张能看到背后印出一些密密麻麻的阴影。

这就意味着——

“等到我什么时候再拿起笔，就证明，我找到你了！”

最终的谜底就在书钉背后，高小爽却毫不犹豫地合上了日记。

她并非没有好奇心，只是她知道，还不是时候；她知道，一切都要按破案大赛的进程走；她还知道，该放下的，不仅仅是她一个。

第九天　密码·神秘之手

清晨时，高小爽被雨声吵醒，再也睡不着，抓起一把红伞，走出老宅。

比起昨日，今晨的雨只能算小打小闹，悠悠地飘着。高小爽撑着伞垂着头，漫无目的地走在蜿蜒曲折的盘山路上，脑子里想的都是林山，他欲言又止的眼神，他诡异的笑，昨晚分别时他伏在她耳边的密语……难道真的要按他说的做？高小爽觉得心乱如麻，必须要出来透透气，把事情的前因后果都考虑清楚。

走着走着，忽然，迎面吹来一阵强风，紧接着两道耀眼的光芒扑向她，还带着风驰电掣的机器轰鸣声。是汽车。等高小爽反应过来已经来不及了。

就在这千钧一发之际，高小爽背后忽然伸出一只手把她使劲往后一拉，她一个踉跄摔出去，红伞甩落，被急刹住的汽车车轮碾压。也就是十几分之一秒的时间，如果不是背后那只手，车轮下的就不是那把红伞，而是从她体内喷涌而出的鲜血。高小爽望着与她的身体只有几十厘米之隔的车体，吓得连喘气都停止了。

“没事吧，没事吧，我的天啊，高小姐，你怎么会出现在这里，没受伤吧。”老张慌慌张张地从车上下来。

等高小爽回过劲，爬起来回头，那个把她从鬼门关里拉回来的人却不见了踪影。

“是谁救了我？是谁？”

“高小姐，你在说什么？”

老张回述了刚才的惊险过程。

早上，老张开车到山脚下的海岸边，检查昨日的暴雨有无损坏岸边的设施。回来时，刚一拐弯就看到车窗的雨刷器下突然出现了一把红伞，此时再踩刹车已然来不及，老张甚至以为撞上了。下车来看，高小爽摔倒在前面的泥路上，红伞被车轮碾压，钢条暴出，好像被折断的人骨。

“雨伞挡住了视线，完全没看到、也没想到这条路上会有汽车。对不起。”

“不不，你千万别这样说，该说对不起的是我。你要是有个三长两短，林先生还不得把我……”

“可是，我刚才明明感到背后有一个人拉了我一把。”高小爽左右张望，除了老张和她，周围有生命的只有在朦胧的雨中若隐若现的花草树木，树叶在风中摇曳。

“我赶紧送你回去吧，你的衣服都脏了。你的手臂，也破了。”

高小爽才发现，她的右胳膊在摔倒时蹭在地上，胳膊肘那里擦破了皮，鲜红的血从皮下渗出。

“没事，回去冲一下就好了。刚才的事，先别告诉林山，我怕他担心。”

回屋冲澡、换好衣服、简单处理完伤口，高小爽在上午十点准时出现在大厅，奇怪的是，一向准时的林山还没有到。在等待出题人的时间里，高小爽特别仔细地观察了在场的每个人，看看有没有谁的衣服和头发被雨水打湿，谁的衣服上有被飞溅上的泥点，谁的神情不同寻常。

梁戈，一脸疲倦，低着头，双手按住太阳穴；杨鸣，紧锁眉头，不停吐着烟圈；石大川用一种阴森的眼神瞪着高小爽；赵沫眼睛望向窗外，右手一直搓着下巴；站在最远处的周新伟好像在故意躲避高小爽的眼神，两人四目刚一对上，周新伟就立刻移开视线。在场的每个人，都心事重重的样子。

高小爽想起大家初次见面时带着一张假面，也许从那一刻起就注定了，所有人早早就把真实的自己隐藏了起来。

那么，刚才那只手会是谁的？

首先，肯定不是林山，如果是他，他会直接现身；也不会是梁戈，她没有那么大的力量；石大川？如果是他，以他张扬自负的个性，没有理由隐身，应该唯恐天下不知才对；那么，目标锁定在赵沫、杨鸣、周新伟三人身上？他们中的某一个救了我，是碰巧出现在密林，还是在跟踪我？难道说，他们已经怀疑什么了？或者，还有没有可能……就像梁戈说的‘并不是我们中的任何一个’，那天石大川在海边差点被害，大家投票缉凶时活生生多了一票，那一票的主人就是那个半夜拧开梁戈的房门、刚才又把我从鬼门关拉回来的——神秘的第九个人？

一股令人窒息的阴冷扑面而来，高小爽顿时感到呼吸困难。

“不好意思，一到雨天就犯困，起不来床。”林山在这时现身，“大家睡得还好吗，没有被这没完没了的雨纷扰吧?”他一进屋先给大家微微鞠了个躬，“我们赶紧进入正题，今天的线索很关键，是一封加急电报：‘我不会再回去永远不联系’，发电日期：‘1990 年 8 月 10 日’。”

“这是沈雁发给陈洪明的?”梁戈第一个发问。

“没有抬头没有落款也没有标点。”赵沫摇着头喃喃低语。

“电报按字收费，标点也算钱，所以要尽量简洁。不过，比起那时昂贵的电话费，发报确实是最佳的联络方式。”在场人中恐怕只有石大川，经历过发报的那个年代，他最有发言权。

“可是，不觉得有哪里不对吗?”赵沫皱着眉。

“哪里?”杨鸣问。

“之前林山提供的线索，陈洪明给沈雁邮寄了一封信，沈雁好端端不回信，为什么改用发电报的方式?”

“你的意思是……”

“想想，那个人为什么不给陈洪明写信而改发电报？电报的优势是……”

“快!”

“对，那么反过来，那个人为什么一定要发电报而不写信?”

“啊? 你这不是翻来覆去问同一个问题?”杨鸣被赵沫弄得一头雾水。

“不，当然不是。信的优势又是什么……这样吧，给大家举个例子，昨晚我在跟女友 MSN 聊天时她忽然问了我一个问题，她说，如果两个人不开视频聊天，单纯用电脑打字，怎么知道电脑后面的那个人是谁?”

“啊，我懂了!”高小爽点点头，“书信的优势是，它的字里行间带着强烈的个人气质和情感，尤其是字迹，见字如见人，就好像视频聊天。而电报，是机器打出来的字，冰冷无情，而且……”高小爽咬住嘴唇，从缝隙里挤出这几个字，“电报，任何人都可以转述、代发。”

“原来是这样。聪明聪明!”杨鸣也跟着点头，“那就是说，这封电报未必是沈雁发的!”

“那是谁发的?”

小沈。这个名字在高小爽心底如脱缰的野马奔腾而出。

在林山提供的线索中，陈洪明在 8 月 8 日给沈雁写了信；日记中记载，8 月 9 日小沈收到方导演交给他的信，沈雁让他烧了，但是小沈说他做了这辈子唯一一次违反沈雁命令的事；紧接着 8 月 10 日就有人去发电报……

全能对上了。但是——

高小爽知道她不能说，她得出这个结论所仰仗的所有线索都来源于那本日记，可那却是她和林山两个人间的秘密，不能让第三个人知道。

“我个人觉得，其实，电报是谁发的并不重要，重要的是这封电报寄给了谁，寄出后有没有产生什么直接影响。我是指，如果这封电报真的寄给了陈洪明，他会不会因此恼羞成怒?”高小爽试图转移话题。

“恼羞成怒……”林山环抱双臂，眉头微微抖动，眼神出现些许漂移，转瞬而逝，又露出浅浅的笑容，“真是个不错的假设，但是需要证据的支撑。下面就请大家竖起耳朵，整个案件的破绽也许就在这段证词里。”

林山这招“故弄玄虚”立刻起到了效果，所有人抖起精神，睁大眼睛，石大川甚至拿出小本准备记录。

“由于陈洪明跟沈雁存在着恋爱关系，警方对他进行了询问。据调查，电报确实寄给了陈洪明，于 1990 年 8 月 11 日上午到达北京陈洪明的家，但是陈洪明家人说陈导演没有在第一时间看到这封电报，电报是他女儿代收的。代收理由是：陈导演在8月11日一早就前往单位，与电影厂的摄制组集合，然后直接从单位出发，坐火车前往福建W镇拍纪录片，直到沈雁失踪十天后陈导演才回京看到电报。而在沈雁失踪期间，陈洪明都在福建拍戏，有整整一个剧组的人为他作证。”

高小爽记起，在小沈的日记里提到，警方说沈雁失踪案，有作案动机的人没有作案时间，是不是就是指陈洪明？她竖起耳朵接着听。

“警察还特别询问了沈雁失踪当天陈洪明的行踪，据陈洪明讲，他们剧组一干人等8月11日从北京出发，经过三十多小时的长途跋涉，于13日清晨到达福建省，下了火车后改乘汽车赶往W镇。剧组大部分工作人员乘坐大轿车，陈导演在当地有一位生死之交，是一家医院的院长，他为陈洪明个人准备了一辆越野专车，还配了一个司机。天公不作美，在前往W镇途中突遭遇暴雨和交通堵塞，乘坐轿车的大部队人马比预定时间晚了整整五个小时才赶到目的地，陈洪明的私车也晚了四个多小时才到。这一说法得到全剧组和专车司机的认定。”

“大雨，晚点，这会不会是林山说的破绽？”周新伟喃喃自语，“我能不能申请回屋上网搜索一下沈雁剧组和陈洪明剧组的地理位置？”

“不用查了，这个线索我可以直接告诉大家。沈雁剧组所在地和陈洪明所在的W镇，两个城市虽然跨省，但实际距离并不远，如果开越野吉普的话，两三小时即可往返。”

“嘿，那不是显而易见了！几天前我就说过，陈洪明的嫌疑最大。”杨鸣说完使劲地咽了几口唾沫。

“可是，警察排除了陈洪明的作案可能性。”

“什么？为什么？”

“一，缺乏动机，陈洪明并没有收到电报，并不知道沈雁要跟他分手；二，没有证据，案发时陈洪明人在福建。”林山苦笑了一下，“还有第三点，成见。陈洪明是德高望重的大导演，根正苗红，在警察眼里，他怎么可能是绑架犯呢。所以经过例行公事地审问后，警方就放弃了对这条线的追踪。”

“可是，怎么会缺乏动机……”高小爽摇摇头，声音里带着不可思议的叹息，“陈洪明是沈雁的恋人，沈雁到了新剧组交了新男友于老师，陈洪明会无动于衷？而且，假如陈洪明并不像他女儿提供的证词所述，他其实收到了电报，那么，他的作案动机就很明显了。我们不妨做一个大胆的假设……”

高小爽也不敢相信，自己竟会做出这样的推理，她的大脑中好像出现了一个神秘的灵魂，鼓励、指引她接着往下说：“假设陈洪明的女儿撒了谎，在8月11日这天，陈洪明看到了电报，被‘永远不联系’这句话激怒，他必须出现在沈雁面前去求证、去挽回，于是他趁着出公差前往福建的途中，改道来到沈雁的剧组，利用大部队人马遭遇暴雨和交通堵塞这一时间差，金蝉脱壳绑走了沈雁。这样说来，作案动机、作案时间、作案条件就全部具备了。”

“我靠!”杨鸣挠挠头，心底有一股不祥的预感，如果真如高小爽推断的那样，岂不是说高小爽破案了。那一百万……

“金蝉脱壳？哈哈，有意思，真有意思。”石大川鼓起掌来，把所有人的注意力吸引过去，“高小姐真厉害，按你这样一说，一切都迎刃而解了。你怎么没生在二十年前啊，沈雁做鬼都会谢谢你。可是……”石大川突然话锋一转，“诸位，难道你们不觉得，出题人的枕边情人，不该再有发言的权利，也许林山在梦话里已经把答案告诉她了。”

“你……”

大厅在瞬间安静了下来，静到只听见窗外的风雨声。不知从何时起，雨下大了，那声音好像一个女人在哭泣。

“石作家，你这话是什么意思?”林山面如土色。

“什么意思?”石大川并不示弱，“在昨晚十二点，高小爽不是说，如果大家觉得她半夜去出题人那里破坏了大赛规则，她愿意接受处罚。怎么睡了一觉，大家就把这忘了，居然跟没事人一样破案，我真佩服诸位的气度。”

还是昨晚那件事，石大川可不想那么轻易放过高小爽。

“那你说怎么办?”说完，林山冲高小爽摇摇头，把右手食指竖在嘴上，示意她不要说话，这件事由他出面。

“我说怎么办就能怎么办？那太好了。我认为高小爽应该立刻退出比赛，不再参加之后的任何推理，不许领取奖金。除此以外，她还不能再私下见林山。”

“不许见林山？哈哈，你以为你是谁，洛丽塔他爹?”周新伟笑出声，但见大家一脸严肃，他马上收敛了笑容。

周新伟并不知道，他这句无心嘲讽，却好像一把密钥，意外打开了赵沫心底那座迷宫的大门。

原来是这样。只差一点点，解开这最后的死扣，一切就都真相大白了。赵沫暗暗攥住拳头。

“不许高小爽见我，石大川，你以为你是谁，有什么权利这样做？在美国我可以起诉你，干涉人身自由。”林山强忍着心底的怒火，保持着绅士最后的风度。

“告我？那总得等我们从这里安全离开吧！现在大家还是想想怎么在这个鬼地方求生存。这里有这么多不可控的危险元素，上次差点害死我，谁知道接下来会发生什么？我必须要保证自己的人身安全！”

“你的人身安全跟高小爽见林山有什么关系？”周新伟追问。

“当然有关系。这个大赛是林山办的，他作为出题人掌控全局，谁知道这岛上的一切是不是他搞出的名堂。现在高小爽跟他结成同盟，我当然要考虑自己的安全。”

“等等，等等，这话逻辑不对。为什么高小爽跟林山结成同盟，你的安全就有问题，你怕她联合林山整你？可她又为什么要整你，你们有过节不成？”杨鸣再度把眼睛眯成一条缝，每当他做出这个表情时，似乎都是发现了什么秘密。赵沫也开始学习他的女友小婕，仔细观察每个人的微表情。

“总之，我要求处罚高小爽。大家投票表决如何？同意的往前迈一步。”话还没说完，石大川就迈了出去。

“好，投票表决，不同意的后退一步。”林山说完退了一大步。

周新伟跟着林山做出同样的举动。

梁戈咬咬牙，抬头望了一眼高小爽，眼神里带着极为复杂的情感，然后，向前迈了一步。

高小爽的心“咯噔”一下。她早该想到，梁戈没有原谅她，也不会原谅她。

两个人向前，两个人向后，赵沫、杨鸣、高小爽留在原地。

“喂，你们怎么站着不动，什么意思！”石大川冲杨鸣嚷嚷着。

“不前不后，那就是中立呗。我投弃权票。”杨鸣又从兜里摸出一根香烟，大口大口抽起来。

“赵沫你呢，也弃权？”林山问。

赵沫点点头，“说实话，我没想到杨鸣会跟我做出一样的选择，我以为你会同意。”赵沫转向杨鸣，对他说。

“嘿，为什么我就得同意？”

“如果有人出局，岂不是少了一个……”

“分钱的？呵呵。金牛座怎么就这么司马昭之心。我是冲着钱来的没错，我也很生气高小爽半夜跑到林山屋里去，但是……总之我有我的理由，在这种时候，进一步退一步都未必是好选择。”

想不到杨鸣也会有这样深不可测的心思，赵沫习惯性地摸着下巴，“我也有我的理由，如果石先生仅仅提出让高小爽退赛放弃奖金，我会赞同，但是他的下一个要求实在是……我无法认可。”

林山点点头，“好了，现在是 2∶2∶2，高小爽你呢，你也可以投，只要你不弃权，向前一步或者向后一步，你将主宰自己的去留。”

“什么！她怎么可以投自己？”石大川叫起来。

“她为什么不能投！”周新伟用更高的音量回击石大川。

“每个人都有投票权，老张除外，这件事他不必参与。来吧高小爽，勇敢地做出决定。”林山向高小爽投去无比坚定的目光。在这份目光注视下，高小爽觉得背后仿佛又多了一只手，把她向后猛拉了一把。

“高小爽你，你要不要脸啊！”石大川歇斯底里起来，像一只发怒的野兽，两眼通红，要吃人的样子，“你半夜跑去男人房间，居然还有脸留下来，你觉得自己是什么，跟妓女有什么分别？”石大川越说越难听，此时的他哪里像是饱读诗书、才华横溢的学者，简直跟市井流氓没什么区别。

“住口！石大川，你太过分了。以前尊重你叫你一声石作家，你不要忘乎所以。再说这样的话，该滚蛋的就是你。”林山终于把怒气爆发出来，目光中透出一股杀气。

气氛在这一刻紧张尴尬到了极点，杨鸣眯起眼大口大口地抽烟；周新伟紧紧攥起拳；梁戈一个劲揉着太阳穴；只有赵沫脸色还属正常，但在他的心底，巨浪翻涌，他一直怀疑的东西，随着事件的一步步发展，反而越来越明朗越来越清晰。赵沫知道他心底的最后一个死扣已经松动。

“石老师，您这样说我，心里会好受一点，是吗？”当事人终于站出来说话了，泪水涌出她的眼眸。

“在我人生的某个阶段，我可能就是您口中的样子吧，连我都厌恶自己，我以为我躲起来就可以忘记过去。我错了。想摆脱过去的唯一方法不是逃避，而是勇敢地面对。只有当你心怀坦荡地面对自己时，才能做到真正的放下。”高小爽抬起头，勇敢地直面在场的每一个人。

“我承认，我是在半夜去了林山的房间，那是在破案密码的指引下；我确实得到了独家新索，但是如果在场的你们也破解自己的密码，你们也会拥有属于自己的特权；我唯一做错的一件事，就是没有坦诚地对待梁戈，在她质问我时，我隐瞒了实情。所以我有一个请求，我没有权利决定自己的去留，林山，我想请梁戈一个人来做最后的裁决。”说完这番话，高小爽已经哭花了脸。

“我?”梁戈垂下头，“大家都看到，我已经向前迈出了一步。”

听梁戈这样说，林山的嘴角抽动了一下，他重咳两声，用手反复摸着额头的太阳穴附近。

这一动作也许会被其他人忽视，但在梁戈眼里，却有着特殊的意义，她脸色微变，“我这个人，拥有处女座的所有缺点，挑剔，神经质，吹毛求疵，咄咄逼人，追求完美，如果有苍蝇飞进我嘴里，我宁愿咽进去也不吐出来。但是，处女座的人，没有心机，没有野心，没有背地里的小动作，更不会睚眦必报。我昨天就说了，高小爽没有违反规则，她破坏的仅仅是我对她的信任。如果从我个人的角度来说，她不配再成为我的对手。所以……”

高小爽咬住嘴唇，她已经做好了最坏的打算，等待大法官梁戈的审判。

“林山，我问你，是不是我如何决定就如何执行，其他人再无权反对?”

林山点点头，他一眼不眨地盯着梁戈，想知道接下来从她嘴里将吐出怎样一番话。

“我决定——高小爽退出最后奖金的争夺，但是……”梁戈呼出了一口气，“她可以继续参与推理，也不必避讳林山，男未婚女未嫁，私人生活的事我们在任何时候都无权干预。就这样决定了!”

“你!”石大川完全没有料到梁戈会在最后一刻倒戈转变立场，他像一头发狂的猛兽再度咆哮起来。

高小爽看到梁戈的眼里又恢复了那晚两人一起谈心时的神情。

谢谢你梁戈。高小爽默默地说。

“好了，这场闹剧该收场了。我早说过，大家不要分散注意力，好好去寻找我刚才透露的破绽，抓住沈雁失踪案的凶手才是关键。散会吧。”林山转身而去。

“想知道我的破案密码是什么?”

接近傍晚时，高小爽在屋里意外地迎来了梁戈。高小爽心想，本该是她主动去拜访、感谢梁戈才对，却因为下午倒在床上迷迷糊糊睡着了，被人家先找上门来，还带着一个让人极度好奇的秘密。愧疚与疑惑，顿时充满了高小爽的心。

“你一定很奇怪吧，我为什么突然原谅你，还主动跑过来。”梁戈像是看穿了高小爽的心，“就因为这个。”梁戈说完递上她的破案大赛邀请函。

您还拥有一个仅属于自己的破案密码：8。

“8?”

“对，疤。我是直到今天早上，在林山的提醒下才想通的。”梁戈说完，撩起头帘，“昨晚石大川揭穿你们后，林山找了我。”

高小爽心头一热，原来是林山，一直在暗地里帮助她，试图化解她与梁戈的矛盾。他到底做了什么，神奇地让梁戈在最后关头改变立场。

“林山对我说了七个字：‘得饶人处且饶人’，然后他问我有没有破解我的那个密码，是不是陷入了惯性思维的陷阱……”梁戈接着说，“昨天我一整夜都没睡好，他的用意我已猜出个大概。直到今天早上，你让我来决定你的最终去留时，林山反常地摸起额头，那一刻我终于百分百确定，原来，我的密码8就是我头上的这个‘疤’。林山早把我们每个人的情况摸得一清二楚。”梁戈无奈地笑笑，“想听听我这道疤的故事吗?”

这个故事一定藏在梁戈内心的最深处，不让人轻易碰触。高小爽不清楚梁戈为什么会在此时说出，但是她知道，一个人只要愿意敞开心扉，愿意跟别人去沟通，就证明那个伤口已经没有当初那么痛了。

梁戈的疤跟她的先生有关。

我曾经怀疑我先生出轨。半年前，他的律师事务所来了一个刚毕业的女研究生，做他的助手。那个女孩很聪明很能干，也能吃苦，就像这个案件里的沈雁。我先生认为她是一个可塑之才，愿意提携她，两个人经常一起工作到深夜。久而久之，那个女孩爱上了我先生，她知道我先生有家室，但她不介意，说只要我先生愿意在心底给她留一个位置，她可以不要名分。85后的女孩子可以爱得这样义无反顾吗？你一定很好奇，我怎么知道这些。是那个女孩告诉我的。其实，仔细想想，我真的无权指责你欺骗我，因为我也曾经骗过你。记得吗，你曾经问过我脑门上的那道疤，我说是我先生开的车，我的头撞在挡风玻璃上。事实并非如此，当时开车的人是我，坐在我旁边的是那个女孩，鬼使神差，我把车开到了大树上。我的头撞在挡风玻璃上缝了五针；而她……右边小腿严重受伤，被迫截肢。事后，她的家人要告我故意伤害，那个女孩躺在病床上，特别平淡地说了一句话："是我欠梁戈姐的，现在我还给她"，然后她对她的父亲说了那七个字"得饶人处且饶人"。这七个字其实是说给我的，我与她的恩怨就此抵消，她请求我不要责怪我先生，她对我说他们之间全是她一厢情愿，我先生一直都在拒绝她，他们什么都没有发生过。她出院后就跟随家人离开了我们生活的城市。发生了这件事以后，我辞去了律师的工作，去了一家小公司担任一个挂名的法律顾问。在生活上，我先生对我加倍体贴，可是，他越对我好我的脾气就越坏，我总对他发火，有时甚至无法单独面对他，让他一个人睡客厅。所以，当这次看到有这个破案大赛时，我迫不及待就报了名。我想离开他一段时间，我以为我能离开他。

这就是我额头这道伤疤背后的故事。

梁戈抬起头，用手整理了一下微微分开的头帘，让头发再度挡住了那道疤，"来到这里之后，林山三番五次暗示我不要忘了这道疤，在做小强填字时，他用我出车祸时开的车刺痛我；在玩真心话大冒险时，他出题'如果有一个像沈雁一样的美女成为你丈夫或男友的红颜知己，你会不会担心他出轨'，然后又进一步追问我，如果担心丈夫出轨会不会查他的手机……我一直在揣测林山的用意，直到昨晚他说出那七个字，我才明白，林山想我让直面自己的伤痛，他逼我承认，一直以来我没有放过的，是我自己。我们每个人心里都有一道伤疤，怎么能让它愈合，谁也帮不上忙。”

梁戈抬头望了望天，悲伤的神情写在她的脸上，“其实对于你，我不该有任何责怪。普鲁斯特问卷问大家都会在什么场合下说谎。有的谎言比毒药毒，而有的谎言却是善意地保护自己和他人的一种方式。我应该学会宽容和体谅。”

梁戈抹去眼中的泪水，郑重地对高小爽说出了三个字：“谢谢你。”

“谢我？”

“我跟我先生这件事，从来没有主动跟第三个人提起过。我现在心里特舒服你知道吗，从来没有这样舒服过。”

梁戈走后，高小爽忽然有了一股想哭的冲动，她把头埋在枕头里，埋了很久很久。就像梁戈说的，每个人心里都有一道伤疤，怎么能让它愈合，全靠自己。高小爽起身擦去眼角的泪水，把林山留给她的两本书放在枕头下，抬眼看看墙上的挂钟，做了个深呼吸，走出自己的房门，大步迈向一楼。

总该有个了断了，跟那个人，跟自己的过去……

第十天　失踪·昨晚发生了什么

天还没亮，暴风雨就露出骇人的獠牙，赵沫被天空划过的几道闪电晃醒，这才发现，昨晚竟没有拉窗帘就睡去。窗外的整座小岛笼罩在磅礴的雨中，越来越模糊。

赵沫睡意全无，爬起来打开 Skype，女友小婕并不在线，有一条离线留言：上微博。

赵沫有点纳闷。他很了解小婕的社交习惯，她喜欢上 Facebook，用 Skype，并不经常写微博。

等赵沫打开网页后，他觉得事情更蹊蹊了。

“未来三天我都不会上网。说到做到。再见。”

发布时间是北京时间今早凌晨两点。

就在昨天下午赵沫与小婕视频通话时她还好好的，没有任何征兆预示她要退网。疑惑之外，赵沫心底生出一阵深深的失落。和女友分享孤岛上发生的一切，似乎成了每日十点聚会之外，赵沫在岛上的全部生活。如今，只能靠自己了。赵沫再度搓起下巴。

“三天。”

为什么是三天？三天后，正好是破案大赛公布最终结果的时候，在时间上会是巧合吗？

“说到做到。”

和谁说到做到？

“上微博。”

小婕完全可以在 Skype 上留言，为什么要转一道手在微博上发布这条消息？

这难道不像是那封离奇的电报，沈雁本可以直接回信，却改用发报的形式。其中必有原委。

赵沫决定照原样再来推理一次。聊天软件的优势是什么？私密，点对点，一对一。微博的优势又是什么？随时，公开，只要是关注你的人都能看到……

小婕到底在暗示什么？

难道……赵沫一拍脑门，像刚从噩梦中惊醒一样跳起来，从抽屉里翻出他的破案密码。

十点，赵沫准时来到大厅。

“喂，今儿个我有重要线索公布！”杨鸣紧随其后，抱着他的笔记本电脑，声音中带着紧张与兴奋，“林山，有投影仪吗？我看墙上有投影幕布。我电脑里有部片子需要放一下。”

“放片子？”林山的声音里立刻充满警觉，“什么片子？”

“都说了是重要线索，放出来大家就知道了，老张请帮我们弄一下投影仪吧。”杨鸣颇为得意，“诶，怎么少人，高小爽呢？”

在他的提醒下大家发现，昨日被宣布退出奖金争夺的高小爽并没有出现在大厅。

“难道，被梁戈宣判后，她不好意思来了？”周新伟问。

“不会的。昨天都说好，她可以继续参与推理。”梁戈摇摇头。

“咳，她总爱迟到，也不是一次两次了。”

正如杨鸣所说，大赛前的假面聚会，高小爽迟到了十三分钟；破案第一天的壁球活动她因为被锁藏书室而缺席；真心话大冒险那天她最后一个到场；还有第八天停电那个晚上是老张把她叫来的……这个女孩子确实缺乏时间观念。

“她晚来点没关系，咱们先放着，反正前面也不重要。”杨鸣说完自己主动跑去拉上了大厅的窗帘。

“参赛人不齐就放片子，不合适吧。”林山紧锁眉头，右手大拇指一直搓着其他手指。

“高小爽已经不算参赛人。”赵沫摸着下巴，“我看就按杨鸣所说，老张弄好投影后，咱们先看片，麻烦老张去请高小爽来。这样的话，什么也不耽误。”

赵沫好像平时的林山一样发号施令。这一举动有些反常，林山把眼睛眯成了一条线。

“行了行了，我迫不及待了，快关灯吧！”杨鸣搓着大腿，眼睛里闪出一道奇异的光芒。

大厅顿时暗下来，众人面前的幕布上出现了大片大片金灿灿的油菜花，一个中年男人在花丛中解开了一个年轻女人的衣衫……

看到第一个镜头，林山的胃就痉挛起来，脸跟着抽动，心脏也像被戳了一个大窟窿，血像壶口瀑布一样倾泻出来。

杨鸣找到的不是别的，正是二十年前沈雁没能拍完的那部电影。在沈雁失踪后，方导演被迫更换了女二号。除去沈雁，案件中涉及的其他人物都以真实的面目、名字出现在众人面前。

这起由虚拟谜题转变而来的悬案第一次以这样真实、血淋淋的方式向大家扑来，每个人都感到热血沸腾，顾不上去看黑暗中林山的表情，更没有注意到老张急匆匆进来，走到林山耳边说了什么。

“对不起，放映必须中断！”林山猛地起身，让老张打开灯，并示意关闭投影仪。

“唉唉唉，怎么回事，等一下。”杨鸣被林山突如其来的举动惹恼了，挡在老张前面，“放得好好的，为什么不让我放完？你怕了吗？”

“我怕什么？我让暂停是因为出事了。”

“有什么事能比我接下来要宣布的事情重要？我看是你心里有鬼。”

“好了杨鸣，我不想和你争执，片子你随便找个时间放都可以，但是现在我必须通知一件事。大家说吧，是想接着看片子还是怎样？”林山义正辞严，面如土色。

一时间大家也不知如何抉择。杨鸣找出方导演的电影，所有人都很好奇，想看看片子的情节是否会和案件有关联。可是林山制止放映，其中必有原因，所有人又想知道到底出了什么事。

“这样吧，我不为难大家，给我一分钟，我直接快进到重点。林山，你再急也不差这一分钟吧。”说完杨鸣点了快进键，影片以三十二倍的速度走到结尾，杨鸣按下暂停。

在众人面前的大幕布上赫然出现几个字：

导演：方理山。

摄影：于腾飞。

……

导演助理：林山。

林山。

是林山的名字。

大家恍然大悟，杨鸣的醉翁之意正在最后的片尾字幕。这几个大字摆在眼前，谜底不言而喻：

在谜题中以导演助理身份出场的小沈，正是现实生活中的林山。

长久以来蒙在所有人眼前的那块无形的黑布终于被扯了下来，大家心底仿佛翻涌起阵阵排山倒海般的大浪。是兴奋、是错愕、是紧张、还是惊恐……别有一番滋味在心头。

“杨鸣，真有你的，居然被你发现这么重要的信息。”周新伟上前拍了拍杨鸣的肩膀。

“原来如此，我说为什么林山会挑沈雁案件作为大赛谜题。”梁戈点点头。

“哼，我早猜到了，林山一定跟沈雁有特殊关系才对。”石大川小声嘀咕。

“喂，林山，现在你还有什么话说?”杨鸣点上一根香烟，眯着眼睛望着出题人。

“我？哈哈哈哈。”林山干笑了几声。在其他人看来，这举动也许是为了假装强大来掩饰被戳穿后内心的焦虑；但是也有可能林山根本不在乎，用他一贯的狂放不羁来藐视对手。

“我当然有话要说。恭喜杨鸣发现这一重要线索，分奖金时一定会为你记上这笔。但是，我以为你早该知道。现在才发现，我甚至觉得有些迟了。”林山嘴角抽动了几下。

“迟了?”杨鸣挠挠头，林山的反应让他颇为震惊，“你不怕大家知道你就是小沈?”

“怕什么？赵沫昨天就问过这个问题，我是谁，跟这案子有什么关系？当时我就说，在我身上没有任何见不得光的东西。我是小沈如何，不是又如何？抓住沈雁失踪案的元凶，才是你们来这里的首先任务。怎么样杨鸣，你要说的是不是已经说完了？大家还要继续纠缠这个问题吗？难道你们没发现，高小爽一直没来?”

林山的话犹如一道闪电，在众人面前炸开，大家才意识到，从放片到现在，已过去半个多小时，高小爽始终没有露面。

“她人呢？你要宣布的就是这件事?”赵沫起身，走到大厅的某一位置，试图踮起脚尖往二楼望去。

“别看了。高小爽不在那里。她不见了。”

不见了。石大川“腾”地站起来，在场的所有人异口同声地发出惊叹。

“杨鸣放片期间，老张去了高小爽的房间，她的房门没锁，里面没人，床铺叠得很整齐。”

老张接过林山的话接着说下去。

“我又去了二楼藏书室，没人；三楼道具间，没人；一楼壁球馆、餐厅，也没人。在这栋老宅里，除了各位的房间，我都找遍了。”

“你什么意思？难道要检查我们每个人的房间?”石大川的脸色变得很难看。

“随便查，我倒没什么意见。不过，高小爽有没有可能外出?”周新伟问。

“外出？这么大的雨，她跑去外面干吗?”梁戈摇摇头。

“那可不一定，她能干出一个人夜探藏书室、夜访出题人这些事，就说明她不仅胆子大，还经常不按常理出牌。也许，高小爽现在正打着伞在密林里散步。”

“周新伟说得有理。”杨鸣接过话，“依我看，这事大家不用操心，过一会儿高小爽自己就出现了。”杨鸣掐灭烟头。在火星幻灭前，最后一缕白烟从他身前飘出，飘向林山。

“林山，你不是反复说，抓住沈雁失踪案的元凶，才是我们来这里的首先任务，那么接下来大家应该继续破案才对，不该为一个退出奖金争夺的人而耽误时间。”

赵沫的提议让林山非常意外，平时最顾全大局的他，今天竟然完全不在意高小爽的个人安危。

“我，我也同意继续破案。林山，今天你还有，还有什么新线索要公布吗?”石大川说话结巴了起来，好不容易才把一句话说完。

“你们！一个女孩子，在这样恶劣的天气下不见踪影，难道大家不该集体去寻找吗？在这个时候，你们反倒开始关心起破案了。”林山咬着牙，双手攥拳，像一头发怒的猛兽，“对不起，我现在没心情陪你们，我要去找高小爽。”说完，他扭头就走，不顾大家在身后的叫喊。

“喂，他怎么就这样走了。是不是我们做得有些过分？我们应该一起去找高小爽才对。”梁戈有些六神无主。

“我觉得没什么。我刚揭发林山的身份，他就拿高小爽做挡箭牌。我看他是借题发挥，掩饰内心的慌张。”杨鸣摆摆手。

“有道理。”周新伟点点头，“对了，刚才就想问，你是怎么找到那部电影的?”

“误打误撞。既可以说是瞎猫碰上死耗子，也可以说是在破案密码的提示下。反正这事儿挺……”杨鸣歪歪头，脸上一副神秘兮兮的神情，“咳，就直接告诉大家吧，我的密码是‘八又二分之一’，但是我的破译过程并不顺利，林山那家伙让我走了一大段弯路。有一次我俩打壁球，他跟我说，他怀疑咱们中的某一个人同时扮演着两个身份，当面是某某某，背过身就成了那个神秘的‘二分之一’。”

“一个人同时扮演两个身份……”赵沫重复着杨鸣的话，“他的意思是……”

“你看，你也被林山误导了。一开始我就是按照他提示的这个思路去思考，第一个怀疑的对象是老张。”

“老张？他不过是个大赛工作人员，又不参与破案。”梁戈说。

“他可以当面是管家，背过身就玩阴谋诡计啊，毕竟他手里握有咱们所有屋的钥匙，说不定那晚高小爽就是被他锁起来的。”

“嗯，不是完全没有道理。”周新伟点点头。

“但是没过多久我就自己否定了这个猜疑。还记得有一天我让老张去帮我取香烟吧，那是我故意设了个套给他，在香烟旁边留下了一些重要的线索，但是老张跟缺心眼似的，完全没发现。”

“哼哼。如果老张是那个背后捣鬼的人，只能说明出题人林山是个饭桶。”石大川说。

“此话怎讲?”赵沫摸着下巴。

“在我们侦探小说界有一个《范达因侦探小说二十条守则》，第十一条说：那些做仆人的，比方说管家、脚夫、侍者、管理员、厨师等等，不可被选为凶手。因为这样的凶手太明显，太容易被找出来，凶手必须是值得花时间花心力去找的人——通常是最不被怀疑的那个。要是凶手果真是某个卑微的奴仆，那等于是作者自承无能，不配和读者斗智。”

“嘿，说得有道理啊。”杨鸣拍了拍大腿，“否定老张后，我又把目标锁定在高小爽身上。”

“高小爽？你怀疑她?”梁戈露出惊讶的表情。

“对。就像大作家说的，最不像凶手的那个人往往就是凶手。当然了，我也不是胡乱猜测，是有依据的。”杨鸣别有用意地瞟了石大川一眼，“那次石大作家海边遇险，纸条上的字迹正是高小爽的。这个看似柔弱的美女来到孤岛，是不是带着什么不可告人的秘密？林山不是说这栋老宅的主人是个生病的女人嘛，我就想，会不会高小爽的另一个身份就是女主人的女儿……嘿，这想法确实有点忒大胆儿了，大家别笑我，但是，我就是觉得越不像凶手的人身上越藏着惊人的东西，我等着看她什么时候爆发。所以石大川提出让她出局时我投了弃权票。一旦她被扫地出门，岂不更是敌在暗我在明？但是，我又不能直接投反对票，那太反常了，大家该怀疑了。”

想不到，平日最吊儿郎当的杨鸣，竟然也有如此缜密的心机。

“那你为什么不接着调查高小爽，怎么会想到下载电影？而且为什么会说林山误导你?”周新伟若有所思地说。

“我一直在偷偷观察高小爽，但是，怎么说呢，越观察越觉得自己想多了，这个女孩眼神清澈纯净，行为坦荡，甚至敢于承认自己半夜跑去出题人房间。我就问自己，这样的人能是凶手吗？就在我犹豫是否又要否定自己时，转折点出现了。”

杨鸣忽然停顿，想了想才接着说：“转折点出现在昨晚，说出来你们可能都不信，我也觉得好像冥冥之中有人在帮忙一样。那时我在网上看《CSI》，不知道动了哪根筋，忽然想起大导演费里尼有部片子就叫《八又二分之一》。嘿，我当时有醍醐灌顶的感觉，林山给我的密码也许没那么复杂，就跟石大川的‘206’一样，答案就在字面直译上。于是我赶紧转变思路，顺着电影这个线索查下去，终于在某个下载网站找到了方理山导演的这部老片，让小沈露出了庐山真面目。”

“按你这么说，林山曾经误导你怀疑高小爽？可是没理由啊，第一，如果我没说错的话，他应该是这座孤岛上最不会陷害高小爽的人；其次，他既然给了密码，就是让咱们破解，为什么还要引你入歧途？”梁戈摘下眼镜，揉揉眼睛，再戴上。但是她仍然觉得眼前有一团看不清的迷雾。

“这个我就不知道了。打从假面聚会那天起，我就没搞清他葫芦里卖的什么药！你们说说看，林山是希望咱们识破他的身份，还是不希望？”

“如果你是在破案密码的提示下揭示他的身份，就证明一切都是他设计的，所以他才会说‘现在才发现，我甚至觉得有些迟了’。”周新伟说完，自己却又摇摇头，“但是，识破他的身份，对他有什么好处？我觉得完全是弊大于利。”

“也未必，也许就像林山说的，他是谁并不重要，重要的是抓住沈雁失踪案的凶手。”杨鸣摇摇头。

“那你为什么不怀疑他？作为主办方、出题人，同时又是二十年前悬案的当事人，难道他不是最可疑的？”石大川阴着脸。

“哟，石作家，你怎么不说你自己也很可疑啊？”周新伟插了一句。

杨鸣没理会周新伟，接着石大川的话说：“林山，真是让人又爱又恨，你说他可疑吧，他是出题人，掌控全局，想搞出点花样来易如反掌；可是你们想想啊，他办这个大赛，跟什么基金会合作，还拉周新伟他们媒体进来，如果他是幕后黑手，不等于让自己直接曝光在阳光之下？有这么傻的人？更何况，谁都看得出来，他喜欢高小爽，就像‘梁哥’说的，他应该是这座孤岛上最不会陷害高小爽的人。”

“关于高小爽这点，梁戈、杨鸣说得对。刚才我一直在观察林山。”赵沫向前迈了一步，“在看电影过程中，我注意到他咬着嘴唇，脸色阴郁。后来当他提出中断放映时，我就等着，看他会拿出怎样的理由。万万没想到……”

赵沫叹了口气，“最初我也怀疑，林山是不是拿高小爽做挡箭牌，来化解他的身份危机，于是，我决定将计就计，提议继续破案来试探他的反应。林山接下来的举动，应该是否定了我的所有猜疑。他非常着急，对我的提议表示出极大的愤怒，那样子不像是装出来的。换位思考，假如我关心、喜欢的人不见了，我也会是这样的反应。我怎么可能还有心思继续破案？”

赵沫抬头，目光正好与石大川对上，石大川慌张地避开了他的眼神。“所以当我提出这个建议后，我不仅观察了林山，也考验了在座的每一位。”

“考验？考验什么？”周新伟微微攥拳，举到嘴边。

“林山说高小爽不见踪影，我们每个人听到这个消息的第一反应，那是人本能的条件反射，不会有任何虚假。”赵沫说着，环视四周，目光与在场的每个人发生碰撞，他默默对自己说，这第一反应恰恰暴露了隐藏在每个人心底的秘密。

“第一反应？哟，我当时说什么来着？我压根没当真。”杨鸣挠挠头。

“我当时……”梁戈咬咬牙，“算了，不管当时怎样，我觉得现在应该去找一下高小爽，确认她的安危后再破案。对不起诸位，我先走了。”梁戈转身离开。

“等一下等一下，看看林山给咱们留下什么再走。”大家朝发出声音的周新伟那里望去，在距离他不远处的墙角，放着一块小黑板，周新伟把它转过来，黑板的另一面上有几排小字。

“嘿，你怎么知道黑板背后有东西？”杨鸣问。

“林山刚才说话时一直在搓手指，像是手上沾了什么东西，我怀疑是粉笔末。果然不出所料。”

大家凑上去，看到林山在黑板上写着：

谁是凶手？

方导演——周新伟

于老师——杨鸣

女一号——梁戈

陈洪明——石大川

小沈——赵沫

高小爽——沈雁

对号入座。林山把参与破案大赛的每个人对应到了真实案件中。

“这算什么意思！”石大川叫起来。

“林山竟然把我对应为二十年前的他，把高小爽对应为沈雁，她又正好不见了踪影。会是巧合吗？”赵沫心中默念，“一一对号，那么，林山又是谁？”

他审视左右，每个人的脸色都很难看，像死人一样。

下午，周新伟敲响了赵沫的房门。

“愿意跟我联手吗？”周新伟的直截了当让赵沫有些意外。

“在选搭档的小游戏中我选择了你，因为我信任你，现在依然如此。最近发生这么多事，高小爽被锁、梁戈遇鬼、石大川差点淹死……，如今高小爽又不见了，我觉得，我们必须联合起来，携手解开所有怪事背后的谜团。”

“如何联手？”赵沫依旧紧锁眉头。

“上午听了杨鸣那些分析，我觉得获益匪浅，同时又觉得如果我们早点交换推理信息、资源共享，也许早能破案了。”说着周新伟从兜里摸出一张已经揉得皱皱巴巴的纸。

赵沫知道是他的破案大赛邀请函：

“您还拥有一个仅属于自己的破案密码：

I-M-S-R-H.”

“你，已经破解了？”赵沫发现，周新伟的密码跟他的有异曲同工之妙。

“我早就破解了，甚至可以告诉你，在还没踏上这座孤岛时我就已经知道这密码的意义。林山用了一个颇为小儿科的伎俩，颠倒了字母的顺序，只要稍微调换一下就可以破解。I-M-S-R-H，M-R-S-H-I，就是Mr. Shi。”

“Mr. Shi——石大川？”赵沫眼前一亮，“有一个问题不知该不该问，你们之前是认识的吧？”赵沫嘴角抽动了两下。

“聪明。我就知道你一定会发现。”周新伟露出了无奈的笑容，笑容里还深藏着愤怒，“我跟石大川谈不上认识，他早已把我忘了，但是我可忘不了这个背信弃义的家伙。主编让我参加这个破案大赛，我并不愿意，一直想找理由推掉，直到有一天我从主编那里看到了所有参赛人的信息，当石大川这个名字跃入眼帘时，我立刻改变了主意。踏上孤岛前，我既紧张又兴奋，一夜没合眼，有一种冤有头债有主的满足感。”

“你俩之前……”

周新伟点点头，“还记得那个小强填字吧，林山说过，真正的谜底隐藏在每一个答案之中。我不知道其他答案对你们有什么意义，但是瑞士手表那道题，开启了我的记忆之门。我从学校毕业后的第一份工作就是在杂志社做手表专题，那时我还在实习期，跟一个女孩竞争正式编辑的工作。可惜，最后我搞砸了，只能非常羞愧地离开。”周新伟右手微微攥拳，“中间过程我就不说了，总之，那一次正是石大作家给我的人生好好地上了一课。从那以后我告诉自己，不能轻易相信别人，尤其是那些道貌岸然的人。”

赵沫垂下眼皮，林山曾经说过的一句话在此时如魔音般穿透他的大脑，“某一个人同时扮演着两个身份，当面是某某某，背过身就成了那个神秘的二分之一”。赵沫咽了一口唾沫，屏住呼吸。

周新伟接着说：“不妨跟你直说，来到孤岛后，我曾动过一个念头，给石大川点颜色。”周新伟不好意思地笑笑，“但是，还没等我动手，岛上就发生了那么多怪事。赵沫，你说，到底是谁在背后搞鬼，弄出这么多事？”

赵沫僵在那里，他心底已经有了一个答案，但是没有证据。直觉也告诉他，还缺了点什么，没到真相大白的时候。

“还有件事必须告诉你。”就在赵沫不知如何回话时，周新伟又自顾自地说起来，“在寻找是谁举报我使用电话时，你们都来过我的房间，你应该记得我的房间有一块突出的部分，三面都是窗户，从其中一面窗户可以看到老宅的入口，通过这扇窗，我发现了一个秘密……”

这些天来，赵沫的神经一直就像紧绷的琴弦，在听到周新伟讲出这个秘密后，琴弦“铛”地一下断开了，赵沫有了一种如释重负的感觉。

“你是说，石大川跟踪高小爽？”

“没错。在石大川揭露高小爽半夜十二点去林山房间那晚，大家不欢而散。我回屋，先看到林山与高小爽走出老宅，走到悬崖边一棵大树下，然后又看到一个人影鬼鬼祟祟地尾随他们，躲在阴暗的角落里偷窥。那个人就是石大川!”周新伟语速加快，情绪越来越激动。

“对了，我差点还忘了一件事。那晚之后的第二天一早，我看到高小爽一个人打着一把红伞走出老宅。当时下着雨，高小爽垂着头无精打采的样子，好像有很重的心事。在好奇心的怂恿下，我也学石大川玩起了跟踪。结果……”

“怎样?”赵沫看到周新伟眼中闪出几分迷离的光芒。

“她一个人低着头完全不看路，在密林里一个拐弯路口差点被老张驾驶的汽车撞飞。在最后一刹那，我本能地冲过去把她往后一拉。她跌倒在地，躲过了汽车。”

“这么惊险，怎么没听你俩提起?”

“这个……”一丝犹豫在周新伟脸上一闪而过，“算了，我跟你也没什么可保留的。我救完她后，迅速躲进密林。我不想让她知道我在跟踪她，我也想就此观察一下她的反应。让我很奇怪的是，她并没有在接下来的聚会中询问这件事，她没问我也就没说。”周新伟摇摇头。

“如果是我，我一定会问是谁救了我。”赵沫再度摸起下巴。

“没错。换成我，如果我不问，那只有两种可能，一，我知道是谁；二，我心里有鬼，不能说，只能采取当面躲避暗中观察的办法。”

赵沫点点头，“那你觉得她心里的鬼是什么?等一下，你先别说，咱俩把自己心中的答案写在纸上。”

周围一下子静了下来，整个房间里只听到窗外的风雨声和笔尖碰触纸张的摩擦声。

两个人写完答案，互相注视着对方的眼睛，交换了手中的纸条。

赵沫笑了，就像在玩福尔摩斯寻找华生的小游戏一样，他早已料到他与周新伟会写出同样的答案。接下来，赵沫拿出他的破案邀请函，递到周新伟面前。

交换信息，共享资源。周新伟在此时却怎么也笑不出来，他反而感到阴森恐怖，身后好像多出一只手，揪住他的衣服，把他拽向一个无底的深渊。

就在周新伟拜访赵沫时，梁戈与杨鸣相遇在二楼楼道。

“她还没回来？”杨鸣眯着眼点燃一根香烟。

梁戈点点头，“一下午了，这回你不再认为高小爽的缺席是林山的挡箭牌了吧。”

“我也没想到会这样。上午我真以为……”杨鸣挠挠头。

“不说这个了，有件事正好想问你。林山是小沈这件事你是什么时候发现的？”梁戈走到杨鸣跟前，用手驱散他吐出的烟雾。

“昨晚，我找到这部电影，担心在线链接不可靠，就用了几乎一晚上给下载下来。”

“那么上午时，你为什么要把你的推理跟所有人分享？”

“什么？”杨鸣心头一紧。

“我想知道，你为什么不私下找林山，却当众公布，不怕我们坐享其成？不怕林山恼羞成怒取消你的参赛权？”

“梁戈，你果然是大律师，想得周全。但是……我恰恰认为只有当众揭开这个谜团，说出我的周密推理才有助于我分到奖金，有你们那么多证人，谁想赖账都不行。”

“就因为这个？”梁戈脸上若隐若现出一丝古怪的表情，“没有其他了？”

“其他？”杨鸣的脸色微变，手中的香烟马上就要烧到尽头。

“杨鸣，我们每个人来这里都有自己的目的，我不关心你是为什么来，我只关心我们每一个人能不能安全离开。如果你知道什么，请告诉大家，我替高小爽替大家谢谢你。”

梁戈话音未落，赵沫刚好开门送周新伟出来，四个人就在这样的场合下再度碰面。

此时，不知从哪里刮来一股阴风，原本大敞的高小爽的房门，发出一阵奇怪的声响，就像被施了咒语的地狱之门，缓缓关闭，让人生出一种错觉，这扇门仿佛是生与死两个世界之间的阻隔。这扇门关闭后，所有秘密也跟着被封闭了起来。

杨鸣打了一个哆嗦，一阵疼痛涌上心头。他才发现手中的烟头已经烧到了指尖。

深夜时分，雨终于停了，被乌云遮挡的弯月露出久违的笑脸。林山走出老宅，沿着山路一直走到海边。

大海，在荷马史诗《奥德赛》里，在那位伟大的盲诗人心中，它是“酒色”的：

“赫里奥斯啊，你还是照耀不死的神明和有死的凡人吧，留在生长谷物的大地上。我会立即向“奥德修斯”的快船抛出闪光的霹雳，把它在酒色的大海中央打成碎片。”

在梵高那里，在那位三十七岁就结束生命却活得不比任何人消极和盲从的画家心中，海变成了“灰色”：

“我时常期待着那种除了灰色的海与一只孤独的海鸟外没有别的东西的宁静景色——除了波涛的喧噪以外，没有别的声音。”

高小爽喜欢的大海，是绿色。在普鲁斯特问卷里她写到，“我希望拉着爱人的手，在绿色的大海前度过人生的最后一秒。”

拉着爱人的手。林山发出一阵苦笑，他孤独地站在忧郁的深黑色大海边，看着海浪发疯一般亲吻着礁石，直到把它吞没。

这大海对礁石的进攻也算是一种爱吗？

足以把一切毁灭；又能不能让一切重生？

“行了，不要躲躲藏藏了，出来吧。”林山转过身，对着面前的一片空地说。

从黑暗中果然走出一个战战兢兢的身影。

“为什么一直跟着我？”

一阵海风吹过，不远处的树叶发出哗哗的声音，不仔细听，以为是女孩子在哭泣。

那个黑影沉默不语。

林山无奈地摇摇头，“只有三天了，这个时候想越狱，已经来不及了。”

那个黑影张大嘴，维持着“啊”的唇形，像僵尸般停止所有表情。林山看到，从那个人脸上慢慢渗透出来的，是，深深的恐惧。

第十一天　黑衣人·谁是凶手

天终于晴了，大朵大朵的白云像儿时手中的棉花糖膨胀在低空中，仿佛触手可及。被“霜花”撩起放浪舞裙的大海又重新恢复平静，清澈湛蓝，像璀璨发光的宝石。看到这样的好天气，赵沫却高兴不起来。他隔壁高小爽那屋仍然空空如也，女友小婕也无声无息地消失在互联网的另一端。赵沫觉得这必将是他踏上孤岛后最难熬的一天，而从今日开始，会一天比一天更糟，因为赵沫知道，他已经接近真相了，他却无法预计是否要为迎接真相而付出惨痛的代价。

“高小爽失踪了……”林山哑着嗓子，像一头刚刚经历完最惨烈的族群争霸战，最终获胜但遍体鳞伤的狮王，发出痛苦、疲惫但依旧充满威慑的怒吼，“在警察暂时来不了的情况下，我们必须自救。”

所有人神色匆匆地聚集在大厅，像玩击鼓传花游戏一样，交代自己前天晚上的行踪。

“我在屋里写剧本，我的《孪生姐妹失踪案》。”石大川迫不及待第一个发言。

“谁能证明?”林山问。

“证明?”石大川有点恼怒，眼睛不停打转，忽然嘴角露出一丝笑意，“对对，电脑里文档的修改时间可以作证，我每改写一点都会另存成一个文档，你们可以去检查。”

“电子文档？你怎么这时候不提你的《电子谋杀案》了，你不是说电子设备的时间很容易作假修改嘛。”杨鸣托着腮问。

“嘿，杨鸣，你怎么也跟我较上劲了？我说我在屋里就在屋里，爱信不信。”石大川说完，瞪了杨鸣一眼，转向林山，“林山，你又在干吗?”

“我？跟赵沫在一起。”林山歪着头，把目光移向身后，“赵沫在普鲁斯特问卷上写喜欢红酒，那晚我就拿了一瓶 1982 年的拉菲，跟他共饮。”

“真的?”周新伟耸起两道眉毛。

赵沫无奈点点头，“可惜，我不胜酒力，喝着喝着就醉了，最后倒哪儿都不知道。林山，是你把我扶上床的吧。”

“那时大概十点多，我帮赵沫关上灯撞上门后，也回房休息去了。杨鸣，你又做了什么?”林山把绣球抛给杨鸣，他的话却让赵沫回忆起什么。那晚他醉倒，除去没有拉窗帘就倒头睡去，他似乎还忘记做一件事：关电脑。赵沫咬住了嘴唇。

“那晚我也在屋，一直忙着下电影，就是方导演那部片子，弄到半夜，半步都没离开房间。如果电脑可以作证，下载软件也有时间记录。我的情况就是如此，该你了，周新伟。”杨鸣点燃香烟。

“我没在屋，当时我应该在外面树林里。”

“树林？如果没记错的话，那晚还在下雨，你一个人鬼鬼祟祟跑去树林做什么?”石大川把炮筒转向周新伟。

“我做什么，为什么要告诉你。”周新伟瞪了石大川一眼，“我没有证人，但是我没有骗人，随大家信不信。”

“不不不，你有证人。巧了，我在屋里下载电影，找不到种子，着急，急得满头大汗，就跑去小阳台抽烟，呼吸新鲜空气，碰巧就在阳台上看到楼下一个人影往树林走。我能作证那确实是周新伟。”杨鸣说。

“真有这么巧？黑灯瞎火也能看清？”石大川干笑了几声，也开始大口大口地吸烟。

“我是摄影师，哪儿不好眼神都好。”杨鸣拍拍胸脯。

“那么就是说，大家都有证人，就我没有。”梁戈站起来，勉强从嘴角挤出一丝苦笑，对坐在旁边的杨鸣说，“给根烟。”

这让杨鸣一愣，就在几天前杨鸣想在梁戈屋里抽烟，还差点被她轰出来。可如今看她点烟、吸烟的一连串动作，一副老手的样子。

“那晚我见过高小爽。”梁戈仰头吐出烟雾，“在她的房间里我们聊了一会儿。聊完大概是晚上七点多，我不想吃东西，就直接回屋，泡了一个热水澡，早早上床睡了。”

“你跟她聊天，都说了什么？”林山脸上的青筋暴突。

“我说，我们每个人心里都有一道伤疤，怎么能让它愈合，除了自己，谁也帮不上忙。”

“伤疤……”赵沫在心底暗暗嘀咕，不由搓起下巴。

“林山，你必须要对在这个孤岛上发生的一切事情负责。好好的一个人怎么就会不见了？”梁戈抬起头，想继续指责林山，但她明白此时再埋怨一万句也没有用，“如果那晚我不回屋，我跟小爽一起住，是不是就不会发生意外？我是不是这个世界上最后一个见到她的人……”梁戈几近哽咽。

“不不，梁小姐，你不是最后一个见到高小姐的人。”躲在林山身后的老张在这时候哆哆嗦嗦地站了出来，嘴唇在抖动，双腿也不停颤抖，“对不起林山先生，我太软弱了，我，我没有……”

“老张你到底要说什么？”林山按住老张的肩膀，示意他镇定。

“我，我应该看到了凶手！”老张的话让在场的所有人倒吸一口凉气，“那天晚上，我看到高小爽小姐走进了一个人的房间，那个人就是……”

老张咬住嘴唇，用他的小眼睛扫向在场的每一个人。大家的呼吸在这一刻都停止了。

赵沫眼前忽然冒出很多劣质武打片的画面，每到这种关键时刻，就会飞出一把匕首刺向知情人的咽喉；或者刚要说出凶手的名字，知情人自己就捂住喉咙吐血而亡。还好，这种恶心读者观众的事情没有在此时此刻发生。稍作停顿后，老张结结巴巴地说出了三个字："石——大——川。"

"石大川！"林山一步跑到他的面前，揪起他的脖领。

"你，你放手，你要干吗！"石大川叫起来。

"高小爽去过你房间？你为什么不早说，你把她藏到哪儿去了！"林山双眼冒出怒火，仿佛要把石大川整个人点燃。

周新伟冲过来，用手指着石大川的鼻子，"原来是你捣鬼，你他妈赶紧老实交代。"

"林山，你先放手，周新伟，有什么话好好说。"赵洙也跟过来，但他不是加入战斗，而是试图缓和现场不对劲的气氛，"石大川，到底是怎么回事，你赶快告诉大家。"面对老张的突然告密，赵洙心底也有很多问号，但他时刻提醒自己要保持冷静。

"咳咳，咳咳。"林山松手后，石大川装模作样地咳嗽了几声，翻着白眼，一个劲后退，直到退到他认为暂时安全的位置。

"我，我必须声明，接下来我说的都是真的，你们不许再动手，你们答应我我才说。"石大川额头冒出豆大的汗珠，但仍不忘跟大家讲条件。

"我只管高小爽的安危。如果她有三长两短，我绝对饶不了你。"林山目露凶光，那恶狠狠的样子，曾经在周新伟的描述中出现过。林山在美国时曾多次协助警方破案，办案方法既诡异又极端，警方曾开玩笑说，亏他不是罪犯，否则一定是最狡猾最凶狠最难以捉摸的对手。

"好了，大家一人让一步，石大川你就快说吧。"杨鸣不耐烦地挥挥手。

石大川这才开口说："那晚，高小爽确实来了我的房间，那时我正在修改剧本，刚才你们问我昨晚做了什么，我可没说谎，我就是在改剧本。"

"不狡辩你会死吗？"周新伟咬着牙瞪了石大川一眼。

"她的到来让我很意外。"石大川咽了一大口吐沫，"我以为她想明白回心转意了，谁知道……"

"什么回心转意？"梁戈推推眼镜。

"这个不是重点，你听我说完。"石大川回避了梁戈的提问，"高小爽仍然执迷不悟，她对我说，她想开始新生活。我就问她，是开始跟林山这家伙的新生活吗？哼，林山，你到底给她灌了什么迷魂药。"石大川又翻起白眼，"她越说我越生气，我……就在这时，一个黑影拧开了我的房门，那个黑影没有脸，整张脸被肮脏的带血的绷带包裹着，对，就跟那天咱们在道具间发现的绷带差不多。我当时吓呆了，还没顾上呼叫，就被那个黑影用黑布蒙住了头，我立刻失去知觉。等我再醒来，高小爽已经不见了。”

“鬼才相信你说的！”没等石大川说完周新伟就叫起来。

“我说的都是真的。第二天老张说高小爽没来，我也很害怕，但我真的不知道她去了哪儿。”石大川也叫起来。

“石大作家，你是编故事的人，但是你总得把故事编得合情合理才行，你认为你这样说我们就会像傻子一样相信？”林山强忍住心底的怒火，“你赶紧把真相说出来，免得我动手！”

“我就知道你们不信，所以一开始我才没说。梁戈说见鬼，没人信；我说有人在海边害我，没人信；我曾经看过一本日记，上面记录了一个毁容女人的自白，更没人搭理我，现在出事了，你就想把一切责任推到我头上，没门！高小爽的失踪与我无关，罪魁祸首根本就是你林山，是你把我们引到这个鬼地方，谁知道这岛上有人还是鬼躲在暗处来加害我们，谁知道那鬼跟你是不是一伙的！”石大川歇斯底里起来，“你们大家擦亮眼睛，到底是谁在背后搞鬼，你们千万分辨清楚，别被林山这家伙骗了。”

“石大川你！”林山的眼睛里布满血丝，像一头即将爆发的猛兽，张开血盆大口。

“等一下等一下，林山，在真相没有搞清楚前，你不能冲动。”赵沫再次挡在林山面前。

“赵沫，你糊涂了，还有什么真相，一切不是明摆着。石大川这家伙现在是狗急跳墙，到处咬人。”周新伟对赵沫投去失望与怀疑的眼神，“你怎么开始袒护他？”

“我谁也没袒护，我就是觉得有很多疑点没有解决。”

“赵，赵沫说得没错。”杨鸣犹豫了半天，终于结结巴巴开了口，“大家冷静一下，你们不觉得奇怪吗？这老张，昨天高小爽不见时他怎么不告发石大川，弄得我以为昨天是你林山为了化解我揭发你身份搞出的苦肉计。”

“我……我不敢说。因为昨天我回屋，在枕头下发现了一把剪刀和一个没写完的剧本，就是那个《孪生姐妹失踪案》。”

“我明白了，我看过那剧本。”梁戈说，“里面有个知情人，在准备告发凶手前被一把剪刀扎死了……”

“石大川你想杀人灭口?”周新伟已冲到石大川面前，指着他的鼻尖。

“我呸。什么剪刀和剧本，我根本没有剪刀，也没送过剧本给老张，那剧本应该在高小爽那里，一定是有人陷害我。”

“够了，多说无益。在警察没来前，我认为应该把石大川暂时收押起来。我们再次表决吧，同意的举手。”林山说完，他跟老张、周新伟举起了右手。赵沫、杨鸣、梁戈却无动于衷。

“你们，你们怎么不举，我真的，真的看见高小姐进了他的房间，他是凶手啊。”老张战战兢兢地说。

“没错，再来一票就过半数了。”周新伟几步来到赵沫面前。

“喂，早过半数了，你们看清楚，现在是 3∶4，还有我的一票呢。当时我提议让高小爽出局时你不是说当事人也可以投票嘛。”石大川在这时候冒出来。他不说话还好，一说话更让周新伟的气不打一处来。

“你少废话！赵沫，还有杨鸣，梁律师，你们这是怎么了，不能让石大川这种人逍遥法外啊。”周新伟急得只跺脚。

“我还是那句话，在真相没有搞清楚前，我们谁也不能冲动。”赵沫用极为复杂的眼神望着周新伟，心里默念，“别急别急，再给我一点时间好吗?”他多么渴望此时周新伟能读懂他的眼神，体谅他的苦衷。

“你们太让我失望了，你们会为今天的不作为付出代价。”林山深深吐了一口气，转身要走。

“等一下林山。”杨鸣叫住他，林山以为杨鸣要回心转意改投一票，谁知他却说，“林山，我知道这时候不该提这个，但是……虚拟破案大赛怎么办，是不是应该进行下去，马上就到期限了，你的一百万还算不算数?”

“哈哈哈哈。”林山大笑起来，笑声中带着哭腔，那声音恐惧极了，“谁想要一百万，就帮我抓住妄图加害高小爽的人。”说完头也不回地走了。

赵沫就知道，今天必将是来到孤岛后最难熬的一天。午饭后，他挨家挨户地敲门，分别与石大川、周新伟、杨鸣、梁戈单独聊了很久，然后把大家集合在他的房间。

“我不想和某个人共谋，如果你想为他开罪，我就不必参加这个聚会了。”在所有人中，周新伟是最难说服的，但赵沫拿出了他的杀手锏，“请最后相信我这一次，我已经知道凶手是谁了。”

“谁？”

每个人想必都是带着这份强烈的好奇走进赵沫的房间。

“把大家凑在一起问几个问题就好。第一，我想让在场的所有人知道彼此的破案密码是什么。”

在交换了大家的破案邀请函后，赵沫像是解完一道数学证明题，如释重负般呼出一口气，眼角舒展出几丝笑纹，接着朗声说：“第二件事，石大川差点遇害那次，林山搞过一次不记名投票，现在大家能否开诚布公地告诉我，你们当时认定的凶手是谁？来，请再次写在纸上。”

大家不知赵沫此举的目的，只管先写下答案。

投票人　　　凶手

梁戈——————X

杨鸣——————高小爽

周新伟—————石大川

石大川—————周新伟

赵沫——————林山

“什么？你投给了林山，那就不对了！”杨鸣一拍脑门。

“怎么？”

“我曾经跟林山推理过大家的答案，我本以为你投给了高小爽，那个多出的一票投给了林山。”

“你跟林山讨论过？那就是说……”

“对，林山还不让我把我的推理答案分享给大家。”

杨鸣与赵沫你一言我一语，说得其他人丈二和尚摸不着头脑。

“到底什么意思？你俩究竟在说什么？”梁戈忍不住打断二人。

“是这样，我正好也想问你，你为什么会把票投给X？”赵沫问。

“我当时就说了，自从我遇到那个‘鬼’后，我一直觉得这座孤岛上还有另一个人，而且我有证据。”

“证据?”石大川抽动了一下嘴角。

“本来我不想说，想作为我的独家发现，但是此时，如果，如果我们连命都没了，独家发现还有什么意义。再给我根烟吧，戒了这么久还是功亏于篑。”梁戈无奈地笑笑，点燃香烟，“就在告发周新伟打电话那天，我让老张带我去道具间，我偷偷在面具、服装上做了一些记号；当天晚上，那个‘鬼’就拜访了我；后来等我们在这座老宅玩寻宝游戏时，我再度踏进道具间，证实了我的猜测，有人三番五次穿走了那件黑斗篷，破坏了我留下的记号。”

梁戈的精心布局让赵沫会心一笑。林山举办这个虚拟破案大赛，把一帮精明能干的推理高手聚在一起，但愿那个罪魁祸首没有小瞧他们中的任何一个。

“你的意思是，这座孤岛上那个神秘的X，可以自由出入任何房间，跑去道具间偷穿黑斗篷，吓唬梁戈，袭击石大川，绑走高小爽，又威胁老张。那个人会是谁?”杨鸣挠挠头。

“自由出入，绑走高小爽……我知道了，我知道了!”石大川大叫起来，然后发出一阵狂笑，“哈哈哈哈，原来如此，原来如此，我真是太聪明了！那个人就是……”石大川忽然停住。

“是什么？喂，你什么意思，吐出来的又咽回去？你到底发现了什么?”周新伟瞪着石大川。

“我自然是发现了凶手。”石大川冷笑起来，“梁小姐，在我说出答案之前，我得问你一个问题。”

“问吧。”

“上午你说你看过我的剧本？怎么回事?”

“这……”梁戈把那天发生的事又跟所有人讲了一遍。赵沫听后点点头，更加确定了自己长久以来的推测。

“我的那个剧本梁小姐只差结尾没有看到，你不介意我跟大家再讲一遍剧情吧。”此时的石大川，已不像早上那般如过街老鼠提心吊胆，反而得意洋洋反客为主起来。

“这个时候，你还有心思讲你的剧本，你太自恋了。”周新伟瞥了他一眼。

“别急别急，石大川可能有他的用意，讲吧。”杨鸣点燃香烟，洗耳恭听。

“我的剧本是根据我的同名小说改编的，小说还没上市，准备跟电影同时推出。讲的是一对孪生姐妹，有一天，双胞胎中的姐姐失踪了，姐夫怀疑是妹妹杀了姐姐，而妹妹怀疑是姐夫下的毒手。可是到最后，姐姐回来了，妹妹又不见了。你们来猜猜，是怎么回事？”

“姐妹的关系好吗？”赵沫问。

“表面看起来很好，姐姐挣钱供妹妹上学，妹妹也很爱姐姐，但是看不惯姐姐的很多作为。”

“姐姐跟姐夫的关系好吗？”

“表面看起来很好，但是姐姐屡次出轨，深爱她的丈夫知道后痛苦不堪。”

“那么，妹妹跟姐夫的关系好吗？”

“哈哈，厉害，这三个问题全是要害。妹妹一直以来都暗恋姐夫，她对姐夫的爱甚至超越姐姐对姐夫的爱。”

“那我知道了。这对孪生姐妹中有一个肯定已经死了，怎么死的我不清楚，谁杀死的她我也不能确定。但是我猜另一个妄想装成她的身份继续将生活维持下去。”赵沫用手撑着下巴，“最后，妹妹变成了姐姐。对吗？”

“天呀，你是我脑子里的细胞？”石大川用不可思议的眼神望着赵沫。

梁戈也睁大了眼睛，“我怎么没想到，孪生姐妹因为爱着同一个人，从而……”

“我跟大家讲这个故事，就是想提醒你们，我们目前面临的这个案子是不是跟我的剧本有某些相似之处？”

“你的意思是，绑架、加害高小爽的人，是另一个爱着林山的人？”

“或者是另一个跟林山有着某种关系的人。”

“那个人就是……”话到一半，石大川又咽了回去，转身面向杨鸣。

“你以前说，怀疑高小爽是老宅女主人的女儿，这个我可以负责任地告诉你，不是。”

“你怎么知道？”

“我怎么知道没有必要说，你们只要相信就行。”

“相信你？那岂不是跟小人同流合污？”周新伟一脸鄙夷。

石大川耸耸肩，白了周新伟一眼，接着说：“我一直在想，那个袭击我的‘X’究竟是谁？赵沫曾经推断这栋老宅是案件的第二现场，林山并没有否认，周大编辑接着假设，这里是囚禁沈雁的地方。林山又说过，这栋老宅的主人是一个生病的女人，又是他的长辈。把这些支离破碎的线索拼在一起，所有支流最终只能流向同一个终点。”

“同一个终点，那是什么？”梁戈无法控制自己的情绪，声音里夹杂着哭腔。

大厅马上陷入一片死寂，每个人心里似乎都有了一个连自己都不敢相信的答案。

而真相，只有一个。

又到了夜晚。平时的这个时候，赵沫都会守在电脑前，跟小婕视频聊天，小婕会眨着她的大眼睛，对他笑，对他撅嘴，对他做鬼脸，对他评头论足。可是现在电脑那边，空空荡荡。小婕消失时说三天后她会回到网络世界，那个日子也正是沈雁失踪案结案的时候，高小爽也会在那天回来吗？

赵沫合上电脑，双手捂脸，上下搓揉了好一会儿，然后起身，慢慢地爬上三楼，来到林山的门前。颇有一番荆轲刺秦前的壮意。

“你？一个人？”赵沫的到访显然出乎林山的意料。

“我想知道，明天，第十二天，你想怎么办？”赵沫开门见山。

“当然是抓住伤害高小爽的凶手，绳之以法。”

“如何绳之以法？警察要在第十三天才能到来，我们总不能代替执法者动私刑吧。”

“哦？”赵沫的直率让林山眯起眼，“你觉得我会对凶手动私刑？”

“你不会吗？”赵沫反问。

林山大笑起来，“来点红酒？”

“不不，一会儿又醉了。”

“你该不会是怕我在酒里下药？”

“不怕。该下药的时候已经过去了。”

林山与赵沫的对话处处充满玄机，如果此刻有第三个人，一定听不懂他们在说什么。

“他们派你做代表来跟我谈判？为了那一百万？”

“不是，也是。是我的主意，大家全票通过。”

“你是如何做到，让周新伟与石大川坐在一起，听你调遣？”

“其实很简单，就两个字。我让他们答应我一件事，这也是我今晚来这里的目的。”

“什么事?”林山皱起眉。

“沈雁失踪案，在第十三天十三点按原计划公布答案，颁发奖金。那个时候，我同时把高小爽失踪案的凶手送到你面前。”

“哦？你抓到凶手了?”林山一个人独饮红酒。

“很遗憾，没有。”

“那你凭什么敢说把凶手送到我面前?”

“这就是我对你的请求，请给我一天时间，明天，我们所有人会把自己锁在房中，大家都已经准备好方便面、饼干和水，我们不会出屋，我和杨鸣甚至都不会上阳台，你可以随时派老张来查房。”

“不出屋？做什么?”

“侦破高小爽失踪案。”赵沫笑笑。

林山也笑了，“把自己锁在屋里，一整天，连上阳台呼吸新鲜空气都不去，就能找到高小爽失踪案的罪魁祸首?”

“对，把自己锁在屋里，一整天，第十三天十三点，我们会把两起失踪案的凶手都送到你面前。Deal or no deal?”

林山呆在那里，没有马上回复赵沫的提议。他太意外了，从赵沫踏上这座孤岛开始，这个人就不断地给他制造惊喜，接下来他又会做什么?

林山直勾勾地盯着赵沫的双眼，赵沫则勇敢地与他对视，没有一丝躲闪。林山笑了。他多像当年的他。不，他比当年的他厉害多了。那时他太小，如果当年他也像此刻的赵沫这样，沈雁，也许就不会失踪了。林山脸上的笑容即可消失得无影无踪，一想到沈雁他的心就被狠狠揪住，鲜血一点点滴进胃里。

“Deal!”林山伸出他的右手。

赵沫也伸出他的右手。

两个男人的手在半空中交汇。

“对了，你已经在网上见过小婕了吧。你又是如何做到的?”在赵沫离去前，他送给了林山一个诡异的笑脸。这表情以前经常出现在林山脸上。

“哦？其实也很简单，也是两个字。十三天一过，她就会回到网上。”林山的眉头微微抖动，背在身后的手紧紧攥在了一起。

“第十三天十三点见，不要让我失望。”

第十二天　赵沫的秘密行动

09：30：老张查房，赵沫在自己房中。

15：15：老张查房，赵沫在自己房中。

19：40：老张查房，赵沫在自己房中。

21：30：老张通知明日更改破案地点。赵沫在自己房中。

21：50：赵沫不在自己房中。

……

第十三天　审判·沈雁复活

每所房子都有它的秘密。曾经住在这里的人，可能已经不在了，但是这里的一砖一瓦，清清楚楚地记录着房子里上演的故事，谁也别想抹掉曾经犯过的错。

林山上次讲这番话时，所有人挤在狭小的道具间，被一卷带血的绷带搅得心里七上八下的。林山还记得，那时石大川挑衅，高小爽咬住嘴唇，向他投去求救般的目光。“我会帮你重新开始。”这是林山对她许下的承诺。他又该如何去兑现这份承诺……

“老张，你确定昨晚当面通知了每一个人，今日的审判改在这里？”

“林先生，我一个一个通知的。”

“他们都在屋里，没有出去？”

“都在，杨鸣还套我的话，询问这里的

情况。”

“你怎么说?”

“我说，来了地下室就知道了。要不，我现在去看看，催一下他们?”

林山点点头。

时钟的分针飞转个不停，距离早已约定好的第十三天十三点大结局揭晓的时刻已过了二十多分钟，可是，赵沫他们连个人影都没有。林山站在房间正中央，第一次觉得六神无主，这种不安原本应该是他这个纵览全局的出题人带给别人的，他从来没有想过有朝一日自己的心里也会有这种惴惴的感觉。林山苦笑着将杯中的 Martini 一饮而尽。谁曾经说，这酒是唯一能和十四行诗相媲美的美国发明? 扯淡! 在这时候，它比十四行诗美妙多了。

林山闭上眼，“沈雁失踪案，在第十三天十三点按原计划公布答案，颁发奖金。那个时候，我同时把高小爽失踪案的凶手送到你面前。”他多希望等他睁开眼睛时，赵沫真的把凶手带到他的面前。他倒要看看，赵沫抓住的是谁，这家伙把自己关在屋里一整天究竟在搞什么名堂。

“我靠，这老宅还藏着这么个鬼地方。”杨鸣的叫嚷把林山从遐思中唤醒，他睁开眼睛，杨鸣、梁戈、石大川、赵沫、周新伟已排成一队出现在他面前。

“老张呢?”

“没看见。”梁戈摇摇头。

“他去找你们了。”

“走岔了吧。我们几个人在周新伟的房间集合，一起来的，真想不到这老宅还有这么个地下室，跟拍电影的似的。”

林山点点头。他记得自己第一次来到这地下室时，表情和此时的杨鸣一模一样，惊讶得合不拢嘴。这里平日都大门紧锁，从外面看误以为是储物间也说不定，谁能想到，这扇潘多拉的大门被推开后，里面竟是这样一片天地，阴冷昏暗，能见度也就附近的三五米，灯被做成火把的样子，周围的墙壁被装修成洞穴的石壁，上面画着古埃及的壁画。

“‘谁打扰了法老的安宁，死神的翅膀就将降临在他头上’，这是图坦卡蒙的咒语吧?”在进门时石大川发现刻在门口的这行话，“当年卢克索的国王谷六十四座地下墓地有六十三座被洗劫一空，唯一幸存的就是图坦卡蒙”。

“石大作家对古埃及文明也有研究? 那你知不知道，这座完美无缺的墓穴自1922年被英国考古学家发现后，陆续发生了很多怪事，有二十多人离奇死亡。”

“你什么意思？在暗示什么？我们踏入这间地下室，也会受到诅咒？”石大川的话语中有了一丝颤抖。

“呵呵。”林山随即发出一阵阴阳怪气的笑声，“我们此刻不该纠缠在埃及法老身上，赵沫，该兑现你我的交易了吧。”

“不是你我，是你与我们。早准备好了。”说完，赵沫冲杨鸣使了个眼色，杨鸣赶紧从衣兜里抽出一个信封。

“就一个？其他人的推理答案呢？”

“咳，我们选了一代表。”杨鸣笑笑，“能不能让我来念答案？”

“哦？也不知道老张跑哪儿去了，应该他来执行这一流程才对。”

“信不过我？都这时候了，白纸黑字，我还能颠倒是非不成？”

“那好。”林山的眼角微微耸动了一下，他知道此时的自己已慢慢陷入被动，反被几个答题人牵着鼻子走，但是他并不想扭转目前的局面，他真的很想看看接下来这帮人又会做些什么。

杨鸣抽出信封里的一张纸，大声念出来：“沈雁失踪案凶手：陈洪明。

作案动机：因爱生恨。

推理理由：陈洪明的女儿撒了谎，陈洪明在出差当日并非如女儿证词所说没有收到电报，事实上，女儿通知了他，陈洪明正是被这份‘绝交电报’所激怒，因爱生恨。

所需证据：驾车跨省时，沿途的加油站、收费站、小卖部等地可能会留下线索，警方可以进一步审问司机，也可以检查轮胎、后备箱等地，寻找沈雁留下的痕迹，还可以调查陈洪明那位生死之交的行踪。

总之，以上推理汇聚在一起，直指同一个方向：凶手就是陈洪明。”

等待了漫长的十三天，终于念出这个答案，杨鸣因激动而声音颤抖，他使劲咽了一口吐沫，抬头望望赵沫，赵沫冲他点点头。

“完了？这是你们的集体推理成果？还有没有不同意见？”林山竟有意犹未尽的感觉。

“怎么，没听够？”周新伟上前一步，反问林山，“是我们的推理不能让你满意，还是说，凶手另有其人？”

“没有，没有。”林山的声音中似乎有了一丝无奈，“满意，非常满意。可惜当年，为什么没人像你们这样聪明。”

“其实，能否破案与人的智慧无关。”赵洙垂下头，“我一直在想，我们在二十年后想到的这些为什么当年办这个案子的人就没有想到？只要稍微调查一下陈洪明的不在场证明以及那位神秘的医生老友，恐怕就能攻破谎言，发现真相。难道真的像你那天所说，陈洪明是德高望重的大导演，根正苗红，在绝大多数人眼里，他不可能是绑架犯？”赵洙发出一声深深的叹息，“如果当年有一个，哪怕只有一个爱较真、敢于挑战权威的人，也许，沈雁就不会遇难了。”

“说得好！”林山由衷地鼓起掌，眼眶竟有一点湿润，“这也是这么多年来，我一直无法放下的原因。说实话，我不怨办案人员，破案需要天时地利人和，缺少其中一个环节就有可能让狡猾的凶手躲过法律的仲裁，逃之夭夭。但是，我恨我自己，我是她最亲的人，如果我……”

“你那时太小，这事换到谁身上都无能为力。”梁戈不想看到林山过于自责的样子，打断他的话。此时，她面前那位一向高高在上的出题人，眼中充满了深深的哀伤。

“不用安慰、可怜我，我已经为自己的行为付出了半生的代价，我大学毕业去了美国，从能够自食其力那一天起就对自己说，我不会再让我身边的人受到任何伤害。”林山抬起头，用深沉洪亮的声音说道，“正如大家所推理，沈雁失踪案的元凶就是陈洪明。在多年以后，他去世前，亲口对我坦白了当年的罪行，犯罪的整个过程就像各位所描述的一样。天网恢恢疏而不漏，陈洪明恐怕也不会想到，在二十年后，几个毫不相干的人，竟然那么轻易就破了这个案子。”林山仰天长笑，那笑声让人毛骨悚然。

“好啦，破案了，是集体智慧的结晶？奖金平分！”林山用目光扫向每一个人。

“等等，等等，没完呢。”杨鸣忽然发声，“刚才周新伟不是问你，凶手是不是另有其人。没错，沈雁失踪案，还有一个凶手。”

“什么？”林山大感意外，猛吸了一口气，斜眼望着杨鸣。

“别急啊，在我手里这张推理单上，除了陈洪明，还有一个凶手。算上他，我们这份答卷才称得上完美。他就是——”杨鸣用手抹抹鼻子，嘴角挂起一丝古怪的笑，“他就是——X。”

“X?”林山大笑起来，边笑边摇头，将双臂插在胸前，“我还以为你发现什么惊天动地的答案。”

“嘿，你听我说完，答案绝对能让在场的某个人身崩心裂。这个 X 就是……”杨鸣的眼神从手中的纸上移开，移到林山双目之间，“就是给陈洪明发电报的那个人!”

随着话音的消落，杨鸣看到林山胸前的小臂开始微微颤抖，他收敛了笑容，表情在瞬间石化。

杨鸣不理会林山表情的变化，接着说：“这个 X 是谁，大家心照不宣了。”杨鸣的眉毛向上挑了挑，嘴角的肌肉向上抽动了两下，“这个人的本意并不是害沈雁，他是想帮沈雁摆脱陈洪明，却适得其反，救人变成了害人，他应该算是间接凶手。怎么样林山，这个推理没错吧。你难道不觉得，在沈雁案件中最可怜、最可悲、最该自责的人是他……”

林山面无表情地看着杨鸣，在一副假装镇静的外表下，他的心跳不断加速，全身血液往脑门冲，而身体里似乎有什么东西在瞬间爆裂了。

“是谁……发现的这个，是你吗?”林山说完，紧紧咬住嘴唇。

“谁发现，奖金归谁?那我可是真眼红啊，可惜……”杨鸣撇撇嘴，挤出一丝无奈又带着挑衅的笑，“看看这个就知道了，刚才我为什么争着念，就怕你一眼认出这字迹，就没的玩了。”说着杨鸣把刚才一直攥在手里的推理答案递到林山面前。

“你可要好好看清楚，该得奖金的那个人，是她。”

林山的手在不停颤抖，仿佛接过的这张纸有铅般沉重。

“这是……”他一边说一边后退。

“对，是高小爽的字迹。刚才杨鸣念的所有推理，都是高小爽写的。”赵沫朗声说道。

地下室顿时陷入死一般的寂静。林山闭上眼，紧紧攥住手中的纸，纸张在瞬间变得扭曲，就像林山的脸，也在扭曲着。

几秒钟后，一丝苦笑爬上他的嘴角。

“你们，你们在哪里找到的这个?”他睁开眼，仰天呼出一口气。

“她的房间，在她的枕头下，这张推理答案连同她的破案邀请函夹在两本书里，两本看似一模一样，但在最后一页另有玄机的两本书。”赵沫说。

“别绕弯子了。沈雁失踪案已破解，我会合理分配奖金。那接下来，你对我承诺破获的高小爽失踪案呢？你不会告诉我，凶手也是X吧。”林山眯着眼，把双臂架在胸前，眼神冰冷得吓人。

“凶手——”赵沫低下头，习惯性地用右手搓揉起下巴，“凶手就是……”他故弄玄虚地拖长音。

“凶手就是——沈雁。”

二十年前失踪案的主角，沈雁。

她是凶手？

在场的所有人竖起耳朵，以确信自己没有听错。

林山愣了半秒，再度大笑起来，“怎么会是她？”

赵沫并没有被林山的大笑所吓倒，反而更加镇定地迈到地下室中央。

“自从我发现你出的这道谜题是二十年前真实的案件后，我就有了一个大胆的假设，当事人沈雁，没有死。你曾经说过，这栋老宅的备用钥匙在女主人那里，她不住在孤岛上，她在另一个很僻静的地方养病。我由此推断，那个人就是沈雁，在被陈导演绑架迫害后，她一直苟活在这个世界上。而小沈，就是你林山，倾其毕生精力，终于找到了你的小姑，你们俩人合谋设下了这个局。”

“设局？动机是什么？”

“替沈雁申冤。”

“申冤？冤有头，债有主，要申冤的话我干吗找你们，不去找陈洪明？”

“你找了。”梁戈接话，“可惜，陈导演去世了。杨鸣找到那部电影后，我们看到了演职员名单，顺藤摸瓜找到了陈导演的真实信息，在四个月前陈导演因肺癌病故。刚才你自己也说，在陈导演去世前，他亲口对你坦白了当年的罪行。但是对你跟沈雁来说，忏悔不足以弥补你跟你小姑这么多年来的伤痛，所以……”

“所以，我把一帮不相干的人找来，公布陈导演的恶行？哈哈，你们的想象力也过于丰富了，但缺乏最起码的逻辑支撑。”

“对于普通人来说，这种举动确实不合理，但是对于你这位不按常理出牌的人，也不是完全没有可能。”周新伟跳出来帮梁戈接着说，“更何况，我们也不是完全不相干的人。”

“此话怎讲？”林山皱起眉。

“你心里明白，还需要我们把话挑明？”石大川冲赵沫挥挥手，“有的人就是不见棺材不落泪。”

赵沫点点头，从怀里掏出一本书，翻到最后一页。

“当你刚坐到我身边，我就想跟你说话，话到嘴边又溜回去。”

赵沫合上书，眼神穿越林山，迷蒙地望向远处，“当我第一次在网上看到沈雁的照片时，我也惊呆了，天底下竟然会有长得这么像的两个人。换作我，我也一定不会让她擦身而过。”

林山很勉强地在嘴角挤出一丝笑容，“所以我才会说，这是上天的安排，我和她一定会再见面。”

“也就是说你并不否认，你是因为高小爽长得跟沈雁相似，从而邀请她来参赛，然后再围绕她，找到了我们？”梁戈追问。

“否认？为什么要否认，我还可以告诉你们，从我第一眼看到她，我就对自己说，希望老天给我一个机会，让我可以保护她不受任何伤害。”林山说着把目光瞥向石大川，恶狠狠地瞪了他一眼。

“谢谢你的坦诚，但问题就出在这里。”赵沫清了清嗓子，接着说，“林山，你为了帮沈雁申冤出气而举办这个破案大赛，试图让更多人知道当年的真相。可是，在破案过程中，你爱上了别人，一个跟沈雁长相相似，却比沈雁更年轻更单纯更朴素的女孩。沈雁该怎么办？她失去了所有，身边只剩下你，你却又要离她而去，嫉妒、仇恨难道不足以让她干出疯狂的事？”

“嫉妒？你不觉得，你陷入了虚假的想象不能自拔，却忽略了现实中的利害关系。想害高小爽的人，怎么可能是一个二十年前就消失的人？赵沫，你为什么不睁大眼睛看看高小爽的周围，谁才是真正伤害她的人。”

“我就是因为之前没有好好观察高小爽的周围，才让凶手有了可乘之机。”

“真是一派胡言。赵沫，回到美国后我看你不用再研究数学了，可以改去做编剧。”林山摇摇头，低声说，“我真是高估了你。”

“高估还是低估，现在说为时过早。林山，你也知道我是学数学不是学文学的，没有确凿的证据，我会这样吗？”说完，赵沫拍了拍手。

林山这才发现，刚才那会儿功夫，有一个人一直没出声，就是杨鸣，趁赵沫说话时他一直往门口移动，不知不觉中他悄悄离开了地下室，直到听到赵沫的信号，杨鸣再度出场，身边多了一个被绑起来耷拉着脑袋的黑衣人。

杨鸣先是将地下室的门反锁，然后架着黑衣人来到林山面前，把他放倒在墙角，再拿出一把钥匙在林山眼前晃了晃，“这是老张的钥匙，现在，由我暂时保管。”

“老张，你们把老张怎么了?”林山恍然大悟，这才意识到自己太大意了，把所有注意力都放在和赵沫的交易上，只等着看赵沫会交出怎样的凶手，忽略了自己对局势的控制权，甚至忽略了自己的安全。

“请放心，老张没事，其他工作人员也都很安全，现在被我锁在他们的屋里。我呢，就是暂时保管钥匙而已，完事了就还他。”

“那这个人又是谁?”林山指着面前被五花大绑，瘫倒在墙角的黑衣人，他戴着高小爽最开始在假面聚会时使用的那张人皮面具。

“这个人自然就是凶手啊!”

“凶手? 哼哼。”林山发出一阵冷笑，“我倒要看看是哪里来的凶手!”

“是这个人自己送上门来的。以前都是我们在明，她在暗，但就在昨天，局势发生了逆转，我们也可以享受一次在暗处按兵不动的待遇了。”周新伟笑起来。

“行了，废话少说。你怎么证明这个人就是沈雁?”

“是她自己承认的。”杨鸣说，“被我们制伏后，她把自己的故事原原本本地讲给了我们。被陈洪明抓住后，老头试图说服她回心转意，可是沈雁下定决心离开。陈洪明见大势已去，就动了邪念。俗话说‘我得不到的谁也别想得到’，陈洪明接下来干了一件丧心病狂的事，他狠心地毁去了沈雁的容貌。”

赵沫接着说：“被毁去容貌的沈雁没有脸再面对任何人，她就好像歌剧院里的幽灵一样，躲在这栋老宅里，偷偷注视着大家的一举一动。”

“毁容? 剧院幽灵? 哈哈哈。”林山又笑了，笑得有点歇斯底里，“你们居然比当年的陈洪明还狠，人家只是毁去她的记忆而已，你们竟然想毁去她的容貌。”

“毁去她的记忆?”梁戈耸耸肩。

林山顿时意识到自己的失语，他马上收敛笑容，心脏上像被狠狠捅了一刀。

“林山，再完美的戏剧也有谢幕的一天。现在，你敢不敢揭下沈雁的面具?”赵沫低沉着嗓子，向林山进行最后的将军。

林山抬起头，右手微微攥住又松开，再攥紧，反复了好几次。他内心深处感到了前所未有的恐惧。这个戴着面具的人是谁，第一个反射在他脑海里的是老张，但杨鸣的话打消了他的念头；那么还能是谁？她？不可能；她？更是无稽之谈……这座孤岛上还有别人？一向自信的林山，在此时也慌了神，觉得心脏仿佛要停止跳动。

“怎么？不敢揭？”赵沫步步紧逼，“怕被沈雁那张丑陋的脸吓到？”

“怕？”林山嘴角抽动了几下，“从小到大我都不知道怕是什么。”说着，他一把撕掉了黑衣人脸上的人皮面具。

梁戈下意识地用手挡住眼睛，又忍不住透过指缝望过去。

那是一张……没有五官，只有像火山爆发后的熔浆凝结成的鲜红血肉和绽裂开的肉洞堆积的脸？

不对。梁戈揉揉眼睛再看，那分明是一张苍白失去血色，但五官精致、清淡、秀美的脸。

她哪里是什么沈雁，根本就是——

“高小爽!”林山大叫起来，“到底怎么回事，小爽你醒醒。赵沫，你，你们对她做了什么!”顷刻间，林山变成一只发狂的猛兽，张牙舞爪地撕扯高小爽身上绑着的绳子，“你们这群禽兽，你们对她做了什么？”

赵沫示意大家不要阻止林山。只见他粗暴地扯开绑缚后，瞬间又像换了一个人一样，轻柔地晃了晃高小爽的肩膀，把她抱在怀中，旁若无人地抚摸她的长发，然后把她抱起，抱到身后的一把椅子上，安置好后再起身来到众人面前，“我怎么也想不到，螳螂捕蝉黄雀在后，伤害高小爽的竟是你们!”他双眼充血，像一个杀红眼的恶魔。

“林山，谁是螳螂谁是黄雀，我们不是害她，是在救她。”

“救她？哈哈哈哈。”林山仰天狂笑，“她好好躲在海边小屋里，用你们去救她!”

“海边小屋？你怎么知道她在海边小屋？她不是失踪了吗!”梁戈说完，脸上露出了久违的笑意。她很久很久没有笑过了，这是登岛以后，她最会心的一笑。

赵沫微微颔首，一切如他所设想，再强大的人也会因为过度关爱一个人而在慌乱中露出破绽，林山，也不例外。这也恰恰说明，他是真的关心高小爽的安危。赵沫舔舔干涩的嘴唇，抬起眼皮，双目中投射出坚毅的目光，“林山，认输吧。高小爽失踪案的元凶，就是你!”

赵沫说完，周新伟、杨鸣、石大川走上前，将林山团团围住。

“呵呵呵呵。”

林山心里很清楚，因为刚才接二连三的失语，他一手操控的天秤在瞬间失去了重量，倒向他的对手一方。他脸颊猛然抽动，但抽动马上变成了放声大笑，“认输？我的人生中永远没有这两个字。怎么样，你们，是一个一个上还是一起上?”

“我一个足够了。”周新伟说完冲林山挥出了拳头。别看周新伟个儿矮，只到林山的脖梗，打起来却是一顶一的高手，在普鲁斯特问卷里林山已经知道周新伟是业余武术冠军，而林山也不是吃素的，他是空手道黑带，跟周新伟较量起来旗鼓相当，不相上下。可就在难分伯仲之际，高小爽那边忽然发出一阵尖叫，分了林山的心，周新伟趁机一记勾拳将林山重重打倒在地，杨鸣、石大川在这时候冲上去，周新伟、杨鸣负责压住林山，石大川拿出事先准备好的绳子，把林山绑了个结实。

高高在上、不可一世的出题人，转瞬间竟以这样的方式被众人制伏。

“发生了什么，赵沫，这是怎么了，你们为什么要绑林山?”偏在这时转醒的高小爽失声尖叫，她试图站起来冲过去，却一阵头晕，被赵沫和梁戈按住，扶回坐椅。

“对不起，我们不得不这样做……”赵沫面露难色，“请给我们点时间，等我问完几个问题，你自然就会明白了。”

“可是……”高小爽还想说什么，却被一个声音制止，这声音竟然来自林山。

“没事，别担心我。不绑起我，恐怕有人会不答应。”林山手脚被绑住，嘴角渗出点点血迹，却似乎并未显示出被制伏的挫败感，他扭头冷冷瞟了石大川一眼，又转向高小爽，投去温柔的目光，“你还好吗，没受伤吧。”

高小爽想说什么又咽回去，摇摇头，眼里噙着泪水，她怎么也想不到睁开眼睛就看到这样的画面，她恨自己在此时什么也做不了。

“对不起，暂时委屈一下。说实话，我真佩服你，到这时候还惦记着她，你就不怕我们对你……”赵沫盯着林山的双眼，对敌人本不该产生的敬意在他心中弥漫开来。

“呵呵，怕又能怎样，总要给自己一些尊严，对吗?”林山无奈地笑笑，“你说有问题要问我，可不可以……先让我问几个问题?”

“喂，林山，这时候，还由得上你跟我们讲条件?”石大川气哼哼地说。

“既然都这样了，就让他问吧。”赵沫冲其他人点点头，继而转向林山，“你是不是想知道我们如何找到高小爽?”

“呃……这是我的第二个问题，其实我更想知道，你是从什么时候开始怀疑我?”

“从我在互联网上看到沈雁照片那刻起。但那时仅仅是怀疑，没有确认。”

林山点点头，“那我是哪里露出了破绽?”

“可以这样说，在高小爽失踪前，我对你只是凭空猜疑，没有证据；你一手策划的高小爽失踪案，也近乎完美，但是，你唯一没有设计到的是……”赵沫发出了轻轻的叹息，“林山，这个问题能最后回答你吗?”

“最后?”林山无可奈何地点点头，“那就请解答我的第二个疑问吧。”

“这个，全靠杨鸣和周新伟。杨鸣是个摄影爱好者，踏上孤岛的第一天下午，他就跑出去把整个岛拍了个遍，他还曾邀请高小爽做他的模特。”

高小爽想起在登岛第一天杨鸣确实向她发出邀请，那时她的全部注意力都在213藏书室上，所以回绝了杨鸣。

“我乱拍一气，也不知道都拍了什么，赵沫提出要看那些照片，我就干脆把SD卡给了他，没想到让他发现了蛛丝马迹。”

“其实，我能发现这个小屋也是在周新伟的提示下。他说某一天早晨，高小爽在树林里差点被老张开的车撞倒。我就想，老张好好地为什么要开车去检查海边设施?难道说海边藏着什么玄机?更令我怀疑的是，在高小爽失踪那晚，周新伟为什么好端端地跑去了树林?”

“让我来说吧，在某一天早晨，我偷偷跟踪高小爽，阴差阳错在车轮下救了她，但没有现身。林山一定是知道有这么个人，却不知道是谁，就来试探，结果我就中计了，那天晚上被调虎离山去了树林。后来我越想越不对劲，就跟赵沫说了这件事，赵沫就把前前后后联系在一起，认定林山、老张有问题，而且他认为树林和海边一定藏着什么秘密。”

赵沫点点头，“高小爽在石大川的房间里失踪，为什么偏偏我在那时醉倒，杨鸣在那时下载电影？最为关键的是，跟石大川同楼层的周新伟在那时碰巧离开老宅，这不会是巧合的。我就断定，高小爽的失踪由是你一手策划。”

“没错，那电影吧……对不起，其实那天我没跟大家说出所有实话，被梁戈看穿了。”杨鸣不好意思地挠挠头，“我没那么聪明，绝对想不到去下载电影，我一直都陷在二分之一身份中，可就在那晚，老张跑出来暗示我。当时给我激动的，如获至宝，以为自己拿到了独家线索。可后来跟赵沫一说，他一语点醒梦中人，原来连这个都是林山设计好的。不过，我始终想不明白，林山你为什么要这样做，为什么要把电影的线索故意留给我？”

“金庸先生笔下有一个‘珍珑棋局’，一盘棋纠缠在得失胜败之中，只能靠一招提剑自刎、横刀自杀，才能置于死地而后生。说实话，除了把这部电影的种子透露给你，我实在想不出还有什么更好的办法把你拴在房中。对周新伟也一样，他跟石大川同住一个楼层，案发时他必须不在现场。高小爽失踪那晚太关键了，是全局最重要的时刻，我必须要牺牲一些东西来换取大局的胜利。”林山无奈地笑笑，“可是，我低估了你们，我自以为那部电影不重要，无非暴露我是小沈，却没想到被你们顺藤摸瓜找到了陈导演；又以为密林的地形错综复杂，你们不可能找到那么隐蔽的海边小屋……有句话说得好，聪明反被聪明误。哈哈。”林山发出一声长笑，笑容背后藏着深深的忧伤，“赵沫，我只剩一个问题了，昨天一天，你都做了什么？”

“我知道，你一定要问这个问题。高小爽失踪那晚是你整个布局最关键的时刻，而昨天，恰恰是我的计划成败的关键。我早就怀疑你了，但是没有证据，我必须要给自己一天时间去搜集证据，而且不能在你的眼皮底下进行。于是我想出了反锁每个人的计划，假装躲在屋里进行推理，让你跟老张失去警惕，实际上偷偷跟踪老张，在他身上寻找突破口。”

“跟踪老张？不可能。当你提出反锁要求后，我就觉得没那么简单，于是吩咐老张分别在早上、中午和晚上去敲门查房，并当面通知你们第十三天的聚会改在地下室进行。老张通报说，你们每个人都把自己锁在房中。老张敲开门后杨鸣还拉住他，让他带话给我，问我如果破了高小爽失踪案，能不能增加奖金？你又如何完成障眼法，锁上门跑出去跟踪老张，然后又不用钥匙再回到自己的房间？”林山满脸疑惑。

“呵呵，林山，你果然精明。我就知道你不会那么轻易让赵沫完成计划。

我们早料到老张会来查房，他不仅在早中晚三次敲门亲眼证实我们是否在屋里，还多次偷偷拧动门把手来试探我们是否上演空城计。”梁戈笑笑。

“我确实有这个担心，怕你们制造出在屋的假象，实际上偷偷跑出去进行一些秘密活动。每个房间的钥匙都在老张手里，你们出去肯定不能锁门，否则就回不来了。我就让老张去拧动门把手，如果门开了你们在里面，让他随便编个理由就行。可是，你又是怎么知道老张多次去查房呢？难道你二十四小时时时刻刻盯着门把手?”

“没这个必要。这是我跟高小爽学了一招。她在屋里时把一根红线绑在门把手上，这样的话就可以验证人在屋里时，屋外是否有人拧动门把手试图闯进来。”

高小爽点点头。

“青出于蓝而胜于蓝。”梁戈不好意思地捋捋头发，“我还在红线上绑了一个小铃铛，只要有人拧动把手，我的铃铛就会发声。然后我就通过互联网通知大家。林山，你不让我们带手机，以为这样就可以切断大家的联系？现在早就是信息社会了，任何人妄图一手遮天、掩盖真相的年代已经一去不复返了。”

林山点点头，看了高小爽一眼，高小爽咬住嘴唇垂下头。

“其实这一次，我们几个人真的胜在集体合作上。我跟大家说，只需要配合我演完这场戏，你就会自投罗网。感谢大家这么信任我。”赵沫冲梁戈微微颔首，就在刚才林山欲揭开黑衣人面具时，梁戈的表演最为突出，把林山也迷惑了。

赵沫接着说：“我早就料到老张会多次查房，一直耐心等待，直到他晚上当面通知我第十三天的聚会改在地下室时我都在屋里，等老张一走，我就用互联网通知杨鸣，让他拴住老张。借此机会，我撞上自己的房门，然后跑去了一楼周新伟的房间。”

“嘿，考验我的时候到了。”杨鸣吹起口哨，“我必须把老张关在我的屋里，越长时间越好，可是我又怕老张怀疑，就只好拿出我贪财这事来做文章。老张敲开我的房门，在门口通知我聚会时间地点，我就故作神秘地把他拉进屋，关上房门，询问大赛奖金的事，问他能否给林山带话增加奖金。这人吧，一说到钱就会放松送警惕。也许在你林山和老张眼里，我就是个贪财的家伙，所以你们都不提防我。”

林山一阵苦笑，正如杨鸣所说，他完全没想到，杨鸣拉住老张原来是为了给赵沫赢得时间。

“那么，为什么要去周新伟的房间？跟那个三面窗有关吗？”

“聪明。林山，其实我根本不敢想能打败你。真的，我说的都是真心话，你是我见过的最精明最厉害的人。”

“哈哈，这时候说这些有什么用。我已经是你们的手下败将了。赶紧把最精彩的说完。”

赵沫点点头，“在周新伟屋里，我俩目不转睛地盯着那三扇看得见风景的窗户。功夫不负有心人，在将近半夜的时候，我们看到老张拎着一个篮子鬼鬼祟祟地走出老宅，出门后他先转到杨鸣他们房间的一方，然后又非常谨慎地来到我们这一侧，朝我房间的阳台张望，确认四下没人后，才向密林深处走去。”

“是我让老张小心一点，确保你跟杨鸣没在阳台上观察他的行踪。但是千防万防，却防不住三面窗纱帘后面的监视。”林山闭上眼，有些不甘心地摇摇头，接着说：“那么，然后，你跟了出去？”

“是周新伟，我留在他屋里静观其变，万一其他人来查房我也好有个照应。况且，跟踪这事我不在行，笨手笨脚的，周新伟学过功夫，走路又快又轻，在此之前曾多次走入密林，对地形熟悉，自然派他出场。”

“不不不，我对地形可不熟，除了那条车道好走一点以外，密林深处简直是错综复杂，进去后连东南西北都分不清，天又黑，我自己走时差点迷路，亏得杨鸣之前拍过照片，我存在 iPad 里，弄得跟街景地图似的，才让我心里有底。最后在快到海边的树林中，我发现了一间非常非常隐秘的小屋。高小爽就藏在里面。”

“那么，你们是昨晚就挟持了高小爽，还是今早？”

“林山，你听我说，这算不上挟持。他们对我什么都没做。”高小爽站起身，一个劲摇头。

“对不起，算不上挟持，但是也并不礼貌。”赵沫眼神里充满了歉意，“是今天凌晨，周新伟跑去小屋，高小爽还在睡梦中，周新伟就给高小爽床头的暖水瓶里下了一粒安眠药。”

“什么？你们给她吃安眠药？”

“林先生，你放心，这药没有任何副作用。这是我的药，有时我写作黑白颠倒，神经衰弱，医生就给我开了这个药，一粒只能让人睡个好觉而已。”石大川说。

高小爽点点头，“原来是这样。早上起来我习惯喝一杯热开水，今天喝完后就昏昏沉沉睡过去了。”

“那我就全明白了。其实你们压根就没有认为沈雁是凶手，不过在我面前演了一出戏。你们中午时故意迟到，老张去催时，你们把他制伏，然后去海边小屋把昏睡的高小爽扶来，穿上黑斗篷，假扮成沈雁来迷惑我，引我犯错。我怎么能想到，你们会想出用高小爽假扮沈雁这招，厉害，确实厉害。可惜我现在手被绑着，不然真想为你们鼓掌。那么，接下来，你们想怎么做?”

“我们……”赵沫抬眼望了望在场的所有人，“我们心中还有很多疑惑需要你解答，接下来，你该接受我们的审判了。”

林山脸色一沉，无奈地叹了口气，“你们问吧。我会把我知道的都讲出来。”

林山说完这话，地下室顿时安静了下来，只听见大家粗重的喘气声。

赵沫做了一个深呼吸，“我也有三个问题，第一，你为什么要举办这个大赛？第二，如果你不被我们识破，你打算如何收场？第三个问题，沈雁，现在在哪儿?”

林山垂下头，停顿了好一会儿才又抬起，“让我从第三个问题倒着答吧。石大川，还记得你在海边礁石上看过的那本残缺不全的日记吗？那就是失忆后的沈雁的故事。不，她的名字不叫沈雁，应该是林紫妍才对。”

林山的话穿越黑暗的地下室，把所有人带进了那个忧郁、迷离的时空隧道。

谜案之陈导演的告白

林紫妍死了。

在 1990 年 8 月 13 日那个雨夜后，她就死了。

拆除缠绕在脸上的绷带，活过来的那个人，只是一个披着“紫妍”外壳的女人。

还是那张美得让人产生欲望的脸，还是那双晶莹剔透会说话的眼睛，高翘调皮的鼻、性感伶俐的唇、凹凸有致的身体……不一样的只是，她的大脑一片空白，她失去了之前的所有记忆。

我为重生的她精心编写了一个剧本，在里面我是她的养父，我们有着非比寻常的关系。她在一个雨夜发生意外大脑遭受重创，侥幸保住性命但失去了记忆，我把她带到一个僻静的小渔村疗养。按照剧本的进程，她养好病，从此与我过着幸福的生活。可惜，现实偏离了我的预期，我这个导了一辈子戏的人，却没有能力去掌控人生的戏剧。

我就是陈导演，一手编制这起惨案的凶手。

有幸读到这份告白的你们，做好准备迎接真相了吗？真相绝不像你们想象中那么简单。我不想得到同情，只想说，在这起惨案中，我们每个人都是失败者。

故事还要从1990年的夏天说起。

没记错的话，那天是8月7日，我所在的电影制片厂举办盛大的建厂四十周年庆祝活动，很多电影导演、演员共襄盛举。在活动中我遇到了紫妍那部戏的女一号，她跟剧组请假专程赶回来参加这次盛会。我假装很随意地向她打听剧组的情况，寒暄了一阵后女一号拉住我说，紫妍在剧组有了新靠山，电影摄影师于老师。我跟紫妍的关系圈内人心照不宣，而紫妍与于老师的事我也有耳闻，在那之前我给紫妍写信，她不回，电话也不接。

活动结束后我一个长途打给于老师，警告他离紫妍远点。这时，厂里有个纪录片要去福建拍摄，原定导演突发阑尾炎住院，我就自告奋勇接下这个任务，为的就是赶去紫妍剧组，亲自劝她回心转意。那时的我还抱有一丝幻想，但就在出发前发生的一件事改变了我的决定。神、人、鬼的界线，就在一念之间。

8月11日一早我到了单位，准备跟同事一起前往火车站，快到中午时接到女儿电话，让我赶紧回趟家，林紫妍发来电报。趁着午饭时间我偷偷跑回去，收到的竟是紫妍给我的分手信。在前往福建的火车上，我如坐针毡，那三十多个小时简直比诺曼底登陆日还要漫长，我恨不得一秒钟就飞到她的身边，掐住她的脖子，听她向我求饶，说她错了，她永远也不会离开我。

一下火车，我就坐上至交好友老秦为我准备的专车，他的儿子秦晓明刚从部队转业回来，还没找工作，就来给我开车。小伙子车技很好，我们很快就开到紫妍剧组。我没有直接出面，让小秦帮我把紫妍约出来。碰巧那天上午没有紫妍的戏，全剧组都在忙活，没有任何人看见小秦和紫妍。

这是上天在助我行凶吗？

紫妍见到我一副冷若冰霜的样子，她说，有个作家说，当你停下来思考你爱对方的哪一点时，就证明爱已经远去了。她让我放了她，让她开始全新的生活。陷入疯狂的我一把掐住她的脖子，差一点就掐死她。紧要关头小秦冲过来推开我，用人工呼吸把紫妍从鬼门关拉了回来。我也慢慢恢复了理智，编了个理由安抚小秦，让他开车把我和紫妍送到W镇他父亲所在的医院。

我跟小秦的父亲是生死之交，在很多很多年前，我救过他的命。老秦也是当兵出身，是个非常重情重义的人，甚至对我有些愚忠。我跟他倾诉了心中的苦闷，问他有没有什么办法可以把一个人永远留在身边。老友犹豫再三，跟我提起了脑白质切除手术。

我听过这个手术，在那部著名电影《飞越疯人院》的结尾，杰克·尼克尔森演的角色就被切除脑白质变成了一个傻子。老友告诉我，那是电影，在现实生活里，这种手术是用来治疗精神病患者的，术后能令患者的行为变得更加规范。在1936年到1950年之间，美国大约实施了四万到五万例这样的手术，手术的发明人葡萄牙医生安东尼奥·莫尼斯还因此获得了诺贝尔医学奖。

会有生命危险吗？我的第一反应如此。老秦拍着胸脯说，他是脑外科专家，他保证手术后紫妍会老老实实地留在我身边。那时的我已经被鬼迷了心窍，我根本没有考虑那个年代的中国，偏远的小医院，医疗设备有没有达到标准，老友的技术是不是真如吹嘘一般高超，手术有没有后遗症……我通通没有考虑，我想的只是，只要能把紫妍留下，做什么都行。

就这样，紫妍被推上了手术台。

手术是秘密进行的，为了不让人怀疑，我没去医院，而是留在剧组指挥拍摄，等晚上我赶到医院时，手术已结束，老秦轻描淡写地说，手术中出了点意外，需要输血，紫妍是少见的RH－AB型，他的儿子秦晓明正好也是，是小秦给紫妍输了血，帮助她度过危险期。手术圆满成功。

我问老秦他的儿子有没有怀疑过什么，老秦说，他给紫妍编了个病，用学术名词把儿子搪塞了过去，而且教训儿子，陈导演是全家的救命恩人，陈导演的事情不许小辈过问。

就在这时，警察找到了我，询问紫妍的情况，我有一大帮剧组同事为我作证案发时我人在福建执导纪录片；血溶于水，我的女儿也帮我做了伪证，说我没有收到那封电报；我唯一担心的秦晓明也跟警察说了谎，说我下了火车后直接赶往W镇。我没有多想秦晓明为什么会这样做，还以为是上天在助我，掩盖我的罪行。

术后，紫妍醒了，她就像希腊神话里的酒神重生不死，还是那张美得让人产生欲望的脸，还是那双晶莹剔透会说话的眼睛，高翘调皮的鼻、性感伶俐的唇、凹凸有致的身体……不一样的只是，她的大脑一片空白，她失去了之前的所有记忆。

我去查阅了脑白质切除手术的医学资料，这项手术确实曾经用来治疗精神分裂症、临床忧郁症或强迫症，但是有很多病患在术后失去记忆、丧失精神冲动，甚至出现其他可怕的并发症，被认为是极不人道的治疗方式，在上世纪七十年代，这项手术在外国逐渐被废弃，在中国，我根本没找到可记载的病例。说实话，一直到现在我都不知道我那位老友打开她的脑子后做了什么，紫妍被取走的究竟是不是脑白质，还是其他什么东西。

紫妍恢复得很快，并没有出现智力衰退，但因为失忆，她变得像个三岁的孩子，喜欢刨根问底，追着我问她的过去。我问老秦该怎么办，紫妍的记忆有没有可能忽然一天又恢复了？这时的老秦不敢跟我拍胸脯，他结结巴巴地说，不如把紫妍带到一个僻静的地方疗养，彻底切断她与自己的过去、她与外人的联系。

我觉得这不失为一个好主意。我年纪大了，对功名也没什么兴趣，早就想退休，跟紫妍共度余生。于是我跟单位谎称要筹备下一部戏，需要到一个安静的地方撰写剧本，就带着紫妍去了一个僻静的小渔村。我把她关在家里，牢牢守在身边。

刚到那里的第一个月，紫妍觉得既陌生又新鲜，天天黏着我，可是等她渐渐熟悉了以后，就像翅膀硬了的小鸟，巴不得离开父母的庇护一个人展翅翱翔。我不同意她单独跑出去，把她关在家里，她竟以死相逼。

后来我才逐渐想通，这恐怕就是那个可怕的手术留下的后遗症吧。紫妍变了，变得爱幻想，神经兮兮，动不动就发脾气，稍一不顺心，她就以死相逼。我实在没办法，只好做出让步，放她出去散心。

结果，我最担心的事情发生了。她在外面认识了一个男人，她说她爱上了那个人。

我质问她，知不知道那个人是谁，做什么的，有没有家室、女朋友，是不是骗子？她说他叫魏隽，是个喜欢踢足球的作家。她知道的只有这些。不，她说她还知道，魏隽爱她。仅凭这一点就足够了，她要和魏隽永远在一起。

永远在一起。当听到紫妍说出这话时，我发出了疯子一样的狂笑。

要和紫妍永远在一起的人，不是我吗？我为了达到这个目的做了这么多，得到的竟是这样的下场。

而且，你们知道紫妍爱上的是谁？你们如果知道他是谁，就该知道我有多痛苦、多疯狂、多想杀人。

就在她们企图私奔的那晚，我用船桨把那个叫魏隽的男人打入海中。

接着我带紫妍又搬了家，这次我们搬到一座彻底与世隔绝的孤岛，住进一位华侨朋友的老宅，我叫来女儿帮我看护紫妍。

紫妍的情况变得更糟了，经常陷入幻觉，她说一闭眼就看见一个满脸血洞的人扑向她，她一会儿说那个人是她自己，一会儿又说那是魏隽的鬼魂，她要和魏隽一起死，说着就从二楼书房的窗户跳下去，摔断了腿；之后又割腕自杀，鲜血喷到我女儿脸上……

我的女儿崩溃了，指着我的鼻子，问我知不知道什么叫报应，在警方那边我侥幸逃脱，法律无法制裁我，但是生活不会放过我，它会一点点剥了我的皮抽了我的筋，碾碎我的每一根骨头，吸干我的每一滴血。

你们中的谁曾经被自己的亲生女儿这样诅咒吗？我的女儿还说，她后悔当初为我做了伪证，她在看护紫妍时所面对的一切血腥，同样是生活对她最残酷的惩罚。她受够了，她再也不想管我的事，不想管人世间的事，她决定皈依佛门。

就在这时，让我更加措手不及的事发生了。

魏隽没死，他居然找到了这座孤岛。那晚我把他打落海中，他被渔民救起，因为之前在部队当兵，身体强壮，加上他的求生欲望强烈，让他从鬼门关溜达了一圈又返回了人间。

他说，还有一个重要原因让他活下来，他还有未完成的使命，他要让紫妍脱离苦海。

他以为他是谁，救世主？就凭他，一个爱踢足球的作家？我不禁仰天狂笑。

也是时候告诉你们魏隽是谁了。亏他编出这么个假名字，借了“伪君子”的谐音，他说在面对紫妍时，他恨自己是个伪君子，早在最初，他就不该听信我的谎言把紫妍带上车送到W镇，他应该制止他的至亲进行那个丧尽天良的手术，手术后他更应该鼓起勇气告诉紫妍，罪魁祸首就是那个自称为是她养父的人。

说到这里，你们也该知道他是谁了吧。

他就是——秦晓明。

老秦的儿子。

紫妍血管里流着他的鲜血。

我冷笑，问他为什么当初不对警察说出真相。秦晓明脸上一阵抽搐，他说从他在剧组第一眼见到紫妍，就爱上她了，他害怕那时跟警方告发我，他将再没有机会见到紫妍。

人都是自私的。尤其是在爱情面前。

秦晓明抽出一把尖刀指向我，他说他是紫妍所遭受所有痛苦的帮凶，紫妍手术后他一直跟踪我们，他再也不能坐视不理。他的父亲欠我一条命，他在海上已经还了，现在他们家再也不欠我的了，他要不惜一切代价救出紫妍，哪怕与我同归于尽。

紫妍在这时冲过来，夺下秦晓明手中的尖刀，指向自己的咽喉，跪在地上求我，我看见刀尖已经刺破了她的皮肤；我的女儿也哭着求我，放下屠刀立地成佛。

我记得那一晚，我哭了，从我眼里流出的，是血。

接下来，我做了人生中最艰难的一个决定。

我夺走紫妍手中的刀，扔向远处，精疲力竭地瘫倒在地，温柔地抚摸紫妍新长出的秀发，把她揽入怀中。她的体热一点点传递到我的身上，她跳动的胸脯刚一碰触我的心口，又躲开。

我知道这是最后一次了。

我让秦晓明带紫妍走，但是有一个条件，离开中国，去哪儿都行，不要让我知道，也不要再回来，永远不要出现在我面前。

我再次触犯法律，托人给紫妍办了一个新身份证，一本新护照。就这样，她拥有了全新的合法身份，去了一个全新的环境，开始了跟我再没有任何关系的全新生活。

她走后，那张美得让人产生欲望的脸，那双晶莹剔透会说话的眼睛，高翘调皮的鼻、性感伶俐的唇、凹凸有致的身体……总是浮现在我眼前，但在瞬间又幻化成一股黑烟，灰飞烟灭。

记忆啊，痛苦的、快乐的，永远纠结在一起，它们根本就是两生花，不能被拆离。有些时候，快乐的强大些，暂时压倒痛苦；再过些日子，痛苦反击，将快乐吞噬。

我不断问自己，如果当初我没有被那封电报激怒，我还会不会前往剧组绑走她；如果我不是那样自负，我会不会纠结于她的背叛；如果我的占有欲没有那么强烈，我又会不会想到要把她永远留在身边……

我简直变成了祥林嫂，终日沉浸在一种不能自拔的情绪中。

我再次去找了老秦，问他能不能再上一次手术台拿走我的记忆。老秦说，儿子走前痛骂他，指着他的鼻子说他会下地狱。从此他的手就开始发抖，再也拿不起手术刀。老秦像发疯了一样哭笑着问我，见过哪位父亲被自己的亲生孩子这样诅咒吗？我笑了。两位老人坐在一起，抱头痛哭。

我早说过，我不想得到同情，在这个故事中，我们每个人都是失败者。

等等，对不起，我忘记了两个人，他们是那样无辜，我却给他们的一生带去了永远无法磨灭的痛苦。第一个人就是林山，小林，紫妍的侄子。

我跟紫妍前前后后折腾了有一年多，她跟秦晓明离开后，我为了麻痹自己在外地拍戏，又过了一年多才回到北京，那时小林已经是北京大学二年级的学生了，他始终没有放弃对紫妍的追寻。连警察都没有发现的破绽被这个执著的孩子发现了；连警察都不再追究，他却找到我的家，守在门口，要求见我。我不敢见他，也不能见他，我没有勇气说出真相，如果被这个孩子发现真相，他会不会像收到电报时的我一样发狂地跑去外国找她，我不希望紫妍再被任何过去的回忆打扰，我更害怕，万一小林找到紫妍，让我知道了紫妍的去处，我心中的魔鬼会再度复出。

我托一个在警局的朋友帮忙，带走了小林。我嘱咐朋友不要为难孩子，只要关他两天就行，为的是给我时间让我离开北京。我不知道小林在看守所经历了怎样的两天，过了很多年我才听朋友说起，因为被扣押，学校给了他处分，让他失去保送的资格，但是这孩子考上了美国的研究生。当年在看守所，他还发表了慷慨激昂的犯罪心理学演讲，当时我的朋友就断言，他孩子要么是天才，要么就是疯子。但我已经顾不上这些了，趁着小林被带走的两天，我收拾好行李告别所有人，只身去了孤岛。只有女儿知道我的行踪。我下定决心，在那栋充满回忆的老宅里孤独终老。

本来我以为我会带着这个秘密离开人世。等我死了以后，不用直接面对所有人的时候，再让大家发现真相。但是，一个意外，改变了一切。

于老师去世了。小我十多岁的于老师先我走了。是一起自杀式车祸，事发地竟然是紫妍当年拍戏的地方，发生意外那天，是紫妍失踪的“忌日”。女儿给我带来这个消息，说于老师留下一封遗书，里面说，他终于可以见到紫妍了。

于老师是这起惨案的又一个无辜受害者。

当我听到他死讯的那一刻，我只有一个想法：我活得太久了。

我开始寻找小林，求皈依佛门的女儿帮我一起寻找，无论如何要把他从美国带到我的面前。

一晃二十年过去了。

这就是我们的故事。

里面有点点的精髓，有血，有美丽的绿苍蝇。

我把它讲出来，可能会有很多人跳出来，指责它比捏造的剧本还虚假。

可是，生活就是如此。

我们既是蹩脚的演员，又是自以为是的导演，在混沌的人间浑然不觉地上演着一出出闹剧。只有在天堂看戏的，才知道一切是多么可悲。

可惜，我上不了那里。

第十三天傍晚　结案·重生

当林山在阴暗的地下室把失踪女演员的故事全盘托出时，在场的所有人都觉得，比小说比戏剧还要不可思议。故事里那点点的精髓，血和美丽的绿苍蝇一度散发出令人窒息的味道，但到了结尾，高小爽看到的不是罪恶，没有背叛，没有恨、没有眼泪，只有爱与救赎。她满怀深情地望向林山。

“看来，林紫妍真的没被毁容，人也不在孤岛，整个复仇计划与她无关……”石大川有些失落地垂下头，“我一度以为孤岛上的凶手就是她。”

“那你又是如何否定自己，排除林紫妍在孤岛作案的可能性?”林山歪着头问。

“是赵沫说服了我。他顺着杨鸣找到的那部电影摸到了陈导演的真实信息，这不算什么，接下来他竟然找到了陈导演的女儿。”

“什么?”林山睁大眼睛，瞳孔在瞬间放大。

“林山，记得吗，你问我是如何做到让周新伟跟石大川这两个人坐在一起，我告诉你两个字，那两个字就是：‘事实’。在事实面前，所有人都会点头。”

“没错。”周新伟接过话，“杨鸣最初怀疑孤岛女主人跟高小爽有关，被石大川否定。我们接下来想，那她会是谁？真有赵沫的，他居然把各种碎片拼接在一起，想到了陈导演的女儿，然后又用各种办法联系上了她。太厉害了。”

被人当面表扬，赵沫不好意思地摇摇头。

“所以……是陈导演的女儿告诉你们林紫妍的下落?”林山望着赵沫，心中有说不出的滋味。他果然没有看错，他从成千上万份报名表中选出的这个男孩像极了自己，思维诡异，做事执著。

“不，她没说。她不愿过问尘世，但也不愿骗我们，她让别人给我回了邮件，说，林紫妍已经死了，获得新生的那个人在世界的另一个角落里过着与世无争的生活，让我们不要去打扰。当时我并不明白这句话的全部用意，只能从中断定，林紫妍不在这里。”

“没错。听赵沫说了这些后，我回过头再想想，如果林紫妍是孤岛上隐藏的凶手，确实有很多说不通的地方。就比如，那晚黑衣人袭击我，以凶手的身高、力量来看，绝不可能是个女人。”石大川接着说。

“袭击你！既然石大作家主动提到这件事，那我们不妨说说，那晚在黑衣人袭击你之前，你做了什么?”林山一阵冷笑。

“哦?”周新伟用手胡噜了一下鼻子，“石大川，你还干了什么我们不知道的事?”

“我……”被林山这一问，石大川打了一个寒战，从裤兜里哆哆嗦嗦摸出一包烟，抽出一根点上，手一直在抖，“我，我当时有点情绪失控……”

“情绪失控，所以像饿狼一样扑向手无寸铁的单身女孩?”林山的手被绑着，眼神却像刀一样锋利，通常在古龙小说里出现的那种用目光杀死一个人，就是现在这番情景吧。

“林山，石大川那晚做了什么，一会儿可以请高小爽来为我们解答。现在，你该回答我的第二个问题了。”赵沫觉得气氛有些不对，试图压住林山的势头。

“第二个问题……”林山收起眼中的刀，抬头看了一眼墙上的时钟，眉头微微舒展，似笑非笑地看着赵沫，“如果我不被你识破，我该如何收场？问得好。只要现在你愿意打开门，就知道答案了。”

“哦？”赵沫皱起眉，头脑中毫无缘由地冒出《潜水钟与蝴蝶》这本书，“我的肉体沉重如潜水钟，但内心渴望像蝴蝶般自由飞翔”，不正像此时的林山，虽然手脚被绑、行动受限，但他依旧用他的思想以及强大的心理素质掌控全局。

“喂，不能听他的，一开门，林山的人冲进来，咱们就完了。”石大川叫起来。

可是，就在石大川话音未落，地下室的门自己开了，是被人强行撞开的，四个穿着警察制服的人冲了进来。此时，墙上的时钟不偏不倚指向四点。

“林先生，您没事吧？不许动，你们在干什么，快给林先生松绑。”其中一个警察说着从腰间掏出一把手枪，指向其他人。

局势在顷刻间发生了重大的逆转。出乎所有人意料。

“警察，你叫了警察！”梁戈发出一声惊呼，高小爽也惊讶地用手捂住嘴。

“警察会在第十三天下午到来，早跟你们说过。”诡秘的笑容再度浮现在出题人脸上。赵沫知道，完了，他们熟悉的那个，高高在上的林山，又回来了。

另一个穿警服的人已上前解开了林山手脚上的绳子。

林山活动着手腕，冲赵沫笑笑，“我现在可以回答你的第二个问题了，按照我的计划，故事的结局就是这样，最终警察出现，抓走凶手。怎么样，没想到吧。”

赵沫屏住呼吸，脸色煞白。

“雷警官，帮我个忙，用这绳子把这个人绑起来，就像刚才他们绑我那样。”林山指了指石大川。

“你们要干吗？喂，你们住手！”石大川发出杀猪般的号叫，抽了一半的香烟掉落在地。

所有人都被这情景吓呆了，杨鸣战战兢兢地说：“我说警察先生，您总得问完话再绑人吧。”

“对呀，你们，你们不能听林山一面之词。”周新伟跟着说。

“没你们的事，是不是也想被绑起来？”姓雷的瞪了杨鸣、周新伟一眼，走到石大川面前，把他绑了个结实，又从兜里掏出一块手绢塞到石大川嘴里。

"哦，不用这样，我一会儿还要问他话呢。"林山走到石大川面前，取下他嘴里的手绢，扔到地上，冲四个穿制服的人挥挥手，"辛苦了，还得请您几位帮个忙。给我十几分钟，我想单独跟他们聊聊。麻烦你们在门口等会儿?"

"没问题，一百分钟都行，您一句话的事。有事叫我们。"四个警察退出地下室，把门带上。

阴森的"古埃及墓穴"又恢复了死一般的寂静。没人开口说话，大家就像牵线木偶一样矗在原地，一动不动。

高小爽的手一直捂在嘴前，想说什么又不知该从何说起。早上糊里糊涂被安眠药迷倒，睁开眼睛就看见林山被周新伟打倒，她以为林山会有危险，想不到片刻之间警察冲进来，释放林山，又绑住了石大川。

谁能想到，事情会演变成这样?

一切发生得太快太突然。如果生活有"重播键"，把它倒回去再看一遍，也不一定能接受这瞬间发生的所有变故。

"林山，到底是怎么回事?"高小爽终于发出几近哽咽的声音。

"是这样，赵沫告诉我他们抓住了绑架你的凶手，结果凶手自投罗网，那个人就是——我。"林山笑了笑。

"你承认了，你终于承认了。那绑我干吗，警察，你们快进来抓真正的凶手。"石大川发出声嘶力竭的呼喊。

"别喊了，没用的。我们又中计了。"赵沫如大梦初醒，狠狠拍了一下脑门。

"中计?"杨鸣捶了捶胸口，他觉得特别压抑，想抽烟，但是另一只手不停地颤抖，连烟都拿不住。

"怎么，又被你识破了？嘘。"林山冲赵沫做了个保密的手势。

"你们究竟在说什么？林山怎么会是凶手?"高小爽晃了晃脑袋，她的头特别沉，安眠药的药效还没有完全消除。

"高小爽的失踪确实与我有关，我承认，她被我安置在一个秘密安全的地方，但我这么做是为了保护她。你们为什么不睁大眼睛看看高小爽的周围，谁才是真正伤害她的人？你们为什么不问问，在小爽去石大川房间那晚，到底发生了什么？小爽别怕，勇敢地说出真相。"林山冲高小爽点点头，给她送去温暖的目光。

“那晚……”高小爽咬住嘴唇，脸涨得通红，“那晚，石老师他，试图对我施暴。”

石大川被绑在坐椅上，再没有平日的半点傲气，听高小爽说出这些，更像一个泄气的皮球，耷拉着脑袋，眼睛里也灰蒙蒙的，“我，我当时情绪失控。但我，我还没来得及我就，我就被那个黑衣人袭击，我也是受害者。”说完，他满眼怨气地望向林山。

“受害者？那么在登岛第四天的傍晚，你去高小爽房间，又做了什么？”

“第四天？”高小爽猛然想起那时林山与她的一段对话：

“趁着还没醉倒，先跟我说说，昨晚的事？”

昨晚？高小爽一惊。

“昨晚，老张说看到……”

“他看到什么？”高小爽神色慌张。

“他说大概是晚饭前，你的房间有访客……不过可惜，他没看清是谁，只看见你用最快地速度把那个人迎了进去，关门时还四下张望了一下……”

“我，我去她房间叙旧。”石大川声音颤抖，把高小爽从思绪中拉回。

“你去她房间叙旧，为什么要在门锁上动手脚？”

高小爽一惊。

石大川的脸色更难看了。

“你以为你的这些小动作能逃过我的眼睛？你趁高小爽不注意，动了门的暗锁开关。”

“暗锁开关？”梁戈额头沁出汗滴，从喉咙里发出低鸣。

“很多房门的门锁都设计有这么一个小按钮，拨动它以后，你自以为撞上房门，却可以从外面打开。其实我本以为在第十二天，你们会利用这个小机关跟我玩空城计，所以我才让老张多次去拧动门把手。”

“我真不知道有这么个开关，我太粗心了。石大川也从没有提起过。”赵沫摇摇头。

“他自然不会提起，这是他用来干坏事的机关，怎么能跟别人分享。”

“好了林山，别卖关子，赶紧说吧，石大川到底做了什么。”周新伟急得直挠头。

“小爽，你先来说，那晚有没有发生奇怪的事?”

“那晚……我做了一个噩梦。”高小爽的心砰砰乱跳，随着记忆的复苏，血色从她的脸上渐渐消失，“我正在泡澡，听见有人敲门，我裹上浴巾跑去门口，通过猫眼往外看，楼道里空无一人，我就没敢开。等我再回到浴室，我看到浴室的镜子上被人写上几个字，紧接着有一个黑影扑向我。可第二天醒来，一切都像没有发生过一样。”

“你确定是梦，还是……”杨鸣满脸惊讶，脸色慢慢沉下去。

“我不知道。”高小爽缓缓闭上眼又睁开，无奈地摇摇头。

“那不是梦。”林山的话像一记重锤狠狠砸在高小爽心间，她一直不敢去面对、不愿去揭开的这个谜团终于要被破解了，她觉得自己好像要跌入万劫不复的深渊。

“石大川，你为什么不告诉大家，你跟黑衣人，早在那个深夜的浴室里，就已经交过手了。”

“什么?”杨鸣差点蹦起来，“石大川，你隐藏得可够深的呀。”

“我!”石大川张大嘴，却半天说不出一句话。

“晚饭后高小爽回房，像往常一样撞上门，并不知道暗锁被动了手脚。接近午夜时，石大川趁着夜深人静偷偷潜入高小爽房间，正准备做一些见不得人的勾当。就在这时，黑衣人出现了，石大川被吓得屁滚尿流，连滚带爬跑回了自己的房间。”

“林山，照你这么说，黑衣人跟蝙蝠侠似的，三番五次出现在危急时刻。”周新伟歪歪头。

“石大作家，我没诬陷你吧，您这位可怜无辜的受害者，又是还没来得及做，就被黑衣人袭击了。”林山一脸嘲讽的表情。

高小爽垂下眼帘，心头像被千万只蚂蚁撕咬，如果没有黑衣人，后果不堪设想。可是如果真如林山所说，又存在着很多疑点无法解释，“我记得我在门把手上绑了红线，如果石大川和黑衣人在那晚进了我的房间，为什么第二天一早我醒来时，门上的红线完好无损？黑衣人如何做到离开我的房间又绑好红线，一切维持原状?”

“这个……为了不让你陷入不必要的恐慌，为了让你相信那就是一场噩梦而已，石大川逃走后，黑衣人帮你把门重新锁好，按照原样系好红绳，擦掉石大川留在镜子上威胁你的话，然后，然后从窗户爬了出去……”

高小爽呆在那里，她从没想到会有人这样对待自己，为了不让她害怕，为了帮她摆脱过去、重新开始，那个黑衣人默默为她做了这么多，如果不是此刻被大家揭穿，她甚至蒙在鼓里……高小爽眼中涌出泪水。

“林山，我知道你关心高小爽，刚才我们上演苦肉计绑住她迫使你第一次露出破绽，现在你为了她又……”赵沫向林山投去钦佩的目光，如果眼前这个男人不是站在大家的对立面，该有多好；如果不是因为儿时遭遇至亲离奇失踪，他的行为不会这样怪异、难以捉摸；如果不是因为常年生活在悔恨与自责中，他不会像今天这样个性强大到令人恐惧。而他悔恨与自责的根源又是什么，还不是因为……

想到这儿，赵沫心底生出一种说不出的滋味，鼻子竟然酸酸的，停顿了一下才接着说，“林山，你说，黑衣人把门撞好，系好红绳，擦掉石大川留在镜子上的话，然后再从窗户爬出去……这些细节你又是怎么知道的?”

“哈哈哈。看来我又露出马脚了。”林山再度发出狂放不羁的笑声，眼神中却流露出深深的幽怨，“你刚才不是问我为什么要举办这个大赛？现在是时候回答你了。”

侦探小说中最精彩的结案陈词的时刻终于到来，每个人紧张又兴奋地屏住呼吸。

“请大家来这座孤岛，第一个目的，就是想让更多人了解林紫妍的惨案。就像你们推理的那样，我的小姑平白无故被推上手术台，被拿走记忆，留下可怕的手术后遗症，陈导演临死以前一句对不起，就可以化解这二十年的恩怨吗？不可能，那太便宜他了，他下辈子，再下辈子都不可能得到我的原谅。我不仅不原谅他，还要把真相公布出来，所以我搞了这个大赛，把媒体拉进来，希望正义在二十年后以这种方式得到伸张。”

“林山，你为什么要这样说?”高小爽惊讶得睁大眼睛，“你办这个大赛不是这个目的，你为什么不把陈导演的……”

“嘘……”林山又把手放到嘴前，对高小爽说，“先听我说完。”

“我办这个大赛，当然不仅仅是这个目的，如果只是把林紫妍惨案的真相公布出来，我花钱请人写本书，拍个电影，编段相声，影响力都比现在要大。我之所以大费周章，闹出这么大动静，不就是为了……”林山又露出了凶恶的目光，像一把剑刺向被绑起来的石大川。

“行了林山，你就直说吧，你所做的一切都是冲着我，要置我于死地。”

“哦？石大作家，你这么料事如神，那不妨由你来讲讲我是如何加害于你？”

“第一步，你派人邀请我参赛，故意把其他参赛人的消息告诉我；第二步，你弄个破案密码，引诱我往206号房跑……”

“我给你留下密码，但我可没让你到人家房间施暴。石大作家，你不要冤枉好人。”

“好人？呸。你要是好人，我就是菩萨了。我……”石大川忽然收声，叹了口气，垂下曾经高傲的头颅，“我不是菩萨，不邪淫、不妄语、不饮酒我哪个也做不到。到了孤岛，假面聚会那天，当高小爽摘下面具的那一刻，我整个人被重新点燃了。那个点火的凶手，就是你林山。”石大川的眼中仿佛也要冒出熊熊烈火，“在我们到来之前，你已经把我们每个人的过去牢牢掌握在手心中，你早就知道，我是为她而来。”

“没错，而且我还知道，你永远也别想把她带走。”

她。

两个男人的目光不约而同地穿过所有人，直奔远方。在两束目光的终点，她，紧紧咬住嘴唇，泪眼朦胧。

“都到这个时候了也没必要隐瞒，我和高小爽早就认识，我是她大学三年级时的剧作课老师。”

当石大川捅破这层窗户纸时，在场的其他人却没有表现出意外。赵沫早已通过破案密码提示的石大川、高小爽的微博以及校园网上的信息，发现了这个秘密，并告诉了大家。

“假面聚会后，我几次试图接近高小爽。”石大川把众人的记忆带回到破案大赛的原点，往事像电影一样在每个人眼前重现。

“第一晚，我去高小爽房间找她，她莫名其妙失踪了，那时我还以为是她故意躲着我；第二天，大家在藏书室发现她，这起离奇失踪事件让高小爽成为所有人的焦点，如果那时候和她相认，也许会引起别人的怀疑，说不定我还会被当成锁门的元凶，于是我只好想出一个障眼法，把未写完的剧本拿给她看，以讨论剧本为由接近她；第三天，闹出周新伟打电话、梁戈见鬼的事，晚上梁戈住进206，我更没有机会单独跟高小爽叙旧；到了第四天，我实在忍不住，在晚饭前敲响了她的房门。她对我出奇得冷淡，好像我是魔鬼要吃了她似的，没说两句话就下逐客令。我试图拉住她跟她好好谈谈，偏偏传来敲门声，是老张叫她去吃饭。我与她的单独相处一而再再而三被各种原因破坏，那时我真的有点气急败坏了，就在门把手的暗锁开关上做了手脚，想在夜深人静时再去跟她好好谈谈。”

“谈？没那么简单吧。”周新伟瞪了石大川一眼，心底生出一阵憎恶，但就在同时，他忽然想明白了一个道理，在孤岛上发生的种种离奇事件，原来有着意想不到的特殊使命，它们就好像跑道上竖起的跨栏，一步步阻挡着石大川迈向206的进程……想到这里，周新伟觉得全身的汗毛都竖了起来，他望向林山，投去难以置信又敬畏的目光。

石大川微微停顿后，继续说：“深夜，我偷偷拧开206的房门，发现高小爽的卧室黑着灯，浴室有光亮，从里面传出的水声正好掩盖了进门发出的声音。我悄悄潜入浴室，看见……”石大川拼命咽了一大口吐沫，“高小爽她，紧闭双眼躺在浴盆里，竟然睡着了，水一直开着，浴液激起的泡沫几乎要溢出，我赶紧帮她关上水龙头，然后，然后……”石大川脸色越来越难看，眼神游离，飘忽不定。此时的高小爽更是面如土色，大脑里一片混乱，石大川的叙述与她的记忆出现了很大偏差，难道说那晚根本没人敲门，是石大川自己溜进来的，而那时的她已在浴缸中进入梦乡……

“石大作家，怎么不接着说了，没脸面对自己的恶行?”林山的冷笑让高小爽回过神，她把目光投向林山，咬住颤抖的嘴唇，惶恐地等待真相。

“石作家先用口红在洗脸池的镜子上写下‘我们又见面了’几个字，然后转身蹲在浴盆边，直盯盯地望着如花似玉的裸女，出了神。偏偏在这时，高小爽醒了，看见石大川和镜子上的字，吓得尖叫起来，连呼救命，石大川也被吓了一跳，慌乱中去捂高小爽的嘴，高小爽拼命挣扎，石大川索性按住她的头，把她整个人按在水里……”

“我，我那是下意识的举动，我真的没想害她，她连呼救命，我怕极了，怕惊动其他人，就是想不让她出声，所以，所以才把她按在水中……”

“你少废话，如果黑衣人晚来一步，高小爽就有可能窒息而死！”

“窒息……”高小爽双手扶住太阳穴，晃了晃头，记忆全部错乱了，她以为那时是自己把头埋进水中，五秒，十秒，十五秒——快要坚持不住了，她才在水中睁开眼，整个上半身跃出水面……原来事实并非如此，不是她自己闭气，而是石大川把她按入水中。可是为什么没有一点印象，难道人的记忆会刻意回避自己不愿面对的东西？人的大脑会选择性地忘记？

“我真的没想害她，我发誓。我，我现在说这些你们不会相信，但是我真的，真的，真的只想让她重新回到我的身边。”石大川一连说了好几个“真的”，在这一刻，大家忽然觉得眼前这个人很可怜。

“哼。”林山发出一阵冷笑，眼神里除了愤怒，更流露出深深的悲伤，“陈导演想害林紫妍吗，他不也是抱着让林紫妍回到他身边的目的，结果呢？你们说，像石大川这样的人，该不该受到惩罚？”

“林山，你说的这些，如果都是真的，那么确实是石大川不对。但是，人没有权利去仲裁另一个人，应该交由法律去审判。”梁戈推推眼镜。

“法律？判他什么？‘临时性即意犯罪’？”

“什么，什么临时即意？”杨鸣揉揉鼻子。

“这……”梁戈叹了口气，转身对杨鸣解释，“这是2009年一起轰动的案件，想不到林山连这个都知道。某派出所两名协警在宾馆趁女子醉酒不省人事之时实施了强奸。法院认为，两名协警事前并无商谋，且事后主动自首，并取得被害人谅解，属于‘临时性即意犯罪’，可以给予酌情从轻处罚。但是……”梁戈提高嗓门，面向林山，“在社会舆论的作用下，这起案件最终改判。林山，你应该相信法律。”

“法律？如果法律有用，陈导演能逍遥法外二十年？大律师，叫你来这里，就是做个证人，法律管不了的，有人来管。”

“可是，如果在第四天晚上闹出这么大的事，为什么第五天，大家都跟没事人一样？”周新伟皱起眉，也学着赵洙的样子反复摸着下巴，“石大川，你不仅是作家，还是个天生的演员。”

“我试探过高小爽。”石大川垂头丧气地辩解，都到这个时候，他也顾不上掩饰，“我记得她迟到了，就问她昨晚睡得好不好，她一脸无辜的表情，既没质问我，也没有显示出有什么不对劲。凭我对她的了解，她心里藏不住事，所以，我突然有了一种侥幸心理，也许她从浴缸中苏醒时没看见我是谁，我……我哪里想到是那个人安排得这么周到，让高小爽误以为是场梦。”

“太邪乎了。听起来跟假的一样。”杨鸣摇摇头，但是仔细一想，古往今来那么多犯罪，哪个凶手不是抱着侥幸心理，自欺欺人。

“发生了那件事后，我确实没有察觉出高小爽的异常，却感觉到林山对我的敌意。从第五天开始他每晚把高小爽叫到自己房中，我是又气又恨又无能为力；到了第六天，我差点葬身大海。我断定一定是林山要报复我，他就是黑衣人！”

“等等，我再插个嘴。当赵沫跟我说林山是罪魁祸首凶时，我一直有一个扣解不开，在石大川险些遇害后，咱们搞了一个不记名凶手投票，活生生多出一票。我跟赵沫事后对答案时发现，那多出的一票投给了高小爽。如果林山是黑衣人，他怎么会嫁祸高小爽？”

“这正是他高明的地方。”赵沫再度发出声音，“刚一登岛就怪事频发，矛盾焦点集中在门钥匙上，我第一个怀疑的就是主办人和他的手下，他们最有可能在钥匙上做文章，贼喊捉贼。但是随着事态的发展，我否定了自己，因为在这座孤岛上最不可能害高小爽的人就是林山，大家还记得，石大川险些遇害，约他去海边的字条上正是高小爽的字迹，林山怎么会陷害自己喜欢的女孩？于是我走入误区，开始思索梁戈的话，这岛上是不是真有一个隐藏起来的黑衣人，是她在复仇？所以，我想到了沈雁，也就是大难不死的林紫妍。”

“但是陈导演女儿的回信让你再度否定了这个猜疑。”林山微微一笑，那是一种难以言喻的笑容，既孤傲，又有丝丝苦涩，“可是，你又怎么重新怀疑到我头上？为什么没有怀疑石大川？”

“这个……其实……真正破案的人不是我。”赵沫的嘴抿成一线，他垂下眼，犹豫了片刻，抬头望向房间的某个角落，“我最喜欢的推理小说你一定看过，一个男人为了救自己默默爱着的女人，不惜杀人、顶罪，可是……”

“可是……那个女人受不了良心的折磨也去自首了，他所做的一切变成徒劳。这本书也是我最喜欢的。”林山跟随着赵沫的目光望去。

一个人泪流满脸地站在那里。林山的心脏在瞬间仿佛被某种东西射穿。

“行了林山，别转移话题。时至今日，我敢面对我做过的一切，你敢吗？”石大川的脸颊抽动了几下，“梁戈在道具间做过手脚，证明有人多次穿走黑斗篷。拥有道具间钥匙的只有老张，老张又是听你调遣，所以一切都是你的阴谋。你这么做就是为了找替死鬼掩盖自己的罪行。你从老张那里要来钥匙，穿着黑斗篷半夜跑去梁戈屋吓唬她，让她以为这座孤岛上藏着另一个凶手；在不记名投票时，让老张事先在投票箱里多放一票，制造假象干扰大家的视听；在这座孤岛上，你就是破案密码中那个真正的二分之一，借黑衣人的虚拟身份来谋害我，然后再恢复出题人的面目，堂而皇之地逃过仲裁。如果不是我命大，我早就死了好几次了。”

“死了好几次，说得好。你为什么不问问自己，如果我想让你今天死，你能活到明天吗?”林山脸色大变，冷酷得让人不寒而栗。

“在海边那次，黑衣人只是教训你，算准你读日记和涨潮的时间，让你也尝尝溺水的滋味；但是，当你不知好歹第二次试图对高小爽施暴时，黑衣人对你起了杀意。如果不是因为她，你能活到今天，活着听这番话吗?”

时光在这一刻倒流，回到了那晚的案发现场。

石大川推倒高小爽，像饿狼一样扑向她，正要施暴，脸缠绷带的黑衣人冲进来，把他打到，用黑头套套住他的头，右手举起一把尖刀……

就在这千钧一发之际，高小爽跪倒在黑衣人面前，泪水溢出眼眶，“告诉我，你办这个大赛是为了什么?”

“为了，救你。”

“为了救人而去害人? 你不觉得，你跟石大川一样，你们都变成了陈洪明!”她的声音像一把尖刀刺穿了黑衣人的心房。

“二十年了，放下吧。别让这把刀变成那封永远也收不回来的电报。”

“咣当”一声，黑衣人手中的刀掉落在地。

“黑衣人已经死了。”高小爽一声呼喊把林山从忧伤的记忆隧道中拉回，“就在他放下屠刀的那一刻，黑衣人就死了。拆除缠绕在心头的绷带，活过来的是全新的他。你们愿意给他、给我、也给自己一个机会，重新开始吗?”

高小爽用尽全身力量说完这句话，她以为自己会虚脱，没想到腰板反而挺得更直了，好像生命被重新点燃，从下一刻起，她有了活着的全新意义。

林山的眼眶再度湿润。

别让手中的刀变成那封永远也收不回来的电报。

他走到石大川面前，亲手解开了绑缚。

在从巴黎回北京的飞机上，林山遇到了高小爽，这个女孩竟跟他惦念了二十年的女人有着相同的面孔，那一刻林山产生了恍若隔世的错觉，他对自己说，这是上天的安排。

林山开始搜集与高小爽有关的信息，无意中在社交网络上发现一个叫石大川的人正在千方百计找她，他们之间似乎有着说不清道不明的情感纠葛。二十年前林紫妍的故事仿佛发生在昨天，林山一直责怪自己，活在内疚中，所以这一次，他必须充当救世主，帮助高小爽摆脱纠缠，把悲剧扼杀在萌芽中。就在林山寻思该如何行动时，他想到了陈导演临死前的嘱托。陈导演不求林山能够原谅自己，不求林山替他保守秘密，反而让林山把林紫妍和他的悲剧传播出去，让更多人从这个“里面有点点的精髓，有血，有美丽的绿苍蝇”的故事中尝到人生的甜酸苦辣。他死亦瞑目。面对一个要离去的人，林山无法拒绝。于是，在这样两个动机下，林山想出一个完美的“假途灭虢、一石二鸟”的计划。

林山拿出一大笔钱跟国外颅脑外伤基金会做合作，以扩大基金会影响力为旗号举办虚拟破案大赛。这也不完全是个幌子，林紫妍当年做过开颅手术，林山确实希望能尽自己的微薄之力帮助和林紫妍一样被推向脑外科手术台的病患。

一切准备就绪，林山开始面向社会征集参赛人。高小爽和石大川是一定要来的，其他人作为配角和观众一起完成“演出”，没有观众的戏一定不够完美。第三个被确定的参赛者是周新伟，林山通过媒体朋友了解到周新伟与石大川曾有过节；找到梁戈因为她是应征者中唯一一个律师，一向自负的林山要在法律面前挑战权威；选中杨鸣，因为他缺钱，欠了一笔债，林山知道为了理想和为了金钱做事的人，状态是完全不一样的，而且杨鸣又是摄影师，跟于老师从事同一职业，正中他下怀；最后林山在报名者中发现了从美国回来的赵沫，他如获至宝，他觉得这个人简直就是年轻时的自己。

就这样，四男二女被林山邀请到孤岛，他利用了每个人各自的心灵创伤，让大家在毫不知情的情况下重演了二十年前的故事，赵沫是小沈，杨鸣是新一任摄影师，梁戈是女一号，周新伟扮演跟陈洪明有过节的方导演的角色，石大川自然是陈洪明，高小爽是沈雁。

在林山最初设计的剧本中，管家老张负责散布闹鬼谣言，又制造出藏书室钥匙丢失、被复制等等一系列烟幕弹，迷惑大家；石大川的一举一动都在林山、老张的监视下，等待时机成熟，神秘的黑衣人就对石大川下手；最终高小爽得救，彻底摆脱纠缠；其他人则作为糊里糊涂的证人，证明孤岛上确实有个黑衣人在行凶，最后冲出来的警察自然是林山找人扮演的，既用来威慑石大川，又帮助他全身而退。但是，在这场设计近乎完美的谜局里，林山忽略了一个细节，他没想到参赛人会结成同盟，交换彼此的破案密码，而破绽正在邀请函上，唯有高小爽的比所有人多了最后一句话，这句话将矛头直指出题人；林山更没想到，在跌宕起伏的英雄救美中，最终被解救的人，是他自己。

以上这些都是大家离开孤岛坐在摆渡船上时，赵沫讲的。没有人向林山求证，已经没有这个必要。大家走前达成共识，离开孤岛后，所有人都将三缄其口，把整个故事中黑衣人那一部分永远深埋在心底，周新伟的报道也隐去这一笔。这个提议居然是石大川提出来的，他没跟大家解释他的理由。每个人心里也许有着不同的答案。十三天前，他们这帮人怀着各自的目的穿过迷雾踏上孤岛；十三天后，迷雾褪去，每个人好像死而复生。就像高小爽所说，拆除缠绕在心间那块无形的绷带，活过来的是一个全新的自己。

高小爽没有走，她陪林山在孤岛上再看一次日落。

两人肩并肩坐在海边，看着夕阳的余晖染红整个海面，扑面而来的海浪偷袭着他们的脚丫，也拍打着他们的心灵。

“对不起，是我在房间里留下线索给赵沫，让他找到了你的破绽。”高小爽咬住嘴唇。

“不用道歉，我明白，你是怕我站在悬崖边无法回头，希望有人能拉我一把。”林山笑笑，“但是，唯一能让我悬崖勒马的人，只有你。”

林山说着拉起高小爽的手走进大海。海水漫到他们的小腿，冰凉透心的感觉，高小爽差点跳起来，就在这时，林山用双唇压住了她。那一刻就像被电流击中，高小爽情难自已地闭上双眼。

他们就这样，身披夕阳的余晖，手牵手在海中忘情拥吻。

过了很久，很久，林山才扶住她的面颊，对她说：“对不起，一直以来该道歉的是我。你知道那晚是谁锁住你?”

高小爽点点头。

“你又知道他为什么锁住你?”

高小爽再度点点头。

“……会怪他吗？”

高小爽很坚定地摇摇头，“我说了，在他放下屠刀的那一刻，那个人就死了。”

林山笑了，他的笑容是那样迷人，眼里闪着晶莹的夕阳的光辉，“还记得那本日记吗，走，回老宅，我说过，我会亲手为你拆开封印。”

“就到这里了。

等到我什么时候再拿起笔，就证明，我找到你了！哪怕我找到的是你的尸体。”

林山的日记

2010年5月20日　阴

我找到她了。那天，巴黎下着小雨，我没有打伞，站在剧院门口，分不清是雨还是眼泪。

我一连买了一个星期的票，今天是最后一场。

看着舞台上的她，虽然是配角，但是她脸上闪现着久违的光彩。从她的眼神中，我知道，当年我认识的林紫妍，从没有像现在这样幸福过。

我擦去眼角的泪水，把目光从台上转移到台下观众席的某个角落。我猜那个人就是他，秦晓明。那个普通得不能再普通的男人，代替我们所有人给了她这份平淡又简单的幸福。

演出结束。

我跟着人流挤动，天意般被挤到舞台附近。一个曾经那么熟悉的声音传到耳畔：“我就知道，我们一定会再见面！”

我的脑子“嗡”的一下，泪水夺眶而出。

而当我定睛望去，人群中一个二十来岁的华裔男孩正把鲜花递到她的手里，那个曾经跟我那么亲近的女人微笑着说：“谢谢你又来看我的演出。”

原来她在跟她的戏迷说话。

我笑了。在转身离去的一刹那，二十年前那个夏日雨夜，她拎着一只手提行李湿漉漉地站在我家门口的画面又出现在眼里。

瞬间即永恒，刹那成终古。

我抑制住泪水，快步向剧院门口走去。

在拥挤的人群中，她似乎看到了我的背影，就在眉头微微颤动的一瞬间，我永远消失在了她的生活之中。

2010年5月21日　晴空万里

这本长达二十年的日记到这里就结束了。

但是，我的故事才刚刚开始。

这个世界上最完美的快乐是怎样的?

在从巴黎回到北京的飞机上，我遇到了她。

我相信，她是上天派给我的仙女。